WILLIBALD SPATZ
Alpenlust

BIRNE GEHT SEINEN WEG Das mörderische Allgäu hat Birne, Anfang dreißig, erfolgreich hinter sich gelassen. Seine neue Heimat heißt Augsburg, wo er als frisch gebackener Polizist direkt im Dickicht des Großstadtdschungels stecken zu bleiben droht: Am Hauptbahnhof soll er verdächtige Personen, die Sprengstoffattentate planen könnten, observieren. Doch die sommerliche Hitze macht dem Jungermittler einen Strich durch die Rechnung – Birne erleidet einen Kreislaufzusammenbruch und landet im Krankenhaus. Auch seine stümperhaften Versuche, zusammen mit seiner attraktiven Kollegin Tanja, einen Serienentführer zu stellen, werden nicht von Erfolg gekrönt.

Als Birne schließlich selbst in die Fänge des skrupellosen Verbrechers gerät, bleibt ihm nur noch die Flucht nach vorn: Birne geht über Leichen und Augsburg hat einen neuen Krimihelden ...

 *Willibald Spatz, Jahrgang 1977, hat in Würzburg Biologie und in München Kulturkritik studiert. Er lebt zurzeit in der Nähe seiner Heimatstadt Augsburg, unterrichtet an einer Schule und schreibt als freier Autor u. a. für die Zeitschrift »Theater der Zeit« und das Internet-Portal nachtkritik.de. Mit »Alpendöner«, seinem ersten Kriminalroman um den skurrilen Krimiheld »Birne«, landete er aus dem Stand den Überraschungserfolg des Krimiherbsts 2009.*

Bisherige Veröffentlichungen im Gmeiner-Verlag:
Alpendöner (2009)

WILLIBALD SPATZ
Alpenlust
Birnes neuer Fall

Original

GMEINER

Besuchen Sie uns im Internet:
www.gmeiner-verlag.de

© 2010 – Gmeiner-Verlag GmbH
Im Ehnried 5, 88605 Meßkirch
Telefon 0 75 75/20 95-0
info@gmeiner-verlag.de
Alle Rechte vorbehalten
2. Auflage 2010

Lektorat: Claudia Senghaas, Kirchardt
Herstellung / Korrekturen: Daniela Hönig / Sven Lang, Katja Ernst
Umschlaggestaltung: U.O.R.G. Lutz Eberle, Stuttgart
unter Verwendung eines Fotos von Lutz Eberle und Nicco / photocase.com
Druck: Fuldaer Verlagsanstalt, Fulda
Printed in Germany
ISBN 978-3-8392-1063-5

Teil I – Neu

Teil II – Weg

Teil III – Sex

Teil I – Neu

1. VORPLATZ

Ein weiterer Jahrhundertsommer. Jeden Tag ein neues, unausweichliches Strahlen von oben. Ein prall blauer Himmel, nicht einmal durch die Andeutung einer Wolke gestört. Es gibt nie wieder Regen, es gibt nie wieder Kälte, es gibt kein Weihnachten mehr. Die Menschen werden bald verstehen, dass es unter diesen Umständen nicht sinnvoll ist, etwas zu unternehmen; sie werden aufhören, zu arbeiten. Man wird sehen, was dann passiert. Vielleicht wird das Leben auf der Erde besser. Man steht nur noch auf, um Getränke zu holen. Man zeugt die Nachkommen, wenn die Nacht am tiefsten ist, weil man ansonsten zu jeder anderen Nachtzeit zu sehr schwitzen würde.

Birne schwitzte zurzeit einen Liter in zehn Minuten. Für einen Menschen schwitzte Birne viel, er schwitzte gern, da er das Gefühl dabei hatte, dass in seinem Körper etwas passierte. Er hatte kein Transpirationsproblem, denn er stank ja nicht: Sein Hemd war zwar immer leicht feucht vom Schweiß, aber es roch nicht unangenehm. Kaum jemand glaubte ihm das, deswegen sagte er es auch selten zu jemandem, aber er schwitzte dadurch viel selbstbewusster.

Birne hätte weniger schwitzen können, wenn es ihm möglich gewesen wäre, seinen Mantel auszuziehen. War es ihm aber nicht. Der Mantel war trotz des heißen Sommers notwendig, wegen der Waffe, die er jetzt immer bei sich trug. Ein Polizist im gehobenen Dienst. Ihm war heiß. Er versuchte nicht, sich zu fragen, ob das sein musste.

Paranoid ist einer, der sich verfolgt fühlt, obwohl er es nicht müsste, weil ihn keiner verfolgt. War er hier, weil die Menschen, die ihn hierher beordert hatten, paranoid waren? Oder stand er aus einem wirklichen Grund hier? Wäre auch nicht gut gewesen. Dann schon lieber paranoid. Aber was für ein Zustand ist das, in dem man die Paranoia vorzieht? Darüber darf man nicht nachdenken, dachte Birne. Die Gedanken überschlagen sich und machen einen fertig, wo man sich einfach nur hätte hinstellen können.

Birne befand sich auf dem Vorplatz des Augsburger Hauptbahnhofs, um zu schwitzen und wegen der Terrorgefahr. In letzter Zeit hatten die Terroristen wieder verstärkt Koffer stehen lassen, Koffer mit Bomben. Es war nie etwas passiert, weil Männer wie Birne aufmerksam vorher die verlassenen Koffer bemerkten und die Lage entschärften. Manchmal hatten sie sogar das Glück, den Terroristen in flagranti beim Abstellen eines Koffers zu ertappen, und konnten ihn festnehmen. Birne hatte dieses Glück noch nie gehabt, auch nicht das Glück, einen herrenlosen Koffer selbst zu entdecken. Wenn man es genau nahm, gehörte enormes Glück dazu, einen solchen Koffer zu erwischen. Auf den deutschen Bahnhöfen waren zwei oder drei solcher Koffer gefunden worden. Birne wusste es nicht, weil es ihm scheißegal war, als es in den Nachrichten lief und ihn noch nicht direkt betroffen hatte. Dennoch war es eine verschwindend geringe Anzahl verglichen mit der Menge der im Volksmund Inspektoren genannten Kriminalkommissare, die im Moment auf deutschen Plätzen standen und sich vom Sommer fertigmachen lassen mussten. Birne dachte voller Mitleid an seine Kollegen.

An sich hätte es ihm nicht viel ausgemacht, auf einem belebten Platz zu stehen und auf verdächtige Männer und ihr Gepäck zu achten. Er rechnete nicht damit, dass es ernst werden könnte. Er sah den Mädchen hinterher, die an ihm vorbeigingen und wegen der Temperaturen weniger anhatten als sonst, und freute sich dieses Anblicks. Das hätte ihm genügt als Arbeit. Aber ihm war heiß, weil er in Zivil war und den

Mantel tragen musste. Doch das weitaus größere Problem war nicht das nackte Fleisch, sondern das gebratene.

Birne hatte eine Schwäche für weißes Fleisch, nicht menschliches, sondern zubereitetes. Vor seiner Nase stand ein alter Lieferwagen, der zu einem Hähnchengrill umgerüstet worden war. Es roch gut und Birne hatte Hunger, war aber im Dienst und überlegte, ob das ein Hinderungsgrund war, sich etwas zu gönnen. Der Inhaber des Wagens, dessen Reifen erstaunlich wenig Luft hatten, war vielleicht ein Araber. Er hatte dunkle Haut und verkaufte halbe Hähnchen mit Semmeln, Cola, Fanta und Sprite, sonst nichts. Wer keine Schwäche für gegrilltes Geflügel hatte wie Birne, könnte den Stand unappetitlich finden und fürchten, sich die Vogelgrippe einzufangen, wenn er sich ihm näherte. Der Wagen wirkte nicht sauber, der Mann hatte eine Hand mit einem ziemlich schmutzigen Verband umwickelt. Faul lehnte er am Grill. Er war noch jung, ein bleistiftstrichdicker Schnurrbart schmückte sein rundliches Gesicht. Er verkaufte kaum etwas an einem solchen Tag, schien sich deswegen aber auch keine Sorgen zu machen – irgendwie würde Gott sich schon darum kümmern, dass er nicht verhungerte. Gott?

Birne war, nur um mal zu schauen, wie die Gockel aussahen, näher herangetreten und hatte festgestellt, dass außer dem einen handgemalten Schild in einer Plastikhülle mit den bescheidenen Preisangaben noch zwei weitere an der Wand des Wagens hingen, die die Aufschrift trugen: ›Gott hält seine Hand über dich‹ und ›Ich danke meinem Herrn für die Erschaffung des Menschen‹.

Der Verkäufer hatte Birne und sein Interesse an ihm bemerkt und löste seinen Hintern von der Ablage. Birne zog sich zurück, bevor es zu spät war, wandte sich einer Gruppe junger Menschen zu, die vor dem Haupteingang des Bahnhofs in der Sonne lagen und sich gegen ihre großen Rucksäcke lehnten. Birne schritt an ihnen vorbei in die Halle. Dort herrschte ruhiger Nachmittagsbetrieb, wenige wollten fort, noch weniger kamen an, die Hitze war überall die gleiche, was wollte man also hier, ein Bahnhof ist schließlich kein Baggersee. Birne gelangte zu den Gleisen und blieb dort stehen. Im Schatten, der aber nicht viel brachte.

Er achtete auf ausländische Gesichter und fand keines verdächtig, es aber bald lächerlich, einen Menschen so einzustufen. Er war im Polizeidienst schnell so geworden, wie er nie sein wollte. Ihm fiel nun erst auf, dass ihn die Gott-Sprüche auf dem Imbisswagen hätten skeptisch machen müssen. Er hatte es wahrscheinlich mit einem Radikalen zu tun und hätte gleich handeln müssen. Birne fragte sich, ob er ein guter Polizist sein konnte, wenn er so langsam reagierte, beschloss dann aber, dass die Temperatur manches entschuldigte. Jemand, der so viel schwitzte wie er und so viel Flüssigkeitsverlust verarbeiten musste, konnte nicht zu 100 Prozent funktionieren.

Eine Uniformierte hielt auf ihn zu. Wo hatte sie ihren Kollegen gelassen? Er kannte sie. Sie war Anwärterin im letzten Jahr, praktisch Kommissarin und er ihr einen kleinen Schritt voraus. Konnte er doch nichts dafür, dass sie ihn diese Stufe hatten überspringen lassen, dass er gleich voll hatte einsteigen dürfen, weil ein Bedarf war an fähigen Polizisten. Als Anwärterin durfte sie noch nicht allein auf Streife gehen. Niemals. Wollte der Kollege im Mc Clean einen Euro für etwas hinaushauen, was die Hunde, sogar die Hunde auf der Straße, umsonst hatten? Wollte er Sandwiches besorgen? All das durfte er nicht. Er durfte die ihm anvertraute Anwärterin nicht allein lassen.

Birne könnte beide anschwärzen, ihnen eine Verwarnung wegen der Sandwiches im Dienst einbrocken. Er würde das nicht machen. Er kannte sie persönlich und den Kollegen vom

Sehen. Ihr Name war Tanja. Sie war mittel, von der Größe. Volle Backen, nicht dick, aschblondes Haar, polizistisch zu einem Pferdschwanz gezähmt. Schmale, ziemlich blutleere Lippen, die nicht recht zu den relativ sinnlichen und spitzen Augen passten. Denen hatte sie nachgeholfen mit Kajal, und jetzt wirkten sie auch, gab Birne zu. Die Augen, der Rest ließ ihn kalt. An so einem Tag.

Sie blinzelte ihm zu. Sie durfte ja nicht zu erkennen geben, dass sie sich kannten. Er war in Zivil und sollte nicht auffliegen. So wie er rumlief, fiel er zwar auf, wurde aber vor allem für einen Deppen gehalten. Er drehte sich weg, als sie ihm zum zweiten Mal zulächelte. Die konnten ihn jetzt mal. Wenn die sich das erlaubten, konnte er sich auch etwas herausnehmen. Stracks steuerte er seinen Chickenmann an und verlangte von ihm ein halbes Gebratenes, was dieser mit einem Lächeln und einem »Gern« quittierte.

Der Mann hantierte mit seinem Grill und seiner Geflügelschere, Birne schwitzte vor dem Wagen, im Rücken die Hitze der Sonne, von vorn die des Grills. Er bereute es beinahe, bis er endlich in einer Plastiktüte den toten Vogel mit einer einen halben Tag alten Semmel und sieben Papierservietten überreicht bekam.

»Schönen Tag noch und vielen Dank«, sagte der Brater und lachte.

Birne sagte: »Ebenfalls«, und drehte sich verloren um. Er suchte nach einem Platz, an dem er sorglos genießen konnte und entschied sich für die abseits gelegenen Stufen der Bahnhofsfrontseite. Beim Setzen beschmutzte er sich den Mantel, es war ihm egal. Während des Auspackens verbrannte er sich die Hände. Er dachte: Hoffentlich ist er schön durch, und dann entdeckte er rosa Stellen auf dem Fleisch. Oh je. Auch das war ihm egal. Er biss in die Semmel, die fettig geworden war durch seine Finger, die beim Auspacken des Tiers ihr Fett abbekommen hatten. Dann die ersten Fasern zwischen den Zähnen. Gut. Fanta trinken hinterher. Oder Apfelschorle?

Das Essen machte seine Beine träge und weckte seine Sehnsucht nach Schlaf. Allein der Durst nach Limonade trieb ihn auf. Er tauchte seine fettigen Handflächen in den Staub der Stufen, den die Menschen an ihren Schuhen von der Straße hergetragen hatten. Spuren von Hundekot, ausgespuckten Kaugummis, Teerresten von zertretenen Kippen – alles beim Aufstehen an die Fingerkuppen geschmiert.

Da war noch ein dunkelhäutiger Mensch, ein Hip-Hopper oder angezogen wie ein Hip-Hopper, unverdächtig der Terrorgefahr, meldete Birnes Instinkt, und doch in der Zange. Ein Bahnbeamter stand vor ihm und redete auf ihn ein, drückte Tränen der Verzweiflung aus ihm heraus.

»Sie dürfen das nicht, das wussten Sie, überall hängen Uhren«, sagte der Bahnbeamte in seiner dunkelblauen Uniform. Er hatte ein langes, alkohol- oder ausschlagrotes Gesicht, einen Buckel und grau meliertes, spärlicher werdendes, dafür kurz geschorenes Haar. Er bedrängte einen jungen Menschen wegen seiner Hautfarbe und vielleicht wegen seiner Kleidung. Er riss ein Auge, das er gern hätte zudrücken können, demonstrativ weit auf. Irgendeine willkürliche Uhrzeitscheiße sollte nun einem Jugendlichen zum Verhängnis werden. Ein paar verhängnisvolle Minuten würden dem Armen Löcher ins Portemonnaie reißen, unangenehme, hässliche, tödliche. Der Bahnbeamte stahl einem anderen Zeit, die ihm selbst bezahlt wurde. Birne packte die Wut. So viel sinnlose Ungerechtigkeit. Es war nicht seine Natur, sich in die Angelegenheiten anderer einzumischen. Er wäre auch hier lieber nicht Zeuge geworden. Aber jetzt musste er eingreifen, sogar sein Inkognito riskieren. Dieses Unrecht durfte nicht zugelassen werden!

Zäh erhob er sich und schwankte, zusammengeknüllte Servietten und Zellophantüten in der Hand. Das Schwanken hielt er für normal. Seinem Blut musste er Zeit lassen, seine Bahnen durch den Körper zu finden und quick zu fließen. Doch nach zwei Schritten merkte er, dass das Schwanken sich nicht kontrollieren ließ, dass es begann, ein Eigenleben zu führen und Birnes Leib nach Lust und Laune in der Nachmittagssonne auf dem Bahnhofvorplatz zu schwenken. Birne wollte noch »Halt!« schreien, da fiel er schon zu Boden, sah mit Geschwindigkeit das Pflaster näher kommen und verschwimmen. Schwarz. Kein Gedanke mehr, nur Ozean.

Die Menschen liefen zusammen, langsamer als üblich. Ein Kreislaufkollaps, normal zurzeit, gerade wenn der Depp sich auch noch so ummantelte. Die Servietten waren Birne aus Tüte und Hand gerutscht und trieben ein wenig hin und her im plötzlich aufkommenden Lüftchen, keine Spur von Wegfliegen. Unter den Jugendlichen auf der Treppe war ein Mädchen, das sozial eingestellt war und helfen wollte. Sie lief zu Birne. Der dunkle Gockelbrater beugte sich aus seinem Wagen, um zu sehen, was da los war, und geriet in Sorge, dass man ihn in Verbindung mit der Ohnmacht brächte und somit sein ohnehin schon dürres Geschäft vollends verdorben wäre. Der Bahnbeamte hielt inne beim Fertigmachen des Schwarzfahrers und wandte sich in Richtung des gefallenen Birne. Als sein Opfer die Gelegenheit zur Flucht nutzen wollte, packte er ihn windeseilig mit den Worten: »Halt, Freundchen!« Wie um Birne keinen Triumph in der Ohnmacht zu gönnen, ließ er ihn liegen und führte den anderen ab, um ihm den Bescheid auszustellen.

Noch bevor das soziale Mädchen, das dünn war, Zöpfe trug und durchaus hübsch war, sich im Zentrum des sich müde bildenden Gafferkreises über Birne beugen und ihm Erste Hilfe zukommen lassen konnte, war schlagartig wie aus dem Nichts die einsame Polizistin von vorhin am Mann und veranlasste knapp das Nötige: »Abtransport.«

2. HOSPITAL

Als Birne erwachte, ärgerte er sich, weil er sofort wusste, was das, in dem er lag, war: ein Zimmer im Zentralklinikum. Er sah die Tapete, ein Fasermuster, es sollte gut und modern ausschauen mit dieser leicht grünen Farbe. Vor dem Fenster konnte er in ein paar 100 Metern Entfernung den Bismarckturm von Steppach sehen. Birne war traurig, es hatte ihn umgehauen, er hatte sich und seinem Körper eine Ladung zu viel zugemutet, das hatte er nun davon: Er hatte seine Grenzen entdeckt.

Das war noch nie vorgekommen – Birne war immer kerngesund gewesen, kein Anflug von Grippe, wenn die anderen um ihn in der Straßenbahn schon dem Tod näher als dem Leben waren, musste er nicht mal Rotz hochziehen, nie. Und jetzt lag er da, als ob alles auf einmal gekommen wäre. Birne fragte sich, woran es gelegen hatte, ob er zu müde war, ob er sich mehr schonen sollte den Rest seines Lebens.

Neben ihm schlief einer, der war, von dem weißen Nachthemd mit blauen Punkten abgesehen, komplett grau: graue Haut, lichter werdende graue Haare, graue Hände, graue Lippen, wahrscheinlich auch graue Augen und graue Zähne. Und tiefe Altmannfalten im ganzen Gesicht, obwohl er jünger sein musste als ein richtig alter Mann. Birne hatte Angst, es musste was bedeuten, dass der neben ihm lag. Hier lagen die Hoffnungslosen, die betreut wurden von Schwestern, denen der Ruf bei jedem strengen Schritt, mit dem sie durch diese trostlose Station jagten, mitteilte, dass die Patienten, die hier starben, dies nicht aus der eigenen, ihnen verbliebenen Kraft geschafft hatten. Denen war geholfen worden, als sie damit nervten, das Wenige, das man noch in sie reinschieben konnte, gleich wieder rauszukacken. Elende Krepierer, auf die draußen keiner mehr wartete, deren Tod höchstens ein paar Erbmilllionen freisetzen würde, die jetzt der Wirtschaft zum Totalaufschwung noch fehlten.

Birne fehlte der Lesestoff. Er sah nicht ein, dass er, ohne Ansprache zu haben, neben diesem praktisch toten Leib liegen musste. Dabei musste er trübe werden. Darüber würde er sich beschweren, sobald er Gelegenheit dazu bekam. Man darf die Toten und die Lebenden nicht ins selbe Schlafzimmer legen. Der atmete auch nur noch schwach. Wenn er starb, was sollte Birne tun? Wegschauen?

Jemand näherte sich ihrer Tür. Birne rechnete damit, dass dieser Jemand an der Tür vorbeigehen würde, ohne sich für sein Erwachen zu interessieren. Wen konnte es schon interessieren? Jemand stand vor ihrer Tür, der Tür von ihm und dem Sterbenden. Birne musste seine Tür mit einem Toten teilen. Er fand, dass ihm im Augenblick zu viel zugemutet wurde. Er war schließlich umgekippt. Er musste geschont werden. Er war nicht wertlos, er verrichtete einen wichtigen Dienst für die Allgemeinheit: Er schützte sie vor dem Bösen. Und solche Menschen darf man nicht einfach zu den Toten sperren, die brauchen die Lebenden dort draußen. Auch in einem Krankenhaus sollten Menschen wie er nicht neben den Sterbenden liegen, fand er, während dieser Jemand immer noch vor seinem Zimmer stand und vielleicht versuchte, seinen Namen an der Tür zu lesen, oder sich nicht traute hereinzukommen, weil er den Anblick Birnes fürchtete; weil er oder sie, nach einem Blick auf den Toten, Birne anschauen würde.

Birne fand, während jemand vor seiner Tür zögerte, dass der ihm angemessenste Platz in einem Krankenhaus der neben den jungen Müttern wäre. Man sollte die Hoffnungen einer Gesellschaft immer zusammenlegen, außer man hatte Angst vor terroristischen Anschlägen und dass diese einem alle Hoffnungen auf einmal raubten.

Birne dachte an eine Bombe im Kreißsaal: eine Katastrophe. Aber er würde überleben und den terroristischen Arschlöchern das Handwerk legen. Wenn er nicht noch einmal aus den Socken fiel und neben einem Grauen landete.

Die Tür ging auf und Birne war sogar froh, als die junge Polizistin hereinkam. Er erinnerte sich an ihren Namen: Tanja. Sein Gehirn funktionierte, das Gehirn war schließlich das Wichtigste. Solange dein Gehirn funktioniert, dürfen die dir nichts rausschneiden, dürfen die dich nicht für tot erklären.

Sie hatten ihn noch nicht vergessen da draußen. Sie sagte nichts und kam schweren Schrittes auf ihn zu. Würde, dachte Birne. Sie hatte Angst, ihn durch eine falsche Bewegung zu töten. Sie musste mitbekommen haben, wie es ihn umgehauen hatte. Sie war Zeugin. Und Zeugin bei einem solchen Fall zu sein, bringt einem den Bekannten näher. Da muss man mindestens mal nachschauen, wie es diesem geht.

Birne ahnte nicht, dass sie es war, die den Notruf abgegeben hatte, die ihm Erste Hilfe geleistet hatte.

»Fährst du Motorrad? Das wusste ich gar nicht«, sagte Birne und nahm Bezug auf ihre tiefschwarze Lederkluft, in die sie sich gezwängt hatte.

»Ja, ja, schon ein paar Jahre«, war ihre erleichterte Antwort; erleichtert deswegen, weil sie merkte, dass sie Birne jetzt nicht beim Formulieren möglichst cooler letzter Worte Gesellschaft leisten musste, sondern wenigstens Birne davon ausging, dass das noch eine Weile so weiterging, dass er schon wieder werden würde.

Die Worte, die sie eben gesprochen hatten, lösten Leben in dem Grauen aus, er bewegte sich, zuckte ein bisschen und rang sich dann zum Aufwachen durch. Erschrockenen Blicks durchsuchte er zuerst das fast leere Zimmer vor seinen Augen und entdeckte dann Birne und seinen Gast. Das beunruhigte ihn, dass da jetzt jemand war neben ihm, dass sie ihm Kassenpatienten nicht einmal die letzten Stunden allein ließen.

»Grüß Gott«, versuchte Birne die Steifheit der Situation zu lockern.

Der Graue drehte seinen Kopf weg, starrte an die Decke und stieß ebenfalls ein »Grüß Gott« heraus. Sein Gruß war seiner verletzten Stimme wegen jedoch brüchig und unwillig.

Birne wollte nicht aufgeben, Birne wollte Mut machen, er sagte: »Ich bin am Bahnhof umgekippt, einfach so, die Hitze wahrscheinlich, und dann bin ich hier aufgewacht, keine Ahnung, was dazwischen passiert ist. So etwas hatte ich noch nie, hoffentlich ist es nichts Ernstes. Ich rechne mal nicht damit, ich rechne damit, dass die mich mal so richtig durchchecken mit EKG und allem, Tomografie und Kardiogramm, lalala, und dann nach Hause schicken mit einer Packung teurer Vitaminpräparate und der Warnung, mal ein bisschen runterzuschalten: weniger Stress, weniger Job, weniger Alk, weniger«, schalkhafter Blick zu Tanja, »Frauengeschichten, weniger Extremsport. Ein Schuss vor den Bug. Ich werd mich dran halten« schelmisches Lachen, »ich werd's ihnen versprechen, und schon zwei Monate später an kein Wort davon mehr denken und leben, wie es noch nie ein Deutscher getan hat.«

Tanja quietschte zur Unterstreichung mit ihrer Lederjacke.

Birne fuhr fort: »Und weshalb sind Sie hier?«

Der Mann im Bett neben ihm hob kurz und müde seine Hand und ließ sie wieder fallen, dazu stöhnte er: »Ach.«

»Haben sie noch nichts gefunden?«, startete Birne seinen letzten Versuch.

»Doch«, sagte der Mann und mühte sich hoch: »Ich erzähl's Ihnen, aber jetzt haben Sie Besuch, seien Sie nicht unhöflich. Bei einer so schönen jungen Dame.«

Birne bildete sich ein, dass der andere bei seinem letzten Satz ein bisschen mehr Stimme bekommen hatte und sogar ein wenig Farbe.

Tanja war verlegen, der Nachbar lag nun zufrieden da, ihnen leicht zugewandt und grinste.

»Wie geht's dir denn?«

»Mir? Mir geht's super, danke. Ich weiß gar nicht, was ich hier noch soll. Wie geht's euch denn draußen? Dir und Trimalchio?«, erteilte Birne seine Auskunft.

»Ich bin okay und von Trimalchio weiß ich nichts, geht mich auch nichts an, und wenn's mich was anginge, würd's mich nicht interessieren.«

Der Nachbar war eingeschlafen.

»Ich hab dir was mitgebracht«, sagte Tanja und zog unter dem Reißverschluss über ihrer Brust ein Magazin hervor. »Was zum Lesen, damit es dir nicht langweilig wird.«

Birne war ehrlich gerührt. »Das ist nett von dir.«

»Schon okay.«

Es war so ein Herrenmagazin mit wenigen nackten Frauen, dafür viel muskulösen Männern auf den Bildern, neben denen stand, wie man so einen Körper bekommen konnte: Extremsport. War jetzt halt leider nichts mehr für Birne, er hatte soeben seinen ersten Kreislaufzusammenbruch im Leben gehabt. Trotzdem irgendwie rührend, Tanja gab sich Mühe, und Birne fand das schön. »Danke«, sagte er. »Ich hab gar nichts mitbekommen am Bahnhof. Auf einmal war's schwarz um mich.«

»Das war dumm, ich war in der Nähe. Ich hab den Krankenwagen kommen lassen. Wir waren ganz schön erschrocken. Du sahst nicht gut aus.«

»Tut mir leid.«

»Jetzt geht's ja wieder.«

»Apropos Schreck: Was ist mit meiner Waffe, meinem Ausweis, meinen Sachen?«

»Keine Panik, haben wir versorgt.«

Birne ließ sich zurückfallen, erleichtert. Dann kehrte Stille ein.

»Danke für das Heft.«

»Ich hoffe, du liest so was. Ich wusste ja nicht.«

»Man weiß oft so wenig voneinander, auch wenn man jeden Tag nebeneinander arbeitet.«

»Ja, ja.«

»Liest wahrscheinlich dein Freund recht gern, so Magazine.«

»Nein, nein, ich hab nur gedacht, das ist was für einen Polizisten.«

»Du meinst, wir stehen auf unsere Körper? Im Moment geb ich zu, eher so na, na.«

Sie hatten sich nichts zu sagen, das zu leugnen, wäre blöd gewesen, aber Birne fand es in dem Augenblick direkt schade, dass er mit seiner Samariterin vorher so wenig unternommen hatte, sodass sie sich nach der Rettung so fremd waren.

»Ich muss weiter«, gab sie vor, um rauszukommen.

»Du, vielen Dank, du, wenn ich wieder laufen kann, dann gehen wir sauber in ein Café und ich lade dich ein.«

Sie grinste, weil sie sich aufrichtig freute. »Machen wir.« Und sie ging zur Tür.

Birne rief ihr nach: »Du darfst mich gern noch mal besuchen, solange es mir hier drin langweilig ist.«

»Mal sehen«, sagte sie, während sie sich umdrehte. Es knistert, dachte Birne. Vorsicht, eine Bettsituation ist immer eine Ausnahmesituation. Verstand behalten.

»Der Schatten ist die dunkle Seite der Persönlichkeit, die wegen Menschenangst unterdrückten und ins Unbewusste abgeschobenen düsteren Seiten seiner Seele. Solange das Ich sich nicht mit dem Schatten auseinandergesetzt hat, wird die-

ser häufig auf Personen oder Objekte außerhalb des Ichs pro-
jiziert.«

Birne war eingenickt – nur kurz – und träumte wirres Zeug.
Er hatte eine erbärmliche Angst vor jemandem einzuschlafen,
nicht nur, weil er sich vorstellte, dass er unheimlich bescheuert aussah beim Schlafen, sondern weil er sich sicher war, dass
er dabei redete, dass er Dinge preisgab, die ihm selbst nur
am Rande bewusst waren, den anderen aber, die ihm zuhör-
ten, wertvolle Informationen über Birnes geheime Begierden
verrieten, was jene – es musste nur einer von drei Millionen
sein – sofort benutzen konnten, Birne reinzulegen, ihn nach
allen Regeln zu manipulieren.

In dem Fall dieses kurzen Einnickens war es aber nicht
er, der geredet hatte, sondern sein Nachbar, der Graue, der
ihm ebenfalls Angst machte. Er hatte von Schatten in seiner
Seele oder seiner Lunge gefaselt. Birne hatte in Sekunden-
bruchteilen zu entscheiden, ob er gemeint war oder ob der
andere delirierte, ihm vielleicht in seinem Halbschlaf gerade
Dinge verriet, die nun umgekehrt Birne irgendwann nützlich sein konnten.

Birne entschied sich für: »Wie bitte?«

Der Graue erschrak über Birnes Worte, er zuckte, so wenig
es ihm seine schwachen Glieder erlaubten, und drehte langsam,
Birne fand, theatralisch langsam, seinen Kopf nach rechts, wo
Birne in unendlicher Peinlichkeit saß.

»Lesen Sie keine Bücher?«

Birne war beleidigt. Birne las Bücher, dass es krachte; wenn
der Graue nur eine Ahnung hätte, wie viele Bücher Birne las
und nicht nur blöde Unterhaltungsromane oder Trivialsach-
bücher. Birne hatte eine bestaunenswerte Fähigkeit, sich für
Dinge zu interessieren, nutzlos scheinendes Wissen kubik-
meterweise in sich zu saugen und zu verstauen in den Weiten
seiner Axone und Synapsen und bei passender Gelegenheit,

zum Beispiel um fremde Frauen zu beeindrucken, hervorzuzaubern.

»Ich lese Bücher, aber hallo«, antwortete Birne und war erstaunt darüber, wie harsch er mit Todkranken reden konnte.

»Aber nur Schwachsinn, die wirklich guten Bücher liest keiner – ich halt, aber davon werden die wirklich guten Bücher bald nichts mehr haben«, sagte Birnes Nachbar und lachhustete dreckig.

Sie hatten sich nicht gesagt, was sie hierher geführt hatte, aber dieser Mann konnte nicht leugnen, dass es für ihn an der Zeit war, das Seinige hier unten zu regeln; er spaßte noch darüber oder schon wieder.

»Schwierig zu entscheiden, welches die richtigen Bücher waren, wird sich wohl erst am Ende zeigen«, trug Birne einen agonalen Gedanken bei.

»Keine Ahnung, die Menschen.«

»Wer – Ihrer Meinung nach – hat denn dann eine Ahnung, wenn schon Menschen keine haben?«, hakte Birne nach.

»Hab ich Sie beim Einschlafen gestört? Tut mir leid, ich bemühe mich, leiser zu sein in Zukunft.« Er seufzte.

»Ich wollte eh gerade aufwachen, kein Problem.«

»Wissen Sie, dass Sie ziemlich viel im Schlaf reden?«

Birne schluckte. »Wovon haben Sie gerade gesprochen?«

»Ich habe Sie reden hören, da hab ich mir gedacht, ich könnte mit Ihnen reden, aber sie haben geschlafen«, erklärte Birnes Nachbar.

»Tue ich nicht mehr. Wir können reden.«

»Sie sehen ausgesprochen schlecht aus. Entschuldigen Sie, wenn ich das so sage, aber mir macht es nichts mehr aus, ich muss keine Komplimente mehr machen, ich verspreche mir nichts mehr davon, ich sag jetzt nur noch die Wahrheit – was nicht heißt, ich hätte mein ganzes Leben ausschließlich gelogen. Weshalb sind Sie hier?«

»Sie suchen noch«, gab Birne zu.

»Haben sie bei mir auch, lange, und als sie gefunden haben, haben sie gesagt, schade, dass wir jetzt erst was gefunden haben. Könnt das Game-over gewesen sein – für Sie –, uns passiert das täglich und wir machen weiter, weil wir weitermachen müssen.«

Birne bekam Angst, er konnte das nicht leugnen. Immer gerade die, die sonst ihr ganzes Leben kerngesund waren, trifft es dann auf einmal mit voller Wucht. Nichts bis jetzt und dann plötzlich: Schluss in zwei Monaten. Was ich noch zu sagen hätte, dauert diese eine Zigarette, auf die es auch nicht mehr ankommt.

Birne überlegte – in der doppelten Bedeutung des Wortes – fieberhaft und kam zu der Meinung, dass er ja im Prinzip beim besten Willen nicht als der Inbegriff von Kerngesundheit durchgehen konnte. Im Grunde, wenn man genau nachdachte, hatte er jeden Monat eine Kleinigkeit, mal einen Husten, mal ein bisschen Durchfall, gelegentlich auch mal so eine Art leichte Mittelohrentzündung. Sein Herz, dazu fehlte ihm der Vergleich, schließlich trug er immer nur seines in der Brust, das machte ab und an Sprünge, von denen er nicht sicher sagen wollte, dass die in Ordnung waren.

Birne wollte sich jetzt ablenken. Er fragte, nicht nur weil er es wirklich nicht wusste, sondern weil er es auch wissen wollte: »Was red ich denn, wenn ich im Schlaf red?«

Der Graue grinste, dann lachte er, dann rang er nach Luft, und Birne dachte: Tolle Gespräche führen wir hier.

»Sagen Sie mal, wenn dann stecken Sie nicht allzu weit drin in einer festen Beziehung?«

»Das hört man mir also an im Schlaf?«

»Wenn man eins und eins zusammenzählen kann, aber keine Sorge, ich kenn keinen, dem ich es erzählen könnte und werde wahrscheinlich auch niemanden mehr kennenlernen.«

Beide Männer sagten eine Weile nichts. Sie würden nicht scherzend weiterreden können, sie sammelten sich, um ernsthafter miteinander zu sprechen.

»Ich wollt Sie nicht verstören, mein Lieber, tut mir leid, man wird so, mit dem Tod an der Bettkante. Kann Ihnen auch so gehen, sobald das nächste Mal der Arzt da war und Ihnen was mitteilt.«

»Bitte, ist in Ordnung. Ich sollte mehr Gespür haben.«

»Was machen Sie beruflich?«

»Ich bin Polizist.«

»Ach, das ist ja schön«

»Ich bin direkt vom Dienst hierher gekommen.«

»Sind Sie angeschossen?«

»Ach wo, kein einziger Schuss ist gefallen.«

»Dann sind die Gauner auf freiem Fuß?«

»Könnte man so sagen, und solange ich hier liege, haben sie genügend Zeit, noch mehr zu werden.«

»Scheiße.«

»Sie sagen es.«

»Welche Art von Gauner jagen Sie?«

»Ach, alles Mögliche.«

»Na, ein bisschen genauer können Sie es schon machen: Sind es Kleinkriminelle, Fixer, Spießer, Dealer oder mehr so Mafia?«

»Oh, mehr so Mafia.«

»Dann müssen Sie aber schon ganz schön weit oben sein in der Polizeirangfolge.«

»Ganz im Gegenteil: gerade erst eingestiegen.«

»Was Sie nicht sagen.«

»Zurzeit ist internationale Terrorgefahr, da braucht man jeden Mann an dieser Front.« Birne versuchte zu lachen, als ob er einen Witz gerissen hätte.

»Das ist mir alles so fern, mir ist so düster, verstehen Sie, bald ist die Erde mich los und das Schlimmste ist: Mir fällt nichts ein, was ich gern noch getan hätte, bevor ich hier abtrete. Ich könnt sofort gehen.«

»Familie?«

»Vergessen Sie's. Sogar versucht, aber ich bin kein solcher Mensch. Ich hätt gedacht, wegen meiner Gedanken würd man mich mal vermissen. Scheißdreck.«

»Wieso? Sind sie nicht gut?«

»Keine Ahnung, ich halt sie ja für brillant, aber keine Ahnung, was einer dazu sagen würde, der was versteht von Gedanken, ob der mich auslachen würde.«

»Haben Sie sie aufgeschrieben?«

»Teilweise, ein paar wesentliche fehlen noch. Das könnt ich noch machen, bis mir der Stift aus der Hand fällt. Malone stirbt. Gute Idee.«

»Haben Sie bereits etwas veröffentlicht?«

»Ach wo, wer soll denn so etwas schon veröffentlichen?«

»Müsst man sich halt mal darum kümmern.«

»Müsst man erst mal selbst davon überzeugt sein.«

»Jetzt bin ich doch da, erzählen Sie mir, was Sie noch drückt. Und ich sage Ihnen, ob's was taugt. Weiß ja ein bisschen was, denk ja selbst dauernd über was nach.«

»Und was ist, wenn's Ihnen nicht taugt, wenn es der halben Menschheit taugen würde und nur Ihnen nicht. Dann stürbe ich mit dem schlechten Gefühl, nur Scheiße gedacht zu haben.«

»Nein, nein, keine Sorge, ich verspreche, mich anzustrengen, Ihnen nicht ansatzweise dieses Gefühl zu geben.«

»Ach …, wie heißen Sie eigentlich?«

»Birne, sagen Sie Birne zu mir.«

»Ach, Birne, ich hoff, es ist was Ernsthaftes bei Ihnen, dass Sie mir möglichst lange als Zimmerkamerad erhalten bleiben.«

»Na, und andersrum, wär ich schnell wieder raus, könnt ich mich um einen Verleger für Sie kümmern. Ich habe Kontakte da draußen, die könnte ich nutzen.«

»Stimmt, das hätt auch was. Richtiger Glückstag heute für mich, was? Birne, ich werde mir Mühe geben, dass es für Sie auch einer wird.«

Und der Graue fing an, vor Birne sein Leben auszubreiten.

3. SUPERMARKT

Blass und verloren stolperte die junge Frau durch die Reihen voller Angebote. Sie machten ihr Angst und sie hatte den Eindruck, fremde Drogen konsumiert zu haben. In ihren Augen standen Salz gewordene Tränen. Sie suchte hier nach jemandem, den sie ansprechen konnte, der nicht belästigt weglief, wenn sie das Wort an ihn richtete. Dabei ließ sie sich schamlos zusehen. Man hoffte, dass sie bald stürzte, irgendwie zwischen den Regalen, damit ein Notarzt gerufen werden konnte und die Erscheinung zu einem echten Spektakel anwachsen konnte.

Ein Mann, der sein gutes Herz am offenen Leib trug, hielt es schließlich nicht mehr aus und sprach sie an – die anderen im Laden taten plötzlich alle sehr beschäftigt und wandten sich wieder ihren Wägen zu.

»Kann man Ihnen helfen?«, fragte er und berührte sie kurz an der Schulter, was sie zusammenzucken ließ wie der Anblick einer Vogelspinne in der Käseauswahl.

»Helfen Sie mir, bitte«, antwortete sie mit verschwindender Stimme.

»Geht es Ihnen nicht gut?«, wollte der Hilfsbereite wissen.

»Helfen Sie mir«, sagte sie wieder und der Verdacht kam auf, es hier doch mit einer Konsumentin zu tun zu haben. Die anderen lachten schon über den Mann, der sich mit seiner Liebe zu allen Menschen ein Drogenmädchen an Land gezogen hatte.

Ein großer Mann mit einem Furcht einflößenden Auftreten kam dazu, sagte mächtig: »Da bist du. Aha«, und griff sie an der Schulter, kräftig. Sie ließ das geschehen, ließ sich wegziehen. Hier stimmte was nicht, wenn das so mühelos geschehen konnte. Dafür war der Hilfsbereite zu klein. Da musste ein richtiger Mann her, der auch die Polizei rufen konnte. Man liest genug darüber. Diese Menschen sind krank und der Menge ausgeliefert, nur ihrem Opfer gegenüber sind sie stark. Man konnte zugreifen und schon morgen sein Bild in einer Zeitung unter der Überschrift ›Held des Tages‹ bewundern. Man musste jetzt nur handeln. Keiner traute sich mehr. Die beiden, der große Mann und das blasse Mädchen waren weg, durch die Glastür verschwunden, bevor jemand was unternehmen konnte. Keiner konnte sagen, ob man einen Tag oder nur vier Sekunden hatte verstreichen lassen. Man hatte die Zeit einfach verstreichen lassen und nun war es zu spät. Super. Ein Opfer vor der Haustür mehr, dem man hätte helfen können. Gegen eine halbe Milliarde Chinesen, die wir jeden Tag ausbeuten, nur um billiges Sportleder an unseren Sohlen zu tragen. Eine vor der Haustür gegen eine halbe Milliarde auf der anderen Seite dieser Erde.

4. KRANKENHAUS

»Na, wie sieht's aus? Bekommen sie dich wieder hin oder kann ich den Kranz kommen lassen?«

Der Mann, der da neben ihm am Bettrand saß, passte nicht zu diesem Satz, dieser Mann war zu fein für so etwas, er war nicht der Tod. Birne verdankte ihm viel. Eine beinahe schmächtige Statur mit einem schmalen Gesicht, tiefe Lachfalten als Zeichen einer inneren Zufriedenheit. Lebendig in der Realität wühlende blaue Augen, von grauen Strähnen unterbrochene schwarze Locken, gerade Zähne in einem verwegenen Stoppelfeld von Bart: Trimalchio, Birnes Vorgesetzter, der, der ihn an Bord geholt hatte, saß nun am Bett und besuchte ihn und wollte auch was, das er gleich rauslassen würde.

»Geben sie dir Zeitungen zu lesen?«, fragte Trimalchio und blickte sich verschwörerisch um; da lag der Graue und atmete schwach.

»Ich bin hier nicht im Gefängnis«, antwortete Birne.

»Gut.« Dann merkte Trimalchio, dass er etwas vergessen hatte: »Was ist es denn jetzt los mit dir? Muss ich mir Sorgen machen?«

»Nein«, beruhigte Birne den Vorgesetzten. »Keine Sorge, war nur eine kleine Kreislaufschwäche wegen der Hitze und dem Mantel, den ich zu tragen hatte wegen der Waffe, die nicht zum Einsatz kam, aber beinahe in falsche Hände geriet.« Der letzte Satz klang vorwurfsvoll und die nun folgende Frage auch: »Kannst du mir ein Glas Wasser holen?«

»Ich hab was Besseres!«, grinste Trimalchio und schob seinen Mantel, der sich nicht sehr von Birnes unterschied – er signalisierte nur eine höhere Position –, beiseite, schüchtern wie ein debütierender Exhibitionist. Es kam eine Supermarkttüte zum Vorschein, die – das konnte man hören – helle Biere enthielt.

»Nein, danke«, lehnte Birne ab und sagte: »Lieber Wasser.«

»Es ist doch was und du willst es nicht sagen.«

»Ja, ich habe ein bisschen nachgedacht. Das ist alles und doch schon eine ganze Menge«, sagte Birne stolz und warf einen Seitenblick zum Grauen, unauffällig, wenn auch in der Hoffnung, dass Trimalchio ihn bemerkte und sich erkundigte.

»Wann darfst du raus?«

»Jederzeit.«

»Du könntest mitgehen?«

»Ja, könnte ich, die haben nichts, womit sie mich hierbehalten könnten.«

»Ja, dann lass uns gehen.«

»Nein. Ich kann nicht.«

»Wieso?«

»Wenn ich weniger als 24 Stunden hier bin, muss ich den Einsatz bezahlen: 700 Euro.«

»Verstehe.«

»Wie geht's daheim?«

Trimalchio, das wusste Birne, hatte neulich wieder geheiratet, eine Frau die 15 Jahre jünger war. Die erste Ehe seinerzeit ging zu Ende, weil er nicht reif genug war, das hatte er selbst zugegeben, aber es war eine wunderbare Frau gewesen, zudem eine sehr schöne. Allein Trimalchio liebte sie weniger als das Abenteuer, vielleicht ein Fehler, aber was wollte er machen, wenn die Natur ihn so walten ließ, wie sie ihn geschaffen hatte vor viereinhalb Jahrzehnten. Es hatte Tränen und lauten Streit gegeben, Trimalchio hatte viele Kilos verloren, aber er war durchgekommen und hatte harte Jahre folgen lassen, hart zu sich selbst. Nun hatte er neues Glück gefunden und dieses neue Glück hatte ihm noch ein kleines Glück geschenkt; und sie fragten ihn nun oft wegen seiner Augenringe, ob er wenig Schlaf gehabt habe letzte Nacht, und stolz lächelte er seine Kollegen dann als Antwort nur an. Das war jetzt sein Abenteuer, sein größtes und gewiss auch schönstes, und auch die neue Frau war toll. Trimalchio zog die tollen Frauen an.

»Hast du den Fall Bayer ein bisschen verfolgt?«

Birne schaute ratlos und wiegte sein Wasserglas in der Hand. Die Sonne fiel gerade in den Raum und wenn er das Glas richtig hielt, konnte er vielleicht einen Regenbogen erzeugen.

»Da war ein paar Jahre Ruhe, nichts mehr in den Medien. Aber jetzt scheint sich was zu tun, im Moment, kann allerdings auch sein, dass der Augenzeuge hysterisch ist und sich was eingeredet hat. Egal, eine Spur wär's, ich würd ihr gern nachgehen. Und ich hätt dich dafür im Auge, dass du das erledigst, das wär dein Einstand, deine erste große Nummer, eine Chance für dich.«

Das waren viele Worte auf einmal für einen wie Trimalchio, Birne schaute ihn sich nun genau an – von oben nach unten, er verengte seine Lider, es sah aus, als ob er im nächsten Augenblick einschliefe oder seinen Chef genau fixierte, während er abwog, was das zu bedeuten hatte. Wieso er auf einmal?

»Kannst du dir das vorstellen?«

»Was denn?«

»Es wird vielleicht nicht ungefährlich, aber es wär ein richtiger Fall, nichts mit Bahnhöfen, was man halt macht, weil man das gerade machen soll, verstehst du?«

»Der Fall Bayer?«

Das war eine mysteriöse Geschichte, eine unheimliche. Sie begann relativ normal: Mädchen verschwinden in einer Ecke Deutschlands, in einer Vorstadt einer harmlosen Stadt wie Memmingen. Die Mädchen sind nicht brutal jung, sind aber noch nicht volljährig und alle auf ihre Weise hübsch. Man ist ratlos. Die könnten selbst verschwinden, teilweise weiß man, dass sie sich kennen, von der Schule, vom JuZe, von Partys. Es könnten Drogen sein, vielleicht eine Sekte, vielleicht irgendwas mit Mafia, ein Arschloch, das sie mit irren Versprechungen irgendwohin lockt, sie betäubt, eine ihrer Nieren an einen reichen Amerikaner oder Koreaner verkauft, sie in ein anderes Land bringt und dort für sich als Prostituierte arbeiten lässt. Junge, schöne deutsche Mädchen. Ein Skandal, man ist schockiert und ratlos für Wochen, die Schlagzeilen verschwinden schon, Mädchen keine mehr. Keine Spur, keine Ahnung. Schlimm.

»Man tappte ziellos umher. Ich glaube, es war sogar Bruno, der die gute Idee hatte – jedenfalls war er damals in Memmingen: Sie wollten den Täter in eine Falle locken, sie setzten ein Mädchen aus, ein hübsches Ding, ich sag's dir, man ließ sie vor seiner Nase herumspazieren, ein paar Wochen lang. Man kannte seine Strecke, wusste, wo er zuschlug. Man hatte ein klares Täterprofil und dachte, die Faust nur noch schließen zu müssen und ihn dann darin zu haben. Doch es passierte nichts, wirklich gar nichts. Auch kein anderes Mädchen wurde entführt. Darüber verzweifelten sie dann beinahe, weil sie ein Mädchen in die Schusslinie gebracht hatten, und da lief sie nun rum und bekam selbst große Angst, niemand konnte ihr helfen, wenn sie von ihren Albträumen erzählte und dass der Wichser sie doch endlich nehmen sollte. Man war sich einig, sie aus der Gefahrenzone bringen zu müssen. Doch wohin sollte sie? War sie überhaupt in Gefahr? Ihr Vater schickte sie für zwei Monate nach Kanada. Die Sprache lernen. Ansonsten geschah nichts.«

Dann kam Bewegung in den Fall: Man fand eines der Mädchen wieder. Auf einer Müllhalde, blass, fertig. Sie konnte nichts sagen, war unter Drogen, nur, dass die anderen auch da gewesen seien, wo, wusste sie nicht, wie sie dorthin und wieder weggekommen war auch nicht, nur dass sie fort wollte und irgendwann gerannt sei und Angst habe, dass er sie wieder hole.

Sie konnte ihn nur vage beschreiben: ein großer Mann mit viel Bart im Gesicht. Sie habe ein Zimmer bewohnen dürfen, das wahrscheinlich im Keller gelegen ist; ohne Fenster, nur ein zugemauerter Schacht und wenig frische Luft. Sie sei mit Essen versorgt worden und dann manchmal einfach umgekippt, wahrscheinlich betäubt oder unter Drogen. Sie konnte sich an nichts erinnern nach ihren Blackouts, nur an schreckliche Kopfschmerzen. Sie habe das Schlimmste angenommen, konnte aber nie etwas an ihrem Körper ausmachen. Ab und zu hätte ein anderes Mädchen im Zimmer gelegen. Dagelegen wie tot. Kein Rütteln, kein Schreien habe jemals eine von ihnen wach werden lassen, um mit ihr über die ausweglose Situation zu reden. Ein paar Mal habe sie eine vom Sehen gekannt, einmal war da auch eine richtig gute Freundin von der Schule. Da habe sie geweint, Stunden am reglosen Körper, es habe nichts gebracht. Irgendwann sei sie wieder eingeschlafen – es könnte ein Gas gewesen sein, das eingeleitet wurde in den Raum – und nach dem Erwachen war sie wieder allein mit ihren Kopfschmerzen und ihrer Angst und ihrer Einsamkeit.

Raus durfte sie nur dieses eine Mal, da sah sie das Haus, es war kein besonderes, aber es war ein Pool im Garten, nichts Großartiges, einen, den man in einem Versandkatalog bestellen konnte, und der einem keinen Spaß bereitete, weil sich dauernd Algen im Wasser befanden, solange bis es einem zu blöd war und man ihn leer stehen ließ und Gartenmöbel darin lagerte. Dieser war auch leer gewesen. Der Mann stand neben ihr in einem Bundeswehrparka und schaute da gedankenvoll rein. Das war das Erste, was sie wahrnahm, er drehte ihr den Rücken zu, sie konnte nicht viel erkennen. Er blickte irgendwie traurig drein. Sie schloss sofort die Augen, weil sie eine Chance witterte. Sie hörte ihn weggehen, schwere Schuhe auf einem Betonboden. Sie hörte, wie eine Terrassentür aufgeschoben wurde, und dann seine Schritte auf einem Parkettboden.

Sie sprang hoch und rannte und merkte, wie schwach sie wirklich war. Sie stolperte und schrie nicht, weil ihr die Kraft fehlte, das rettete sie. Es war niemand hinter ihr, niemand hatte etwas bemerkt. Sie erreichte eine eiserne Gartentür, eine harmlose Gartentür, sie war nur angelehnt, sie kam durch wie nichts und lief durch ein Wohngebiet, sie kannte kein Haus hier, aber sie hatte Angst, irgendwo zu klingeln. Alles kam ihr feindlich vor. Sie war sich sicher, dass jeder, dem sie hier begegnete oder den sie aus seinem Haus lockte, keine Sekunde zögern und sie zurückbringen würde in ihr stummes Gefängnis.

Sie stolperte durch diese fremde Welt und hatte keine Ahnung, nur ein Gefühl, dass sie beobachtet wurde, dass hinter jeder dieser verdammten Thujen, hinter jedem dieser halb hochgezogenen Rollläden Augen lauerten und sie feindselig musterten. Sie röchelte und stolperte, sie verlief sich in der Fremde, landete auf einer Müllhalde und rappelte sich wieder auf, weil sie nicht auf einer Müllhalde sterben wollte nach allem, was sie schon hinter sich hatte.

Und dann waren da Kinder, unschuldige Kinder, Buben, zehn Jahre vielleicht, die Bretter von der Müllhalde trugen, um sich Baumhäuser und Lager zu zimmern. Buben, die sie sahen und die mehr Angst vor ihr hatten, vor dem großen schönen, blonden, weißen Mädchen, als sie vor ihnen. Sie liefen zuerst weg und blieben dann stehen, weil sie an jugendliche Detektive in Fernsehserien dachten, sie brachten sie schließlich zu einem Vater und der sie zur Polizei.

»Bayer?«, fragte Birne.

»Sagenhaft viele Meldungen aus der Bevölkerung. Ungeheuerliches in der Nachbarschaft. Viele hatten plötzlich Nachbarn, die eigenartige Dinge trieben. Ich sag dir, schlimmer können die unterm Hitler auch nicht denunziert haben. Das schläft noch immer alles in der deutschen Seele, sag ich dir.«

Wenn Trimalchio so etwas sagte, meinte er das wirklich. Trimalchio war ein bisschen Italiener, viel weniger als sein Name vermuten ließ, aber er fühlte sich auf der sicheren Seite, wenn er die Deutschen verurteilte. War er wahrscheinlich tatsächlich.

»Der Täter war schnell eingegrenzt: Ein gewisser Bernhard Bayer kam infrage. Auf den passte die Beschreibung. Ein ehemaliger Polizist, der auffällig geworden war im Dienst, der gegangen war, bevor man ihn rausschmeißen konnte und der untergetaucht war. Die Kollegen, die mit ihm zusammengearbeitet hatten, waren sich einig, dass alles zu ihm passte. Mädchen kassieren und einsperren, sie unter Drogen setzen. Davon hatte er in seinen Witzen gern geredet. Immer aufpassen mit den Witzen, Birne. Die können dich ans Messer liefern. Allerdings: Man fand nichts. Alle Hinweise führten ins Leere. Bayer war nicht aufzufinden. Keiner hatte Kontakt zu ihm. Der Pool konnte nicht aufgespürt werden. Es war zum Verzweifeln. Die arme Kleine wurde noch einmal durch die Straßen geführt, in deren Nähe man sie aufgegriffen hatte. Sie erinnerte sich an nichts. Man zeigte ihr die Gärten. Es gab Pools und viele hilfsbereite Bewohner, die freiwillig ohne Durchsuchungsbefehl ihre Wohnzimmer öffneten. Doch das Mädchen erkannte nichts wieder. Ein Ort war aus der Welt verschwunden. Der Mann war einfach weg, seine Opfer mit ihm. Kein Mensch interessierte sich mehr für den anderen. Nur noch Dunkelheit überall.«

»Oh ja.« Birne hatte bei den letzten Worten aufmerksam genickt. Trimalchio musterte ihn nun neugierig, als ob aus seinem Gesicht auf einmal eine Lösung für den Fall herauszulesen sei. Verlegen trank Birne das letzte Wasser aus seinem

Glas und stellte es auf seinen Nachttisch, so laut, dass sie beide darüber erschraken.

»Das Scheußliche passierte aber erst jetzt: Das Mädchen, das sie damals als Lockvogel eingesetzt hatten, kam wieder aus dem Ausland und war seelisch einigermaßen repariert, etwas zugeknöpfter als vorher vielleicht, aber in Ordnung, würde ich sagen, ohne viel von Psychologie zu verstehen. Auch wenn die Neuigkeiten in diesem Fall alles andere als toll waren.«

Birne fand das spannend, er dachte sich, dass er bald wieder eine Rolle spielen würde in einem echten Kriminalfall.

»Sie fanden ihren Hund auf der Müllhalde, wo das andere Mädchen aufgetaucht war. Das Tier lag da auf ein paar Brettern, die zu einem Andreaskreuz genagelt waren. Ein Skalpell hatte ihm einen feinen Strich in den Hals geschnitten, aus dem das meiste Blut herausgelaufen war, geschächtet. Es war ein ungemütlicher, ein grauer Tag mit Nieselregen. Neben ihm lag ein Zettel: ›So nicht, Freunde‹ stand darauf.«

»Unheimlich.«

»Die andere, die entkommen war, wurde bald darauf bei einer Hüttenfeier vierfach vergewaltigt. Aber man vermutete wohl zu Recht, dass das damit nichts unmittelbar zu tun hatte, dass das wirklich die drei Jungs waren, die dafür Sozialstunden bekamen.«

»Aha.«

»Egal, jetzt fehlen noch drei und der Bayer, und das seit drei Jahren.«

»Kein Mensch weiß was.«

»Keiner. Doch nun taucht auf einmal eine von ihnen im Supermarkt auf, keiner reagiert, jeder schaut weg und sieht, wie sie abgeführt wird, zurück in ihr Loch. Die Menschen.«

»Wo war das?«

»Hier in der Stadt.«

»Und jetzt?«

»Muss etwas geschehen.«

»Klar.«

»Birne, jetzt kommst du ins Spiel.«

»Und zwar?«

»Was hältst du von Tanja?«

Was sollte Birne von Tanja halten? Sie brachte ihm Hefte hierher. »Nett.«

»Sie sieht jünger aus, als sie ist.«

»Na ja«, wusste Birne dazu, weil er keine Ahnung hatte, wie alt Tanja war. Wie alt mochte Tanja sein? Keine Ahnung.

»Was hältst du von ihr als Lockvogel? Ich denke, sie könnte sein Typ sein, sie ist hübsch und sieht jung aus. Es könnte klappen. Neu ist die Idee nicht, gebe ich zu, aber es ist eine Chance und wir wären blöd, wenn wir sie verstreichen ließen, nur weil wir einmal keinen Erfolg hatten. So funktioniert die Welt: Erste Chancen sind immer Lügner, zweite hauen rein. Und diesmal bist du unsere zweite, sobald du wieder auf den Fersen bist.«

Schon wieder so viele Worte.

»Na ja«, erwiderte Birne.

»Du hältst nicht viel davon. Schade. Aber sei lieber ehrlich zu mir, ist mir lieber.«

»Er hat doch schon ewig keine mehr geholt, vielleicht langen ihm jetzt drei.«

»Ich hab da so ein Gefühl.«

Birne hatte auch eins, das hätte er jetzt aber nicht zugegeben, weil man ihm das trotz Krankenstand vielleicht hätte übel anrechnen können: Trimalchio war seiner Meinung nach sehr scharf auf Tanja und eine Geschichte mit dem jungen und hübschen Lockvogel war seine Art, ihr zu sagen, dass sie ziemlich gute Chancen hätte, würde sie es mal bei ihm versuchen. Und Birne, der ja eigentlich auch auf der Suche war nach Liebe, wahrer großer und endgültig erfüllender, wurde mal wieder gar nicht erst gefragt, sondern einfach als Amor eingespannt. Immerhin wie ein Polizist bezahlt. Ein Polizist als Liebesbote. Eine Operette, wenn man Birne fragte.

Birne willigte ein. Trimalchio war zufrieden und ließ ihn wissen, dass er ihn übermorgen erwarte, um Einzelheiten zu besprechen.

»Morgen ruhst du dich aus«, riet Trimalchio. »Den Tag schenk ich dir, damit du zu dir kommen kannst. Hast du abends schon was vor?«

»Nein.«

»Wir vom Revier treffen uns gelegentlich, unregelmäßig. Kommen bei einem von uns zusammen, kochen etwas, schauen eine DVD, quatschen ein bisschen. Komm doch dazu.«

»Klar. Wohin?«

»Der Kollege heißt Kleinmüller. Kennst du den?«

»Vom Sehen.«

»Der ist nett.« Trimalchio nannte eine Adresse, die in Gehweite von Birnes kleiner Wohnung lag, was ihm natürlich willkommen war. Er nahm die Einladung dankend an. Trimalchio wünschte gute Besserung und verschwand.

Birne blieb diese Nacht noch im Bett. Eine Krankenschwester brachte ihm früh ein fades Abendessen.

Es gelang ihm, bald einzuschlafen. Als Harndrang ihn erwachen ließ und er, nachdem er ein Glas Wasser nach dem Toilettengang getrunken hatte, zur Uhr sah, war es 22 Minuten nach zehn. Um halb eins ärgerte er sich maßlos darüber, dass er nicht mehr einschlafen konnte, dass ihm das vielleicht den morgigen Tag versauen konnte und dass dieser Ärger ihn mindestens noch mal eine Stunde länger wach hielt.

Dann musste er träumen, denn es kam Tanja und holte ihn nach Hause, und Tanja war seine Frau und daheim war ein schönes Haus und sie wollte ihn verwöhnen, ihm Tee machen und die Beine massieren, doch Birne wehrte sich, weil er fühlte, dass sie in Gefahr war, Trimalchio ihr nachstellte und so weiter.

Er war wieder wach, es war halb vier. Er knipste leise sein Leselicht an. Sein Nachbar rührte sich nicht. Er blätterte verzweifelt und wütend werdend das Magazin durch und erschrak dann, als er es verfluchte und zum Teufel wünschte: Würde man es ihm als Homophobie auslegen, wenn er Hefte verdammte, in denen schöne Männer Diät-Tricks verrieten? So musste es sein. Die waren gar nicht eitel, das hier wurde gern angeschaut.

Plötzlich fand Birne alle Zeitschriften doof, Zeitungen sind okay, Zeitschriften Zeitverschwendung. Nachts um halb vier auf dem Krankenbett.

Am Morgen bekam er einen Arzt zu sehen, der musste hier durch, solange hier noch einer lebte. Birne hasste ihn im Voraus, beim Hereinkommen, bevor sie überhaupt ein Wort miteinander gewechselt hatten, weil er damit rechnete, angeklagt zu werden für seinen Lebensstil, ermahnt zu werden, sich grundsätzlich ein anderes Konzept zurechtzulegen, wie er seine Tage zu verbringen hatte. Birne wollte gar nicht 110 werden und in englischen Bierrekord-Büchern erwähnt werden. Er wollte Spaß haben, solange es möglich war.

»Guten Morgen«, sagte der junge Doktor, schüttelte Birne die Hand und ergänzte: »Alles Gute.« Das war's.

Der Graue erwachte während Birnes letzter Stunden im Krankenhaus nicht mehr oder nur kurz, um Zusammenhangloses zu lallen. Das tat Birne leid, denn da war einer gewesen, mit dem er sich verstanden hatte, dachte er bei sich, packte seinen Mantel und das leere Pistolenhalfter und ging nach Hause, um zu duschen und um den Rest des Tages totzuschlagen. Morgen erst durfte er aufs Revier, wo er Details über den Bayer-Fall erfahren würde.

5. HEIMKINO

Gegen Mittag wurde es Birne langweilig, er hatte nichts zu tun, war gesund, das hatte man ihm in der Klinik bestätigt. Ihm fehlte nichts. Nicht wenige liefen da draußen rum und hatten was im Körper, was sie heimlich dahinraffte, er hatte nichts dergleichen, das wusste er und konnte doch nichts mit sich anfangen.

Ob er ins Freibad gehen sollte? Zuerst fand er das okay, dann machte es ihm irgendwie Angst. Er konnte doch nicht einfach ins Freibad gehen. Er konnte schon, freilich, aber was dann? Einmal Wasser, 500 Meter, raus, abtrocknen und dann? Bier? Allein? Scheiße. Lesen? Konnte er hier auch, überall, sparte er sich sogar den Eintritt.

Birne wusste nicht, was tun. Er ging zum Supermarkt, kaufte sich eine elendige Packung panierter Hähnchenfetzen und eine Flasche Rotwein, die er dem Kollegen am Abend schenken wollte. Beim Bezahlen lachte er dem Schicksal in Gestalt der Kassiererin ins Gesicht. Die fühlte sich verhöhnt, ließ sich aber nichts anmerken.

Nach dem fetten Essen, das keine Wirkung auf seinen Kreislauf hatte, probierte er aus, wie lange einer wie er nachmittags schlafen konnte, kam auf sechs Stunden mit Unterbrechungen zwecks Umdrehen auf dem Sofa und war zufrieden. Duschen, um den Schlafschweiß wegzukriegen, anziehen, zu Fuß zum Kleinmüller, zum Kollegen.

Unterwegs wurde ihm unwohl, er kannte da ja niemanden gut. Was sollte er reden? Er hatte nichts mit denen gemeinsam.

Klingeln.

Der hatte einen viereckigen Kopf, nicht quadratisch, ein

längliches Viereck und so eine Brille, die die Augen klein macht, deshalb war das Viereck an der Seite eingefräst. Der war Junggeselle, deswegen lud er Kollegen zum DVD schauen ein, sonst wäre er immer allein gewesen. Er hatte eine raue Testosteron-Stimme, die klang verkatert, deswegen glaubte Birne mit dem Wein als Mitbringsel nicht falsch zu liegen.

Der Kollege Kleinmüller nahm das Präsent, beugte den Kopf, um das Etikett zu lesen – Birne sah, dass das nach hinten gezwungene Haupthaar grau und lichter wurde, es schillerte schuppige, rosige Kopfhaut hindurch.

»Ah, gute Marke«, lobte Kleinmüller.

Scheißdreck gute Marke, irgendwas vom Supermarkt nicht ganz unten, um nicht geizig zu erscheinen.

Birne durfte rein, die Wohnung war neu eingerichtet, roch auch noch so, ein paar Kollegen waren da, saßen um einen Esszimmertisch, es war eben laut gelacht worden, vor seinem Eintreten. Jetzt war es still. Birne fühlte sich unwohl. Ihm wurde ein Platz an dem runden Tisch angeboten. In der Mitte standen Getränke, Fruchtsäfte, Mineralwasser und Bio-Limonaden, nichts Alkoholisches. Das würde hart werden. Gesellschaften ohne Alkohol zu ertragen war immer schwierig für Birne.

Er ließ sich vom Bio-Zeug einschenken.

Tanja saß ihm gegenüber, grüßte verstohlen. Sie konnte hier nicht frei reden, das musste er so akzeptieren.

Sie unterhielten sich über den Dienst, hauptsächlich. Es gab ein Problem mit der Kaffeemaschine, keiner fühlte sich zuständig, aber jeder wollte immer frischen Kaffee. Früher hatte es einen Automaten gegeben, der Kaffee war damals zwar nicht gut gewesen, aber in Ordnung, dafür aber zu teuer. Dann hatte man beschlossen eine Maschine zu kaufen, eine gescheite, die die Bohnen frisch mahlte, jedes Mal auf Knopfdruck frischen Espresso ausspuckte, wahlweise auch Cappuccino, man konnte mit einer Zusatzfunktion Milch aufschäumen, was vielen damals, bei der Anschaffung, wichtig gewesen war. Nicht nur Espresso, mal in einer längeren Pause oder nach dem Essen was Gemütlicheres, einen Cappuccino. Man hatte zusammenlegen wollen, aber so was ist immer schwierig, weil die einen keinen, andere recht wenig und eigentlich nur ein paar viel Kaffee trinken. Aber man einigte sich, weil es notwendig war, man brauchte eine Lösung, da es so nicht weitergehen konnte. Man wählte eine Maschine, die zwar nicht billig, aber auch nicht High End war. High End war viel verlangt, es handelte sich um die Geschäftsmaschine, für daheim hätte sich der eine oder andere schon eine High-End-Maschine angeschafft.

Aber wie das immer so ist, wenn viele Menschen zusammenkommen, es fühlte sich keiner zuständig für die Wartung des Apparats, keiner putzte, keiner entkalkte, einer hatte neulich mal Schimmel entdeckt, weil er stutzig geworden war, schwamm doch ein Film auf seiner Kaffeebrühe. Und wenn es schimmelte, dann war das halt bedenklich, weil es ja die Gesundheit betraf. Auch die kleine Kasse neben der Maschine, in der jeder seinen Obulus entrichten musste, stimmte nie richtig, da war immer zu wenig drin. Irgendjemand – oder auch zwei oder drei – soff hier auf Kosten der anderen seinen Cappuccino oder warf jedes Mal für einen Cappuccino den etwas geringeren Espressobetrag ein.

Birne hörte eine Weile amüsiert zu, dann bekam er Angst, danach wurde ihm langweilig. Er starrte Tanja an und fragte sich, wieso keiner was von ihm erfahren wollte, die wussten nämlich alle noch gar nichts von ihm, so ein Neuer, der musste doch interessant sein. Tanja lächelte ihn hin und wieder an, verlegen unter seinen Blicken. Fühlte sie sich bedrängt? Sollte sie ruhig, Birne mochte den Ort nicht.

»Wo ist denn Trimalchio?«, fragte er.

»Hat keine Zeit, hat sich entschuldigt, weil er heute Volleyball spielt.«

Birne ärgerte sich, Trimalchio hatte Volleyball und ihn hierher bestellt.

»Wir sollten mal nach den Nudeln sehen«, sagte Kleinmüller.

»Gute Idee«, meinte Tanja im Aufspringen. »Sie sind fertig«, plärrte sie kurz darauf aus der Küche.

Jemand hatte Pestosorten dabei, war gut so, dass jeder was beitrug, so blieben die Kosten nicht bei einem und man konnte sich mal wieder treffen. Birne hatte nichts beigesteuert dieses Mal, nur den Wein, den niemand trank. Birne vermutete, dass einige hier schon mal ziemliche Alkoholprobleme gehabt hatten in ihren Leben und jetzt achtgeben mussten – das würde zumindest zu denen passen.

Alle sprangen auf, holten sich aus der Küche, was sie brauchten: Teller, Besteck und Nudeln mit drei Soßen. Birne schloss sich lustlos an, kam als Letzter, ließ sich aber nach vorn bitten, nahm nur ein Pesto, ein rotes mit Walnuss, wurde aufgeklärt, dass es noch ein weiteres rotes gebe, das reinhaue, wenn er scharf essen wolle; Birne hatte keine Lust, soff Bio-Zeug, war besser, als er gedacht hatte, wirkte aber nicht. Er ging aufs Klo. Dort lagen Comics aus, er kannte Uli Stein und Loriot. Er versuchte zu scheißen, um Zeit zu gewinnen.

Als er zurück war, saßen sie alle auf der Wohnzimmer-Sitzgarnitur um eine Leinwand, die Kleinmüller heruntergezogen hatte. Sie sahen sich die Trailer an, die die Firma vor den Hauptfilm gepappt hatte. Einige kannten sich gut aus mit Filmen, klärten die anderen auf, was sich davon lohnte und was Käse war. Birne wollte nichts davon jemals sehen, er musste sich irgendwo am Boden dazusetzen und war weiter noch als vorhin von Tanja entfernt, was ihm nichts ausmachte, er fand sie nun doof und den Haufen, bei dem sie saß, ebenfalls.

Es wäre unhöflich gewesen, jetzt zu gehen. Es war kein Abend zum Filme schauen, man sollte draußen was unternehmen. Von denen stand aber keiner auf, um zu rauchen. Birne hätte sich angeschlossen, sich auf dem Rückweg verlaufen und die Flasche Wein, die er selbst mitgebracht hatte, in der Küche geleert. Kein Wunsch ging in Erfüllung.

Der Hauptfilm startete, ein Animationsdreck mit singenden und tanzenden Tieren. Alle waren begeistert, bis auf Birne, er hielt das kaum aus. Blöde Tiere, sollte man fressen, bevor sie tanzen.

Es ging vorüber, Birne schwor sich eine Menge in der Zeit, um nie wieder in eine vergleichbare Situation zu kommen. Als der Film zu Ende war, schaffte er es dennoch nicht als Erster aufzuspringen und sich zu verabschieden. Da waren andere schneller, man könnte auch sagen ungemütlicher. Andere boten ebenso flugs an, dem Kleinmüller beim Abspülen zu helfen. Dazwischen sprang Birne auf, einsam und glücklich, entkommen zu sein.

Trotz seines langen Nachmittagsschlafs verbrachte er die Nacht tief und zufrieden träumend.

6. WACHE

Seine neue Arbeitsstelle war anders: Von der Straße sah das Gebäude klassizistisch und nach Geschichte aus, passte den Bürgern ins Straßenbild. Nach hinten hinaus war es neu, Glas und Beton, nicht schön, aber modern und funktional. Trimalchios Büro war abgetrennt durch eine Glaswand, die er durch einen Rollo dichtmachen konnte. Birne hatte seinen Schreibtisch mit vier anderen in einem großen Büro. Gespräche unter den Kollegen, ihn nervte das, er liebte Ruhe und keine Kommunikation. Außerdem fühlte er sich nicht richtig zugehörig. Er hatte ihre Schule ja nicht mitgemacht, hatte sich durch eine Seitentür reingemogelt, saß hier wegen seines Talents, das Böse aufzuspüren und zu vernichten. Das zog Neider an. Andererseits folgte er keiner Mission, das war sein Job, das brachte Geld, mehr nicht. Und wenn ihm einer entkam, war das eben so und ihm wurscht, solange er seinen Lohn bekam. Birne überlegte: Er wäre bereit, sich bestechen zu lassen.

Trimalchio hatte ihm alles, was es zu dem Fall gab, – die Akte –, kopieren lassen. Er blätterte gelangweilt darin. Eigentlich wusste er schon alles, was ihn interessierte: das Spektakuläre, das mit Sex. Er holte Kaffee und dachte, dass er viel Kaffee trank für einen, der vorgestern zusammengeklappt war. Er dachte: Rock 'n' Roll.

Der Supermarkt, mitten in der Stadt, ein Discounter. Sie hatten Zeugen befragt. Die waren sich einig geworden, den Großen mit dem Bart – wie lächerlich: der Große mit dem Bart – öfter dort gesehen zu haben, im Laden und auf den Straßen. Er patrouillierte regelrecht dort, hatte keine festen Uhrzeiten, aber immer bei Tag – der Große mit dem Bart –, als ob er keinen festen Platz zum Arbeiten hätte. Aber das hatte er auch nicht nötig, er spähte ja nur Opfer aus und kontrollierte, ob die Luft rein war. Und er war häufiger zu sehen in letzter Zeit, der Große mit dem Bart, in dem war die Gier wieder erwacht, der wollte frisches Fleisch, eindeutig.

Jedem Hinweis aus der Bevölkerung musste nachgegangen werden; man versuchte, an jedem dünnen Nagel einen Plan aufzuhängen. Die bildeten sich alle was ein, die sahen zwar durchweg Gespenster, aber es musste trotzdem gehandelt werden, mit einem Lockvogel. Lächerlich, wie im Kriminalroman. Aber bitte.

7. GRÄBER

Sie kann sich schön machen, dachte Birne und fand es schade, dass sie es sich so selten leistete. Sie konnten alle etwas aus sich machen, irgendwie, alle waren sie schön, die Menschen, mussten nur herausfinden, wie das am besten anzustellen war. Birne konnte auch schön sein, wenn er wollte. Birne wollte aber, dass man seine Schönheit erst auf den zweiten Blick entdeckte, denn für Menschen, denen er den zweiten Blick nicht wert war, wollte er gar nicht schön sein, für die wollte er mit der Umgebung, durch die er ging, verschmelzen.

Tanja war für jeden, der es sehen wollte und konnte, nun auf den ersten Blick schön. Birne hatte einen zweiten Blick schon riskiert.

Sie hatten einen Weg ausgemacht. Sie sollte die Straßenbahn nehmen. Straßenbahn war unauffällig, da konnte einer wie Birne ein paar Reihen weiter hinten sitzen, ohne aufzufallen. Nichtauffallen lag sowieso in Birnes Natur, dass er es jetzt beruflich anwenden konnte, kam ihm gerade recht. Das hätte er auch gemacht, wenn er privat hier gewesen wäre, nun waren es aber Arbeitsstunden, er bekam Geld dafür, unauffällig zu sein. Privat hätte ihm keiner garantieren können, so unauffällig hinter einer so schönen Frau, wie Tanja es im Moment war, her sein zu können. Umgekehrt: Tanja hätte nie gewagt, so schön Straßenbahn zu fahren, wäre er nicht unauffällig hinter ihr gewesen.

Sie waren am Theater eingestiegen und fuhren nun die wenigen Haltestellen zum Hermann-Friedhof. Ein schöner Friedhof in der Stadt, nicht weit vom Bahnhof, ein ruhiger Ort um diese Tageszeit, ein geeigneter Ort, um auf sich aufmerksam zu machen. Birne hatte amüsiert festgestellt, während sie fuhren und er hinter Tanja saß, dass einige Arbeiter, die sich ebenfalls um diese Zeit durch die Stadt bewegten, ohne dass sie einen Termin hatten, Tanja bewundernd angestarrt hatten. Birne war stolz, sie zu kennen. Er dachte sich zwei Dinge: Ob ihr Mann, also der, den sie suchten, hinter dem sie her waren, unter den Gaffern war? Was hieß groß, was hieß mit Bart? Das eine ist relativ, am anderen kann man etwas ändern. Und zweitens wollte er sich in einer ruhigen Minute darüber klar werden, wie es denn mit seinen Gefühlen für Tanja ausschaute. Ganz kalt lässt sie mich nicht, dachte er, und erschrak ein wenig, denn das hieße, dass er seine Meinung geändert hatte.

Tanja stieg aus, er auch, andere Männer ebenfalls, an sich war das nichts Verdächtiges. Machen viele an vielen Tagen im Jahr: aus Straßenbahnen steigen. An Friedhöfen. Tanja betrat den friedlichen Ort. Birne überließ sie eine kleine Weile ihren Gedanken an die Unversehrtheit ihres Leibs, schlenderte ein paar 100 Meter lässig wie zwei andere die Straße entlang und nahm dann das nächste Tor zu den Gräbern, zur Unterwelt.

Er betrat den Friedhof, ließ den Autolärm hinter sich und tauchte ein in eine wunderbare Ruhe. Er sah keinen mehr, auch nicht Tanja. Er war jetzt allein und erlaubte sich, diesen Augenblick zu genießen, obwohl er offiziell im Dienst war: Er atmete tief durch. Er schritt in die Reihen der Toten und hörte das Knirschen des weißen Kieses unter seinen Sohlen. Keine vier Meter von diesem Knirschen entfernt lagen Knochen, die Würmer von dem Fleisch, das sie einmal gewärmt hatte, befreit hatten. So was Bescheuertes, das auch nur irgendwie cool zu finden, dachte sich Birne, würde er es cool finden, wenn da einer auf seinen Gebeinen spazieren ging und nur Ruhe suchte, und auf Andacht und die Vergänglichkeit seines eigenen Lebens pfiff?

Birne pfiff nicht. Birne pfiff nie, deswegen durften sich die Toten nichts darauf einbilden, andererseits kannten sie ihn ja nicht, egal, wo sie jetzt waren.

Zwei Reihen weiter war Tanja. Birne sah sie an einer alten Frau vorbeigehen, die ihren fetten Hintern beim Gießen der Totenblumen unter einem blauen Samtrock versteckte. Birne konnte sich nicht vorstellen, dass Tanjas Körper einmal eines fernen Tages dem der gießenden Alten ähneln könnte. Er konnte sich ebenso nicht vorstellen, dass er selbst einmal dort ruhen könnte, nur wenige Meter entfernt vom fröhlichen Knirschen des weißen Kieses unter pietätsfernen Schuhsohlen. Tanja schaute zu ihm herüber. Sie hatte ihn bemerkt, wollte sich aber noch einmal mit einem wachsamen Blick vergewissern, dass wirklich er es war und nicht einer, der ihm an Gestalt, Kleidung und Unauffälligkeit in der Erscheinung auf die Entfernung zum Verwechseln ähnlich war. Birne ärgerte sich. Durch so etwas Unbedachtes konnten sie auffliegen und mitsamt ihrem schön-schlauen Plan nach Hause tingeln.

Nichts geschah. Sie verbrachten ihre Arbeitszeit zwischen Grabsteinen, sie wanderten umher, sie setzten sich auf Ruhebänke, sie kamen sich nie nahe, sie achteten aber darauf, dass sie sich nicht verloren, sie glaubten nicht mehr an den Erfolg ihrer Aktion, sie begannen ihre Umgebung zu mögen.

Es gab Männer dort. Sie saßen auf einer Bank und tranken Bier. Sie waren laut, weil sie die Aufmerksamkeit der wenigen anderen hier wollten. Sie diskutierten wild über die Beschissenheit der Welt im Großen und wie sie sie im Kleinen dazu geführt hatte, dass sie hier saßen und nicht anderswo ihr Geld zählten und sich nicht die Nase mit Kokain puderten. Birne stufte sie als harmlos ein, beobachtete sie ein bisschen, aber nicht sehr. Tanja mied die Männer. Verständlich, sie war ein junges, hübsches Ding und musste sich zumindest auf Verbalanmachen einstellen, wenn sie den Biertrinkern zu nahe käme. Aber vielleicht war der Gesuchte doch darunter? Man konnte nie wissen.

Birne schaute sich die Herren noch einmal genauer an.

Tanja saß währenddessen nicht weit von ihnen und las in Dostojewskis ›Der Idiot‹. Das war kein Teil der vereinbarten Tarnung, sie las das, weil es ihr gefiel. Birne war beeindruckt. Dostojewski. Geil. Sie hatte so einen schwarzen kleinen Rock an und die Beine in schwarzen Strümpfen übereinander geschlagen. Und schwere Stiefel mit ein wenig Pelz am Saum. Komisch. Und sie las Dostojewski mit blauen Augen, die über die Zeilen wanderten, die dezent, fein, hervorgehoben waren mit schwarzer Schminke. Ein bisschen Vamp, ein bisschen unzüchtig.

»Was liest du denn da, schöne Frau?«

Das war einer der Trinker. Birne war zwar in der Nähe, aber das brachte nichts, Tanja konnte sich selbst wehren, sie konnte ihm mit einem gezielten Tritt die Eier auf die nächste Grabplatte knallen lassen. Aber dieser runde kleine Affe im Karojackett mit grauer Halbglatze und schwerer Schnapsnase war nun aufs Spielfeld getreten und kostete Zeit. Er musste irgendwie geschlagen werden, ohne auffällig zu werden.

»Schöne Frau, was lesen Sie da? Ich hab Sie höflich was gefragt, schöne Frau.«

Tanja blickte erst jetzt auf und dem Mann direkt ins Gesicht. Das konnte der kaum aushalten. Er suchte unter seinen buschigen zersausten Brauen den Boden und erkannte doch, dass ihm keine Möglichkeit blieb, zu fliehen. Schließlich hatte er gefragt, was sie las, deswegen musste er wenigstens auf eine Antwort warten. Birne konnte es auf die Entfernung nicht riechen und war sich dennoch sicher, dass Tanja gerade Schnapsgeruch zu ertragen hatte.

Die Antwort bot dem Subjekt wieder keinen Vorwand, sich zurückzuziehen, sie lautete knapp: »Dostojewski.«

»Oh, die Russen«, erwiderte der Mann und setzte sich mit einem Ruck neben die schöne Polizistin. »Haben Sie schon mehr von ihm gelesen?«

»Alles. Ich bin gerade beim zweiten Durchlauf.«

»Beim zweiten Mal?« Der Arm des Manns wanderte vorsichtig hinter der Banklehne zu Tanjas Schulter.

Scheiße, dachte Birne, weniger, weil er Tanja ernsthaft in Gefahr sah, mehr, weil er – in Gedanken konnte er es ja zugeben – eifersüchtig war. Der alte Schnapssack!

Ein Zweiter von den alkoholischen Brüdern näherte sich der Bank, er gönnte dem ersten seinen Triumph nicht. Er hatte sich nicht allein vorgewagt trotz des vielen Fusels in seinem Körper, aber als Zweiter hoffte er jetzt, den Abräumer zu machen. Er sah jünger aus, war sehr groß und hatte wirre graue Haare. Er war mager und ging leicht vornübergebeugt in seinem grauen Mantel. Gerade als er die kleine Gruppe erreicht hatte und sich nur noch aufrichten musste, um den ersten Satz an Tanja zu richten, bog um die Ecke einer Hecke ein Fahrradfahrer, er war flott unterwegs und konnte sie nicht gesehen haben, er radelte offensichtlich eine Abkürzung seines Weges und nur mit Mühe gelang es ihm, nicht mit dem Großen im Mantel zu kollidieren. Der war unerwartet blitzschnell und streckte seinen Arm nach dem Radler aus, der diesen zunächst zum Stehen und daraufhin gleich zu Fall brachte.

Er fiel, während der Große sagte: »Moment, Freundchen. Moment, das ist ein Friedhof, kein Radfahrschnellweg.«

Der Radfahrer war ein jugendlicher Mensch, der prompt wieder auf den Beinen war und sich nichts gefallen lassen wollte, am wenigsten einen Sturz, bei dem sein gewiss nicht billiges Mountainbike einen Schaden abbekommen könnte. Ohne ein weiteres Wort haute er mit einer breiten Faust dem Vormittagsbiertrinker eine ins Gesicht.

Der Angegriffene sah sich einwandfrei im Recht und griff nach dem Angreifer in der Absicht, diesen zu würgen, was ihm auch wenige Sekundenbruchteile gelang. Dann hatte der sich frei gewunden und benutzte neben seinen Händen nun auch seine Beine, um sich zu wehren, und wäre seinem Gegner, selbst wenn der nichts getrunken hätte, immer noch überlegen gewesen.

Tanjas Kavalier konnte seinen Kameraden nicht im Stich lassen und griff offensichtlich schweren Herzens in die Auseinandersetzung ein, und zwar von hinten. Das half beiden nicht, das Blatt zu ihren Gunsten zu wenden, es schien vielmehr so, dass der Vom-Rad-Geholte irgendwann einmal in seinem Leben irgendeinen Kampfsport trainiert hatte, so wie der sich bewegte und austeilte.

Es entstand Chaos und ein Gewühl aus Menschen, das zum einen die anderen Biertrinker anlockte und zum anderen Tanja nutzte, zu verschwinden. Birne blickte ihr nach, sah, wie sie ihm zulächelte, wusste kurz nichts damit anzufangen und deutete es schließlich als eine Aufforderung, dem Treiben in seiner Funktion als Polizist ein Ende zu setzen.

Er warf sich ins Gemenge und vergaß in der Aufregung, sich gleich als Polizist zu erkennen zu geben, wodurch er sich ein paar Schläge einhandelte. Ein blaues Auge war die Folge. Er fluchte und schrie und holte aus seiner Gesäßtasche seinen Geldbeutel; beim Öffnen verlor er seine Kunden- und Kreditkarten, die er im Leben noch nie gebraucht hatte, die ihm aber schon den zweiten Geldbeutel innerhalb eines halben Jahres ruinierten. Er bekam seine Dienstmarke zu greifen und brachte damit die Meute ein wenig zur Besinnung.

»Ruhe, verdammt noch eins, Ruhe!«, schrie er. »Polizei.«

Die Schläger schauten ertappt betreten zu Boden wie Schulbuben, erkannten erst jetzt, dass Tanja nicht mehr da war, dass sie also alle Verlierer waren.

»Ich nehme nun eure Personalien auf, holt eure Ausweise heraus, keiner geht davon, bevor ich den Namen nicht notiert habe. Ist das verstanden?«

»Müssen wir auch bleiben?«, fragte einer hinter ihm, der

sich erst später genähert hatte und keinen Schlag hatte machen können.

»Sie müssen mir Ihre Personalien nur da lassen, wenn ich Sie als Zeuge benötige. Gehen Sie nicht zu weit weg – bei Bedarf greife ich auf Sie zurück.« Birne sagte das in einer offiziellen Sprache, sein Auge brannte, er sah nicht mehr richtig, konnte also nicht einschätzen, ob es was Ernstes war. Ihre Mission war somit wohl ohne Erfolg vorbei. Hoffentlich war es nichts Ernstes mit seinem Auge.

Die anderen wichen auf die Bank zurück und beobachteten das Geschehen aus sicherer Entfernung.

Birne nahm die Daten der drei Beteiligten auf, der Radler hieß ihn mehrmals ein Arschloch und betonte lautstark seine Unschuld, sodass Birne drohen musste, ihn sofort aufs Revier mitzunehmen und insgeheim beschloss, ihm eine Anzeige wegen Beamtenbeleidigung reinzudrücken. Von Tanja war, soweit er das aus dem Augenwinkel beurteilen konnte, nirgends mehr was zu sehen. Sie war wohl wieder zurückgefahren. Oder?

Zu Fuß waren es fünf Minuten zum Supermarkt der letzten Erscheinung Bayers. Birne schaute mal rein, Tanja war eh weg. Er strich durch die Regale, fasste Sonderangebote und Gemüse an, prüfte Waren und Qualität, kam sich dann aber verdächtig auffällig vor und kaufte ein Eis am Stiel, kühlte damit 30 Sekunden sein Auge und aß es in der Straßenbahn. Er hatte sich eine Belohnung verdient.

8. WACHE

»Brav gemacht, Birne«, lobte Trimalchio und wirkte wirklich zufrieden. Spielte er ihm bloß was vor? »Dann hab ich euch wenigstens nicht nur zu einem Sonnentag auf Staatskosten verholfen.«

»Passt schon«, wiegelte Birne ab. Er saß seinem Chef gegenüber und musterte ihn genau. Sein Auge schien blau und mächtig.

»Wie gefällt es dir bis jetzt bei der Polizei?«

Birne hatte Angst vor einer Fangfrage, dass er sich mit einer falschen Antwort um diesen Job brachte, den er, ehrlich gesagt, nicht als das Schlechteste empfand, was ihm bisher passiert war im Leben, das ihn, wenn er auch das ehrlich zugab, nicht ausschließlich mit Scheiße beworfen hatte.

»Alles noch ein bisschen ungewohnt. Oder?«, unterbrach Trimalchio Birnes Erwägungen.

»Ja, kann man so sagen.«

»Ich denk oft an mich, wenn ich dich so seh, so unsicher und doch so instinktiv richtig, wenn du verstehst, was ich meine. Hast du die Bullen«, Trimalchio machte Anführungszeichen in der Luft, »früher, als junger Mensch, ebenso wie ich verachtet? Dir gedacht, dass du nie so einer werden willst, so ein Spießer und Stiefel des korrupten Staats?«

»Ja, schon.«

»Und jetzt erlebst du uns als Menschen mit Leichen im Keller, die gelegentlich mal einen über den Durst trinken.«

»Sozusagen.«

»Weißt du, was mich zum echten Bullen«, wieder Anführungszeichen, »gemacht hat?«

»Keine Ahnung.«

»Du willst es nicht wissen.«

»Doch, schon.«

Trimalchio saugte demonstrativ viel Luft in seine Lungen, ließ ein bisschen davon ausströmen und zögerte dann noch einen Moment mit der Antwort:»Als ich meinen Ersten umgelegt habe.«

»Nicht wahr?«

»Doch.« Pause. »Das war damals eine eigenartige Geschichte, ich habe psychologische Unterstützung bekommen. Passt aber alles wieder.«

»Gott sei Dank.«

»Ich hatt einen Kameraden.« Trimalchio summte die ersten fünf Takte des gleichnamigen Liedes.

Birne fand das übertrieben, er hatte verstanden, dass die Geschichte verarbeitet war, dass sie als Anekdote erzählt werden konnte, er brauchte dazu kein Lied, das offenbarte ihm nicht, ob ihn das Folgende interessieren würde.

»Wir kannten uns von der Schule – von der Polizeischule – und surften auf derselben Welle, hatten dieselben Interessen, waren hoch motiviert und hatten praktisch ununterbrochen gebrochene Herzen auf dem Gewissen.« Süffisantes Grinsen. »Wir waren gemeinsam auf Streife und hinterher auf Tour, nichts konnte uns trennen, nicht einmal, als wir uns zufällig in dieselbe verliebten. Großzügig überließen wir sie dem anderen und am Ende stand sie allein da. Sie hatte versucht, uns beide zu besitzen, und sich dabei verrannt. Sie tröstete sich mit einem Ausländer.«

Birne merkte auf.

»Einem Ausländer, der seine Hände in einer keimenden Mafiazelle hatte. Tatsächlich hatten wir die Dame in einer Kneipe aufgelesen, in die uns ein dienstlicher Besuch in Sachen Drogenschnüffelhund geführt hatte. Wir waren wenig erfolgreich, merkten uns aber den Laden – heute gibt es ihn nicht mehr, heute ist da was Fades drin – für einen nächtlichen Ausflug. Wir hatten ja auch Erfolg, die Dame – sie war schön, eine erschreckend schöne Frau – machte uns beide verrückt und weckte in uns beiden die Hoffnung, sie aus diesem Loch, in das sie gerade unglücklich gefallen war, wieder herauszieheh zu können. Aber wenn zwei Jäger aktiv sind, passiert es leicht, dass das Häschen wieder in der Grube landet. Dir brauch ich das nicht zu erzählen. Ihr nächster Herr war ein Dicker mit einer gebrochenen Nase und einer polierten Glatze. Der fühlte sich mächtig. Der meinte, der könnte die Polizisten, die ihre Finger schon mal an seiner Lady hatten, aufmischen und sich so nicht nur Respekt beim Fräulein verschaffen, sondern auch ein bisschen freie Hand bei den Geschäften. Wir waren eine Nacht lang unterwegs, wir hatten unsere Wege, der letzte führte uns in eine Disco mit einem Publikum, das eigentlich zu jung war für uns; das störte uns wenig, wir wollten nur noch ein Bier, dann vielleicht auf die Straße kotzen und danach so schnell wie möglich in unsere Betten. Mehr nicht. Nichts aufreißen, reiner Männerabend, auch mal nicht schlecht. Und dann waren wir draußen an der frischen Luft und ein paar Meter gegangen, wir gewöhnten uns an das neue Element, da traf mich – ja, ich glaube, mich traf es als Ersten – ein Schlag von hinten auf den Kopf. Das war nicht nur eine Männerfaust damals, da steckte was dran, ein Schlagring, irgendwas Fieses. Ich ging in die Knie, verlor beinahe mein Bewusstsein, konnte aber noch sehen, wie sie auf den Kameraden einschlugen, dazu ›Nimm, Bulle!‹ riefen. Das Ganze dauerte nicht lange, wir sahen schlimmer aus als du jetzt, Blut war geflossen. Insgesamt keine wilde Sache, aber sehr demütigend, wir wollten das nicht erlebt haben und so nicht vor die Kollegen treten und wussten doch, dass wir es mussten. Wir fluchten.«

»Und da habt ihr beschlossen, den Kerl umzulegen. Im Dienst?«

»Langsam. Wir wollten ihm eine verpassen, wir waren motiviert, aber wollten es sauber haben. Wir mussten dem Jungen und der Welt um ihn zeigen, dass das hier nicht Palermo ist. Oder Moskau. Wir hatten eine Spur, das war unsere Lady. Wir traten fett an sie heran, wir machten ihr Angst. Das konnten wir. Sie ein bisschen grob anfassen. Das war zu grob, das ist mir heute zu viel, wir konnten unsere Kräfte und unsere Wirkung auf andere noch nicht richtig einschätzen – so wie du. Sie heulte uns voll, wir sahen uns betreten an und hatten schon begriffen, dass wir zu weit gegangen waren. Sie sagte Lagerhaus Lechhausen. Wir fuhren hin und uns wurde klar, dass sie uns nicht verraten hatte. Wir waren jung und wussten nicht mit solchen Situationen umzugehen, obwohl sie versucht hatten, es uns beizubringen. Vier Leute im Raum, junge Leute mit Aknenarbengesichtern, die Fernseher aus Kartons auspackten, viele Fernseher, eine Lastwagenladung Fernseher, wahrscheinlich eine geklaute Lastwagenladung. Wahrscheinlich die Jungs, die uns abgerieben hatten. Wir hatten keine Ahnung, wie wir reagieren sollten, wir waren mit Streifenwagen hingefahren, dorthin, wohin sie uns geschickt hatte. Wir waren ohne Vorsicht zur Vordertür reinmarschiert und ertappten die Jungs auf frischer Tat. Was machst du da? Sie schrien das Schreien der Erwischten, das Das-Spiel-ist-aus-Schreien, wir wandern jahrelang in den Knast und sind nicht mehr jung, wenn wir wieder draußen sind, aber unser Leben wird versaut sein. Das ist ein schreckliches Schreien, Birne. Schlimmer als Schlachthaus, Birne. Das fährt dir ins Mark, das lässt dich Dinge tun, die du nicht tun willst, wenn du das Schreien nicht hörst. Der Kameradkollege war fix an seiner Waffe, und fix waren die Schreier umgemäht, wie aus einem Schuss, es waren vier, es müssen vier Schüsse gewesen sein. Und dann lagen sie vor uns, und der Kollege hatte die Waffe immer noch in der Hand und schrie nicht, aber in seinem Gesicht stand es: Auch dieses Spiel, dieses Bullenspiel, ist aus. Sie waren in die Fernseher gefallen, Mattscheiben waren zerbrochen, und man konnte nicht sagen, woher das Blut kam. Von der Schusswunde oder von der Fernseherwunde. Ich sagte nichts, ich schaute mir das an fast wie einen Film. Ich wollte, dass das ein Film war, als Film wär's nicht schlecht gewesen. Eine Feuerschutztür ging auf. Sie führte im normalen Leben in ein Büro. Ein Mann kam heraus, aufmerksam geworden durch den Lärm der Schüsse und der Schreie und der zerbrechenden Fernseher. Er wollte sehen, was da los war und für Ordnung sorgen. Es war ihr Neuer. Jetzt standen sich ihre drei letzten Männer zum ersten Mal im Leben gegenüber. Einer hatte eine Waffe in der Hand, war aber wie gelähmt, weil er gerade vier Männer erschossen hatte. Ein anderer holte eine Waffe aus seiner Lederjacke. Der dritte war ich. Ich dachte: Notwehr, das ist Notwehr, wenn ich jetzt schieße. Ich traf und war schneller. Keiner der Polizisten war verletzt, alle anderen waren tot. Von der Frau haben wir außerhalb des Gerichtssaals nie wieder was gehört. Ich denke, wir alle waren froh darüber. Das war die Geschichte meines ersten Toten.«

»Und dein Kollege?«

»Der ging freiwillig, die konnten ihn gar nicht suspendieren. Ich habe ein paar Mal versucht, ihn anzurufen, und nie erreicht. Einmal war eine Frau am Telefon und ich konnte hören, wie er im Hintergrund versuchte, sie dazu zu bringen, ihn zu verleugnen. Danach habe ich es nicht mehr probiert, hab ihn nie wiedergesehen, keine Ahnung, was aus ihm geworden ist.« Trimalchio wurde bei den letzten Sätzen schneller, das schlechte Gewissen plagte ihn bis heute.

»Rauchst du eigentlich?«, fragte Trimalchio.

»Manchmal.«

»Gehst du schnell mit hinten raus?« Sie hatten jetzt im

Revier ein unter vielen Protesten eingeführtes Rauchverbot in geschlossenen Räumen.

Birne ging mit. Schöner, warmer Tag. Die schönen, warmen Tage schienen nie mehr zu Ende zu gehen.

»Danke«, sagte Birne und nahm seinen ersten Zug. Der Rauch tat gut und es wurde ihm ein bisschen schwindlig – lange war das her, seit er geraucht hatte.

Trimalchio rauchte mit viel Genuss und Überzeugung. Birne fand das gut, man sollte sich da nichts einreden lassen, manchen tat das so gut.

»Was wird jetzt aus der Geschichte?«

»Birne, das war der erste Tag des Projekts, wir stoßen unsere Lanze in einen totalen Nebel, wir haben bis heute nur eine ganz grobe Richtung. Das musst du unbedingt noch über die Polizeiarbeit lernen: Du musst Geduld haben und du musst mindestens auf zwei, drei Baustellen eine Schaufel haben, damit du immer irgendwo anpacken kannst und nicht umgekehrt der Frust dich packt, verstehst du? Polizeiarbeit ist die Kunst, im rechten Moment zuzuschlagen. Manchmal werden Baustellen auch zusammengelegt …«

»Sind wir dann morgen wieder auf dem Friedhof?«

»Weiß ich nicht, muss ich mir überlegen.«

»Sollen wir mal um den Supermarkt herumspazieren, die letzte interessante Spur?«

»Kann sein, dass das was bringt. Mal schauen.«

Birne war fertig mit Rauchen und kam sich schlagartig blöd vor, draußen im Hof zwischen den Polizeiwagen in der Sonne.

»Wie macht sie sich denn?« Trimalchio hatte erst die halbe Zigarette geraucht.

»Gut.«

»Ich sag dir, die hat was drauf, die wird's weit bringen, meine ich. Oder?«

»Sicher.«

»Pass ein bisschen auf sie auf, sag ich dir jetzt von Mann zu Mann.« Trimalchio tat einen Machozug.

»Wie meinst du das?«, stellte Birne sich blöd.

»Ich drück's mal so aus: Sie wird so oder so bald in irgend- jemandes Hände geraten und es wäre blöd, wenn es die fal- schen wären.«

Ausdrücken, fand Birne, war das richtige Wort.

Sie gingen wieder rein. Tanja begegnete ihnen. Sie trug wie- der Uniform. Ihre Augen sahen nach wie vor gut aus.

»Schön zu sehen, dass es dir gut geht.«

»Mach dir meinetwegen keine Sorgen. Ich sollte besser auf dich aufpassen«, scherzte sie.

Birne bemerkte, dass Trimalchio ungeduldig wurde und weiterwollte zu seinem Schreibtisch und seiner Arbeit. »Ja, pass künftig besser auf deinen Kollegen auf«, lachte Birne zurück.

Und sie, als wollte sie provozieren: »Na, machst du län- ger heute?«

Trimalchio verzog sich.

»Ist mehr Biergartenwetter«, grinste Birne.

Sie: »Bingo«, und fertig war ihre Verabredung. Birne wusste nicht, wie glücklich er darüber war, mit der Polizistin, mit der Arbeit, seinen Abend zu verbringen.

9. BIERPLATZ

Birne war bescheiden geblieben, als er hier angekommen war, wusste er nicht, wie lange das so bleiben würde, dieser Job und diese Stadt – es gab dieses Stück von Thomas Bernhard, in dem sie immer von der Lechkloake redeten. Manchmal musste er daran denken und darüber schmunzeln. Er hielt es ganz gut in der Kloake aus, wobei das nicht ganz der falsche Ausdruck war. Birne dachte sich, dass er halt eine größere Welt gewohnt war und hier gut lebte in der kleinsten denkbaren Welt, die 250.000 Menschen außerhalb des nordamerikanischen Kontinents errichten konnten. Nicht weit von hier ist eine große Stadt, in der sie sich alle für Bewohner einer noch größeren Stadt halten, was sie alle lächerlich wirken lässt. Hier stimmt das Größenverhältnis Stadt im Kopf und Stadt in Wirklichkeit, und das macht mir die Kloake so sympathisch, sinnierte er und kam mit diesem Gedanken nach Hause. Nach Hause hieß kleine Wohnung, fast nur ein Zimmerchen, in einem Sozialwohnhaus nicht weit vom Revier. Birne konnte zu Fuß gehen und tat es auch. Er brauchte 20 Minuten für einen Weg und bezeichnete sich nun in erster Linie als Fußgänger, erst in zweiter als Polizist. Obwohl er nur eine Dreiviertelstunde am Tag zu Fuß ging, fühlte er sich 24 Stunden am Tag als Fußgänger. Die Bullerei war mehr sein Hobby, im Moment regelrecht super, aber wer wollte in so einem Moment irgendetwas über die Ewigkeit sagen? Birne nicht.

Birne duschte.

Danach roch er gut. Noch später würde er vielleicht nach Bier stinken.

Sie hatte einen weiteren Weg in die Stadt, sie kam mit dem

Zug, Birne holte sie ab. Sie sei mit dem Zug gefahren, damit sie etwas trinken könne, teilte sie ihm mit, und Birne wusste nichts mit dieser Information anzufangen. Sie roch auch gut, sie roch sogar besser als Birne, das ärgerte ihn, aber nicht arg. Schade wär's um den Geruch, dachte Birne, wenn er weg wäre und stattdessen nur Biergeruch, getrunkenes Bier, kein Bier, das sie dann noch hätten trinken können, weil es als Geruch an ihr und ihm hing.

Es war, um es kurz zu machen, nicht leicht, sich zu einigen, wo man an das Bier kommen sollte. Der nächste sich bietende Ort war der sogenannte Zeugplatz, Birne fand ihn okay für eine Sommernacht, die nicht viel versprach, Tanja waren es dort zu viele junge Leute, zu unerwachsen. Birne sah darin kein Problem, aber in einer Zweiergruppe genügte es, wenn einer ein Problem mit einer Sache hat, selbst in einer Demokratie.

Der andere hieß Luginsland und hieß weit gehen, selbst für einen Fußgänger wie Birne, aber am Abend musste der Fußgänger gelegentlich dem Biertrinker Platz machen.

An diesem Abend verlor jener, sie gingen weit und fanden einen der romantischsten Orte der Stadt. Romantisch bedeutete: Lichterketten bei grellem Abendlicht und außer ihnen niemand, abgesehen von einem alkoholisierten Pärchen.

Birne bot an, die Getränke zu holen, sie musste dafür einen Platz unter den Kastanienbäumen aussuchen. Das tat sie.

Sie saßen sich gegenüber, vor ihnen zwei Maß Bier. Sie waren zufrieden. Birne sagte unter seinem blauen Auge: »Irrer Tag, was?«

»Tut es dir noch weh?«

»Nein.«

»Ich hätte nicht einfach abhauen sollen.«

»Wieso nicht? Ich hätte ebenfalls abhauen sollen. So was bringt doch nichts.«

»Hast du wahrscheinlich recht.«

Die Sonne versank plötzlich und warf auf alles ein schönes rotes Abendlicht, auch die Lichterketten bekamen eine romantische Wirkung. Tanja sah gespenstisch schön aus, viel schöner, als sie in Wirklichkeit aussehen konnte. Er schaute ihr nach, wie sie am Stand verschwand, neues Bier holte. Sie redete locker, das Bier wirkte, aber sie vertrug es noch. Sie lachte und er amüsierte sich. Er wusste jetzt, wieso sie bei der Polizei war, dass sie bei allem Spaß am Job den Ernst nicht überbewertete. Sie waren so kleine Rädchen, die mit einer kleinen Drehung die Welt entweder besser oder schlechter machen konnten.

Sie kam mit dem Bier. Sie hatte mal ein Radler genommen, um ihm zuzusehen, wie er sauber besoffen wurde. Er hatte sich nichts vorzuwerfen, zwei Maß Bier und der plötzliche Gedanke, in der Aufregung das Abendessen vergessen zu haben.

Sie teilten sich einen Teller Pommes, eigentlich eine Verhöhnung jedes vernünftigen Abendessens, aber mittlerweile ging es nicht mehr um die Einnahme von Kalorien, es ging um das Teilen. Das wurde Birne auf dem Klo klar und beim Händewaschen wurde ihm klar, warum ihm das auf dem Klo klar geworden war, und darüber erschrak er ein bisschen und las dann auf dem Papierhandtuch eine Werbung für einen Vaterschaftstest und beschloss, damit überhaupt nichts anfangen zu können. Weil er nicht gleich auf die Bank zurückwollte, studierte er den Kondomautomaten, dabei fiel ihm vor allem auf, dass man mit Geldkarte bezahlen konnte. Er hatte keine Geldkarte, aber das Kleingeld im Sack. Er ließ es vorerst darin, er sagte sich, dass er vielleicht nachher noch mal herkommen werde, weil er jetzt eine weitere Maß saufen würde, nach der, so absurd das klinge, die Angelegenheit in einem noch eindeutigeren Licht erscheinen konnte.

Tanja hatte ihm eine Entscheidung abgenommen: Vor ihr stand ein kleines Spezi, vor seinem Platz eine weitere Maß, vor beiden standen kleine Schnäpse. Er wurde abgefüllt. Sie hatte sich einen blauen Pulli übergezogen, der sehr eng saß und in ihm den Wunsch hervorrief, noch einmal den Busenausschnitt ihres T-Shirts anschauen zu dürfen. Doch dafür war es zu spät, darum würde er nun bitten müssen, was ihm nach dem Schnaps und der Maß wahrscheinlich nicht schwer fallen würde. Sie lächelte breit – verführerisch wäre übertrieben gewesen – und hob vielsagend das kleine Glas. Er beeilte sich, an seinen Platz zu kommen. An sein Glas und es zu heben. Auch er lächelte breit.

Nach dieser Runde hielten sie es für besser, den netten Ausflug zu beenden, schließlich hatten sie morgen Dienst und keinen Schimmer, was dem Kommissar wieder einfiel, wohin er sie bei dieser Hitze schicken würde.

Er brachte sie zum Bahnhof, es lag eh auf seinem Heimweg. Ein winziger Umweg führte an einer Tankstelle vorbei, die sie mit Dosenbier versorgte. In der einen Hand hielt sie nun die Dose, mit dem anderen Arm hakte sie sich bei ihm unter und brachte ihn in Verlegenheit.

Um da wieder rauszukommen, sagte Birne: »Weißt du, ich meine, der Trimalchio hat ein Auge auf dich geworfen.«

»Der? Niemals. Der hasst die Frauen«, rief sie empört aus und verschüttete ein paar Tropfen Bier auf der Straße.

»Aber du bist ja nicht irgendeine Frau«, rutschte es Birne einfach so heraus.

Sie bremste und drehte sich zu ihm hin, schaute ihn an und ließ dann ihren Kopf gegen seine Schulter fallen. Er umarmte sie. Sie standen eine Weile, in der nichts passierte, außer dass sie ein paar Mal ihren Kopf an seinem T-Shirt rieb.

Er schob sie weiter und überlegte, ob er sie jetzt nach dem Ausschnitt fragen konnte.

Sie bogen in die Straße ein, die zum Bahnhof führte, da fragte sie: »Du wohnst nicht weit von hier?«

»Nein, weit ist es nicht.«

»Willst du noch was trinken? Irgendwo?«

»Du, ich bin total müde. Tut mir leid«, behauptete Birne. Er wusste nicht, ob er wirklich sich damit meinte und wunderte sich, wie wenig er über sich wusste.

»Ich habe ein bisschen Zeit bis der Zug fährt.«

»Ich bringe dich hin.«

Sie standen am Bahnsteig. Beide angetrunken. Sie hatte plötzlich Lust zu rauchen und schnorrte jemanden am Raucherpunkt an. So rauchten sie. Der, der ihnen die Zigarette gegeben hatte, war ein alkoholkranker Alter in einer schmierigen Lederjacke und mit einer Bierdose für das Tagesende. Er schaute rüber zu den Polizisten in Zivil. In seinem Blick lag ein Vorwurf, ein Vorwurf an Birne, weil dieser sich keine eigenen Zigaretten für die Frau leisten wollte.

Tanja schaute ihn an und lächelte auf einmal. Das wurde Birne unangenehm, im Sinne von peinlich, weil er nicht wusste, wie er reagieren sollte. Er hätte was sagen sollen, als sie das mit dem Zug gesagt hatte. Er hatte es nicht gesagt und konnte jetzt nicht beantworten, wieso nicht. Dafür kam er sich blöd vor. Und sich blöd vorkommen und am Bahnhof vor einer Frau mit Zigarette stehen, ist unangenehm. Birne sehnte sich nach dem Zug, mehr als jeder hier, der ihn nehmen wollte.

»Hättest du mit zu mir auf ein Getränk kommen wollen?«, fragte er in ihr Grinsen, als es ihm unerträglich wurde.

»Nein«, sagte sie. »Morgen ist ja Dienst, da ist es vielleicht besser, wenn jetzt Schluss ist.«

Birne nahm an, ein leichtes, verächtliches Grunzen vom Zigarettenspender zu hören. Den Penner ging das gar nichts an.

Der Zug kam, sie umarmten sich. Birne beobachtete vom

Bahnsteig aus, wie sie in der Regionalbahn Platz fand und nahm und wie sie ihm keinen winzigen Blick mehr schenkte.

Was war er nur für einer? Er war wieder auf dem Heimweg. Allein. Es gab da eine Kneipe, die leuchtete neongelb und suspekt auf den Gehsteig. Sie hieß ›Utes Rosenaustüberl‹ und löste mehr Angst als Durst aus. Sie stank nach altem Bier und Rauch und das von Weitem. Birne fand, dass er im Moment nichts Besseres verdient hatte. Trotz der Temperaturen war der Laden gut gefüllt – hauptsächlich von Kunden, die nichts Besseres verdient hatten. Birne ließ sich von der Frau hinter der Bar ein Helles eingießen und sich dann im Eck auf einer Bank nieder. Das Treiben vor seinem Auge fand ohne seine innere Teilnahme statt. Er dachte darüber nach, was heute Abend passiert war. Das konnte man nicht passend beschreiben. Er kam zu dem Schluss, dass er Tanja nicht wirklich mochte, dass sie ihm außer einem schön gesoffenen Äußeren nichts zu bieten hatte und dass das der Grund für sein komisches Verhalten war. Was hätte morgen alles geredet werden müssen, wäre es anders gekommen, als es gekommen war! So konnten sie sich höflich aus dem Weg gehen. Es gab so viele Menschen auf der Welt, da brauchten sie sich doch nicht.

Zwei Herren nahmen an seinem Tisch Platz, nachdem sie ihn um Erlaubnis gefragt hatten. Höfliche Herren, die es recht wichtig hatten.

»Für mich spinnt sie völlig, das wird immer schlimmer mit dem Alter, die spinnt immer mehr, je älter sie wird«, sagte der eine.

Der andere nickte und bestätigte: »So sind sie.«

Birne bemerkte, dass das halb leer getrunkene Bier in seinem Glas nicht einen Funken Schaum mehr hatte, dass nichts darauf hinwies, dass das mal Bier war, das kalt und wild aus einem Hahn gesprudelt war. Traurig nahm er einen tiefen Schluck und stellte fest, dass er nicht mehr konnte. Er würde dieses Bier nicht leer trinken, er hasste dieses Bier. Er stand auf, bezahlte der Frau hinter der Bar einen völlig unangemessenen Preis für ein dermaßen beschissenes halbes Bier, hatte aber, als seine Sohle den Asphalt berührte, immer noch das Gefühl, nichts anderes verdient zu haben. Nie wieder.

Er war besoffen, die kurze Reststrecke kam ihm weit vor. Er bemühte sich, nicht zu schwanken. Daheim nahm er eine Kopfschmerztablette und legte sich wütend ins Bett, wütend, weil ihm klar war, dass ihm morgen die Rübe wehtun würde, dass er es durch nichts verhindern konnte und dass nichts an dem heutigen Abend einen Schmerzschädel wert gewesen war.

10. WACHE

Am nächsten Tag gab es einen weiteren Lockvogeleinsatz. Das hatte Trimalchio beschlossen. Er wollte das Huhn nicht einfach so halb gebraten auf dem Grill liegen lassen. Sie sollten die Strecke erneut auf und ab gehen, einsame Ecken nicht meiden, sich auffällig benehmen.

Birne war es nicht wirklich übel, im Kopf zog es, aber es hämmerte nicht. Er wertete das als gutes Zeichen, vielleicht blieb er verschont. Er hatte eine zweite Tablette geschluckt und zum Frühstück einen Schokoladenkeks und eineinhalb Liter Spezi zu sich genommen. An ihm lag es also nicht, und wenn der Kater doch noch über ihn kam, war sein Körper eben zu schwach.

Er war zu seinem Schreibtisch geschlichen und unterwegs von Trimalchio entdeckt worden. Der Chef hatte ihm den Plan erklärt, aber nach Plan klang das eher nicht, mehr nach Arbeitsbeschaffungsmaßnahme an einem zu heißen Sommertag, der die Leute ruhigstellte.

Tanja war er bisher nicht begegnet. Er fürchtete sich ein wenig davor. Trimalchio hatte von ihr gesprochen, also hatte sie sich nicht krank gemeldet.

»Hi. Na? Alles klar?«

»Ja, ja, ein kleines Ziehen im Kopf halt.«

»Du siehst schlecht aus. Hab ich dich kaputt gemacht gestern?«, fragte sie und lachte dazu, und Birne empfand es als ein provozierendes Lachen, um seine Schwäche zu unterstreichen.

»Wir sind heute wieder unterwegs. Hast du das mitbekommen?«

»Ich freu mich«, behauptete sie und ließ ihn stehen, um sich frisch zu machen.

»Heute Abend habe ich was für uns Männer«, hatte Trimalchio gesagt.

»Was denn?«, wollte Birne wissen.

»Wie gehen in den Puff.«

»Hab kein Geld.«

»Dienstlich. Heikle Sache. Ich bin selbst gespannt, worauf wir stoßen.«

»Wieso?«

»Es gibt einen neuen Laden in Oberhausen. Der ist angemeldet, auch die Frauen, die sie darin arbeiten lassen, scheinen sauber zu sein. Und trotzdem traue ich denen nicht, die liefern aus dem Osten und nutzen die genauso aus wie früher, und wenn die die Polizei hören und sehen, sind sie gezwungen, uns zu erzählen, alles gehe mit rechten Dingen zu. Glaube ich aber nicht. Hast du davon in der Zeitung gelesen?«

»Ja, die haben mal eine Reportage daraus gemacht.«

»Die wollten uns für dumm verkaufen und im Prinzip stehen wir auch blöd da: Kaum dass unsere tolle rote Regierung erlaubt hat, sich auf Lohnsteuerkarte prostituieren zu können, keine zwei Wochen später meldet ein gewisser Miha Zoy aus Belgrad sein Etablissement an, alles sauber eingerichtet, das ganze Personal von heute auf morgen am Start, perfekte Infrastruktur. Wir haben zunächst mal eine Streife hingeschickt und wurden sofort rausgeschmissen. Wir hätten hier kein Hausrecht, bräuchten zuerst einen Durchsuchungsbefehl, hieß es. Wir müssen akzeptieren, dass das Prostitutionsgesetz die Position der Zuhälter gestärkt und die der Prostituierten geschwächt hat. Es ist so. Daran kannst du nichts mehr ändern. Unser Staat mit dieser Regierung schützt die Verbrecher mehr als die Bürger und uns sind die Hände gebunden, uns klotzen sie Beton an die Beine, fehlt nur noch, dass sie uns im Ozean versenken lassen. Oder?«

»Ganz klar«, pflichtete Birne ihm bei.

»Und am nächsten Tag waren wir im Blatt, ganz groß, als ob sie uns blamieren wollten. Wer hatte das erzählt? Wer hatte das Bild gemacht? Aber was willst du tun? Solange es keinen Verdacht gibt, sagt der Staatsanwalt, dass wir's lassen sollen. Ich sag dir, der wird geschmiert und zwar unten rum, wenn du mich fragst.«

»Sieht ganz so aus.«

»Mir tun die Frauen leid, denen werden wir nicht mehr so helfen können wie früher. Aber das heißt nicht, dass wir nichts mehr tun werden. Ganz im Gegenteil: Wir werden unsere operative Arbeit im Rotlichtmilieu verstärken, vermutlich auch personell. Birne, du bist dabei.«

»Was ist mit diesem Zoy? Kann man dem nicht an die Waffel?«

»Das ist ja das Schizophrene. Der sitzt schon und zwar in Köln im Knast. Irgendein älteres Ding mit Rauschgift, da sind sie ihm draufgekommen durch einen anderen Knaben, der hat dann den Zoy reingeritten. Kommt dem aber gerade recht, wie es scheint, denn jetzt dirigiert der sein Orchester vom Gefängnis aus und wir müssten wahrscheinlich mit Kollegen aneinandergeraten, wenn wir ihm das beweisen wollen.«

»Kompliziert.«

Um elf sollte er mit Tanja rausgehen. Die Zeit bis dahin nutzte Birne, um mit zwei Kaffees im Archiv zu blättern und um sich mit der Bordellgeschichte vertraut zu machen. Sie würden da heute verdeckt ermitteln. Wie weit das führen würde, wusste Birne nicht.

Für die Zeitung war die Polizei ein gefundenes Fressen, sie wurde rundgemacht und ausgelacht. Birne konnte diesen

Hohn nicht nachvollziehen. Der Hohn, der aus den zwei Artikeln, dem Kommentar und der halben Seite mit Leserbriefen nur so triefte. Da stand: ›Blamage für die Augsburger Polizei‹ als Überschrift und darunter: ›Freudentag im Freudenhaus, Katerstimmung bei der Kripo. Die Betreiber des FKK-Klubs Circus Maximus in Oberhausen werden sich nicht vor Gericht verantworten müssen.‹ Die Frauen seien gezwungen worden, sich nackt zu präsentieren, aber der Reporter hatte herausgefunden, dass die Damen unisono bekundet hatten, dass sie die Arbeitsbedingungen kannten, mit diesen einverstanden und freiwillig tätig waren. Birne war gespannt auf den Einsatz. ›Hier hat die Polizei versucht, Rechtspolitik zu betreiben und das Prostitutionsgesetz zu unterlaufen. Das ist ihr nicht gelungen‹, behauptete ein Leserbriefschreiber. Und ein anderer, ein zugewanderter Rheinländer, beklagte sich über den Kleingeist der Bayern, bei ihnen zu Hause krähe danach kein Hahn mehr, da gebe es auch in ländlichen Gegenden Bordelle, Kegelvereine kehrten öfter dort zum Abschluss von Ausflügen ein. Ein Hiesiger wiederum regte sich über die Doppelmoral auf, die in einer Bischofsstadt anscheinend verpflichtend sei.

Warum waren die alle gegen sie? Was hatten sie Böses getan? Birne konnte es nicht nachvollziehen, aber er fühlte sich auf der richtigen Seite. Zum ersten Mal, seit er diesen Job machte.

Kurz vor elf kam Tanja an seinen Schreibtisch: »Fertig?«

Birne, eben noch vertieft in seine Lektüre, blickte auf: »Wie? Ja, klar. Auf.«

Tanja ließ ihren Blick über die Fotos, mit denen die Artikel Aufmerksamkeit erregen wollten, schweifen und meinte verächtlich, ohne eine Ahnung, was Birne hier trieb, dass er eben den nicht aufkeimenden Kater mit Voyeurismus niederzukämpfen versuchte. Aber im Prinzip war es ihm wurscht, was sie von ihm dachte, im Prinzip war sie ihm wurscht.

»Gehen wir«, sagte er und stand auf.

»Willst du nicht aufräumen?«

»Nein, brauch ich alles noch.«

Es gab Kollegen, die beneideten Birne, das wusste er.

11. LOCKVOGELNEST

Sie liefen hinaus in diesen wunderbaren Tag, der es so schwer machte, die schlechte Laune zu rechtfertigen. Tanja ging voraus, er ließ ihr einen Vorsprung; ihr gegenüber sah er Passanten in kurzen Oberbekleidungen, deren Oberarme krebsrot waren. Birne ekelte sich. Er hatte die falsche Kleidung an und begann, wieder zu schwitzen. Aber er war immerhin bewaffnet.

Er folgte ihr unauffällig, fand das Unternehmen jedoch mit jedem Meter blöder, weil er immer mehr Flüssigkeit verlor und um seine Gesundheit fürchtete. Einen Warnschuss hatte er vor ein paar Tagen schon bekommen, als er am Bahnhof zusammengeklappt war.

Tanja hatte wenig an, sie war ja der Lockvogel und spazierte mit einer niederschmetternden Leichtigkeit zum Fluss Wertach, unter einer Bahnunterführung hindurch. An einer Bäckerei kaufte sie sich drei Kugeln Eis, eine davon rot, also entweder Erdbeere oder Kirsche, neidvoll wartete Birne im Schatten der Bäume. Dann ging es an Straßenbahnschienen entlang weiter zum Ziel: eine Bank im Schatten und in der Nähe von einem Schrebergarten. Tanja setzte sich und blickte in den Himmel. Birne ging vorwurfsvoll an ihr vorbei über eine Brücke für Fußgänger und Radfahrer, setzte sich am anderen Ufer auch auf eine Bank und starrte sie an. Dann richtete er den Blick auf seine Füße.

Sie waren jetzt weit von der verdächtigen Strecke entfernt. Sie genehmigten sich einen ruhigen Tag, keine Frage. Aber sie hatten sich das nicht ausgedacht und riskierten nicht wenig dabei. Da durften ruhig zwischendurch ein bisschen Fluss und ein feines Eis drin sein.

Eine grell angezogene Frau ging mit ihrem Hund spazieren, der unweit von ihm auf die Erde kackte. Birne meinte, das riechen zu können und drehte sich weg, vielleicht würde es ihm gelingen einzuschlafen, die Zeitung hätte er mitnehmen sollen oder wenigstens ein Buch, Dostojewski zum Beispiel, nur um ihr zu zeigen, dass sie nichts Besseres war.

Seinem Körper machte die Hitze zu schaffen, die Temperaturen waren zu hoch. Er blickte hinüber, sie beachtete ihn nicht, war möglicherweise eingeschlafen, sah aber nicht gut aus, sah aus, als kämpfe sie auch gegen Drücken im Kopf und Würgen, das Eis wurde ihr wohl zum Verhängnis, die rote Kugel steckte im Hals.

Birne fragte sich, was das werden würde, er sah keinen Sinn mehr darin, sich zu quälen, er wollte fort von hier, seine Wohnung war nicht weit weg. Er konnte sich bei geschlossenen Rollläden in sein Bett legen und warten, bis die Sonne weg war. Er konnte Tanja anbieten, sich neben ihm auszustrecken, einfach so, unschuldig wie Kinder, den Tag einfach zu verpennen und dann abends bei der Rückkehr ins Revier schmunzelnd die Erfolglosigkeit trotz enormer Anstrengungen berichten. Aber sie steckten nicht mehr unter derselben Decke, sie waren lediglich Kollegen, die sich nicht sonderlich gut verstanden und da jetzt durchmussten, bis ihnen das Schicksal was anderes zuwarf, etwas, das sie auseinanderbrachte, am besten in verschiedene Städte. So weit war es schon gekommen, dachte Birne und schlief triumphierend ein, weil er so dem Tag einige seiner Qualen stehlen konnte.

Unter Bedingungen wie diesen kann kein Mensch mehr als ein paar Minuten dösen. Birne erwachte. Ein paar Minuten, in denen er Entscheidendes verpasst hatte: Tanja hatte Gesellschaft bekommen. Ein riesiger Mann mit dunklem, vollem, lockigem Haar, dessen wuchtiger Oberkörper in einem grünkarierten Hemd steckte, stand neben ihr. Er trug Hosenträger und wahrscheinlich eine Brille. Das Gespräch der beiden, das Birne nicht belauschen konnte, verlief dem Anschein nach friedlich. Woher war der Typ auf einmal gekommen? Was wollte er? Birne stand auf und vermied den Tritt in den Hundehaufen. Er betrat die Brücke, lehnte sich über das Geländer und blickte in die träge fließende Wertach. So war er näher dran, konnte zwar immer noch kein Wort verstehen, aber hören, dass der Fremde lachte und Tanja dieses Lachen erwiderte. Merkwürdig. Birne war, nebenbei bemerkt, überhaupt nicht eifersüchtig, wenngleich er sich schon fragte, was so einer Witziges sagen konnte zu einer Dame wie Tanja.

Der Mann setzte sich neben sie und Birne konnte sein schreckliches, wurstiges Gesicht sehen und Tanjas vorwurfsvolle Blicke. Er setzte sich neben sie, so breit er konnte und bemerkte den Zuschauer auf der Brücke nicht. Er lachte derb und berührte Tanja mit seinen Fingern an ihrer nackten Schulter und fuhr ihr zärtlich eine Form auf die Haut mit seinem Zeiger – wie ekelhaft, wie er versuchte, dabei sinnlich zu wirken. Tanja beherrschte sich irgendwie. Birne spuckte laut und unter Aufbietung seines letzten Speichels aus seinem ansonsten trockenen Rachen in das Wasser unter ihm und durchquerte langsam den letzten Raum, der zwischen ihnen verblieben war. Jetzt wurde er genau gemustert von den unter breiten Brauen blitzenden Augen des Bärtigen. Birne ließ sich nicht beirren, auch nicht von Tanja, die sich voll auf ihn und jeden seiner Schritte konzentrierte. Nichts würde zwischen ihnen passieren, solange Birne an ihnen vorbeischritt. War er dabei, alles zu verderben? Was war los? War das alles nicht lächerlich in Anbetracht der Temperaturen? Das war ein Zweikampf zwischen einem Überflüssigen und einem, der dazwischenfunken soll. Birne würde im Moment nur unterliegen, doch er konnte es hinauszögern, den Triumph des anderen schrumpfen lassen zu einem Pyrrhussieg.

Sein Weg führte ihn weg unter Bäume, den Fluss aufwärts ins Nirgendwo, an die Tresen zahlreicher Kioske, deren Angebot zu nutzen, er fest entschlossen war.

»Hey! Was soll das?«, hörte er Tanja sagen, und sie klang sehr ungehalten.

Birne dreht sich um und sah den großen Mann, wie er mit den Worten »Jetzt komm« versuchte, die blonde Frau zu umarmen und zu küssen. Was für eine Dreistigkeit am helllichten Tag.

Birne näherte sich beherzt und wurde, ohne dass der Mann das wahrnehmen konnte, von Tanja durch Gesten in die Ferne zurückgeschickt. Birne blieb ratlos stehen. Der Mann machte sich zum Erschrecken sowohl Tanjas als auch Birnes daran, an ihrem Shirt zu zerren, es ihr vom Leib zu reißen. Gewalt.

»Ich glaube, die Dame zöge es vor, von Ihnen in Ruhe gelassen zu werden, Schweinemann«, sagte Birne und spürte mit jeder Silbe seine Wut wachsen.

Der Fummler ließ ab, drehte sich um und sagte: »Was willst denn du, du Schlappschwanz?«

»Das können wir auf dem Revier …«, konnte Birne noch antworten, schon lag er umgeschubst auf dem Weg und der Mann rannte, so schnell er konnte, davon. Birne wollte hinter ihm her, stellte beim Aufstehen aber fest, dass er mitten in einem Hundehaufen gelandet war, und fiel, den Tränen nahe, in den Staub zurück.

»Du Volldepp«, schrie ihn Tanja aus Leibeskräften an. »Das ist er, wir waren fast am Ziel und du Depp machst alles kaputt.« Und in ihrer Stimme schwang viel mehr als die Enttäuschung über einen beinahe gelösten Fall.

»Woher willst du denn das wissen? Blöde Kuh, blöde.«

Tanja stampfte mit den leichten Schuhen auf und bekam so ihren Zorn ein wenig in den Griff, sie schnaufte und sagte: »Er hat gesagt, er bringt mich dorthin, wo ich nie wieder arbeiten muss, wo noch ein paar hübsche Schwestern ihr Leben ohne Sorgen genießen, ich kann dort bleiben, solange ich will, muss ihm nur gelegentlich einen kleinen Gefallen erweisen.«

»Und dann macht er dein Shirt kaputt. Heiße Spur. Leck mich.«

»Ja leck mich, Rindvieh.« Sie stand auf und stapfte demonstrativ davon.

Birne hievte sich hoch und ballte in den Taschen seines verschissenen Mantels seine Hände zu Fäusten und ließ dann jeweils den Mittelfinger wieder frei sich errichten, während er ihr nachstierte, der dummen Sau. Dann folgte er ihr, ohne sich anzustrengen, und wollte sie einholen.

Bei der Bäckerei brach er die Verfolgung ab und erkundigte sich nach der Toilette. In dem engen Raum putzte er sich mit viel Wasser die Schmiere aus dem Gewand, sodass er aussah, als sei ihm ein großes Malheur passiert. Es war ihm egal, grußlos ging er nach draußen und rannte den Rest der Strecke.

12. WACHE

»Ich möchte noch einmal deine Version hören«, verlangte Trimalchio, nachdem er Birne zu sich gerufen hatte.

Birne schilderte, wie er den Vorfall erlebt hatte, unterschlug auch nicht, wie er besudelt worden war, gab aber an, dass das nicht der einzige Grund gewesen war, warum er von der Verfolgung des Belästigers abgesehen hatte. Er war seiner Meinung nach schlicht nicht der richtige Mann. Sie suchten einen gefährlichen Entführer, der junge Mädchen entführte, jahrelang einsperrte, sie womöglich, wenn er ihnen überdrüssig war, umbrachte. Jener aber schien Birne nicht einmal in der Lage zu sein, im Supermarkt eine Dose Bier zu stehlen, einer, dem in der Hitze die Hormone durchgegangen waren und der den Druck durch Berührung nackter Haut über die Fingerspitzen ableiten wollte.

»Birne, das ist jetzt keine direkte Kritik an deiner Arbeit, du hast nicht viel Erfahrung bei uns, aber grundsätzlich: Der Staatsanwalt entscheidet, wir sind per Paragrafen verpflichtet, jeden Verdächtigen festzuhalten und der Untersuchung zuzuführen. Ich hab's Tanja auch gesagt, dass wir womöglich den Falschen hatten, dann ist sie aus der Haut gefahren und hat geschrien, dass ich nicht alles mitbekommen hab, was sie gemeint hat, aber im Wesentlichen ging's um weibliche Intuition. Du musst sie verstehen, sie ist noch eine Stufe unter dir, sie kann sich mit so etwas profilieren und wie gesagt: Ich meine, so unwahrscheinlich ist es gar nicht, dass es nicht doch der Richtige war.«

»Hast du sie heimgeschickt?«

»Wollte ich, sie ließ sich aber nicht schicken, sie habe keinen Grund zu gehen, sagte sie; sie wollte, dass ich dich schicke.«

»Sonst noch was.«

»Genau. Jedenfalls war das das letzte Mal, dass ihr zusammen draußen wart, das funktioniert nicht, da müssen wir was anderes finden. Mach mal Pause jetzt, keine Ahnung, wie lang das heute Abend dauert.«

Birne ging zum Bahnhof, er war sauer und enttäuscht, er war viel mehr wert als diese Affen bei der Polizei. Woher nahmen die sich das Recht, ihn so zu behandeln? Er kaufte sich Hähnchenfleisch beim religiösen Hähnchenbrater, er hatte seinen Mantel im Revier gelassen und auch seine Waffe. Auf den Stufen des Vorplatzes sitzend genoss er sein Essen im Treiben der Menschen. Die waren sicher und keiner terroristischen Gefahr ausgesetzt, so ein Scheiß. Wofür gab er sich eigentlich her?

Er würde heute zum ersten Mal in seinem Leben ein Bordell besuchen, es würde dienstlich sein. Wenn das in Ordnung war, so beschloss er, würde er bleiben, wenn nicht, sollten sie ihn getrost am Arsch lecken. Birne musste schmunzeln, denn ihm wurde klar, dass er mit in Ordnung etwas anderes sagen wollte als jeder Mann dieses Universums. Birne war schon ganz ein Besonderer.

Die Zeit erlaubte es ihm, nach Hause zu gehen, zu duschen, noch einmal eine halbe Stunde zu schlafen, was ihm guttat. Ein Kaffee, danach Zähne putzen wegen des Geruchs, dann zurück zur Arbeit, wo ihn Trimalchio erwartete. Birne war von innen gestärkt und von außen betrachtet, ging es ihm auch besser.

13. NACHTLOKAL

Der Circus Maximus war eine Enttäuschung. Sie waren zu Fuß zum Bahnhof gelaufen, hatten ein Taxi genommen und sich absetzen lassen, aber nicht in unmittelbarer Nähe. Der Fahrer, ein schon etwas älterer mit mangelhaftem Deutsch, hatte wissend gegrinst. Birne trug ein ärmelloses schwarzes Shirt und kam sich vor wie ein Depp auf den letzten Metern.

»Wohl so wie früher?«, fragte er.

»Wie wohl so wie früher?«, fragte Trimalchio zurück.

»Na. Als du mit dem Kollegen von damals los bist.«

»Nein, ganz anders damals, du hast keine Ahnung.«

Natürlich hatte Birne keine Ahnung, er hatte auch gar nicht behauptet, eine Ahnung zu haben, er hatte nur gefragt.

»Wie – äh – sieht's denn aus mit …« Birne zögerte.

»Mit?«

»Den Spesen?«

Trimalchio grinste. »Spesen? Meinst du, wir werden Spesen haben?«

»Kann ja sein, wir wollen doch nicht verdächtig sein. Oder?«

»Nein, nein, um keinen Preis verdächtig.« Trimalchio, der ungewöhnlich stille Trimalchio, stoppte, holte seine Brieftasche raus und gab Birne 200 Euro.

»Birne, das sollte genügen, morgen machen wir es offiziell, dann zeig ich dir, wie man Spesenrechnungen und -anträge ausfüllt. Ist wichtig.«

Der Laden selbst lag hinter einem Metallrohrtor, auf dem groß und in albernen Lettern ›Circus Maximus – FKK- und Massageclub, Eintritt ab 18‹ stand, dazu waren zu Birnes großer Verwunderung die Silhouetten von zwei Pavianen zu sehen. Merkwürdig. Dahinter ein Parkplatz mit einem großen schwarzen Mercedes und einem alten Golf, der Rest der Kundschaft war wahrscheinlich mit dem Taxi gekommen. Wohl, um unerkannt zu bleiben. Doppelmoral in der Bischofsstadt. Birne überlegte, ob er einen Leserbriefschreiber drinnen treffen würde und woran man einen solchen erkennen konnte, wenn er nichts anhatte.

Freudig erregt und entschlossen, nichts verkehrt zu machen, beschloss Birne, Trimalchio reden zu lassen. Sie hatten zwar einen groben Plan, aber Birne traute ihm nicht.

Der Klub sah von außen wie eine gewöhnliche Lagerhalle aus, sie mussten an der Seite eine Metalltreppe nach oben steigen, um an eine Tür zu gelangen, die mit einem Halb-nackte-Frau-Airbrush besprüht war. ›Eingang‹ stand da. Sie mussten klingeln und auf Gnade und Einlass warten.

Ein bulliger Glatzkopf in einem grauen Anzug öffnete und trat ohne Weiteres zur Seite. Als Birne ihn passierte, verzog er sein Gesicht. Birne wurde noch nervöser. Er wollte keinen Streit, nur mal schauen, zahlen konnte er, kein Problem.

Drinnen eine spärliche Beleuchtung, Tische und Bänke, ein normaler Klub; hinter dem Tresen, der sich dem langsam ans Dunkel gewöhnte Auge als Erstes zeigte, stand ein Mann. Enttäuschung.

Es war alles groß, praktisch nicht zu überschauen oder nur mit Videokameras, die hier sicher überall versteckt waren. Birne sah nichts Auffälliges und auch keine anderen Gäste. Es lief – das brachte ihn völlig durcheinander – ein Lokalsender mit einer besten Mischung der Hits von vor 30, 20, 10 Jahren und von heute. Wie sollten hier angetrunkene Kegelvereine in Fahrt kommen?

Es hatte geheißen, die Frauen hier würden gezwungen nackt zu arbeiten, dürften keine Handys haben und damit, so meinte Trimalchio, könne man sie packen, die Chef-Mafiosi, denn das sei nach wie vor illegal. Den Prostituierten Vorschriften zu machen, das sei Zuhälterei, dafür komme man ins Gefängnis; dann hatte er wieder auf den Gesetzgeber eingeprügelt, verbal.

Scheißdreck. Die erste Frau, die ihnen begegnete, war angezogen. Mit einem seidenen Bademantel. Sie saß in einer Ecke an einem Tisch, war blond und sah müde aus, Ringe unter den Augen. Sie rauchte. Sie fixierte die Herren, die gerade kamen, machte aber keine Anstalten, sich ihnen zu nähern oder sich ihnen anzubieten. Trimalchio und Birne setzten sich an die Bar und ließen die Frau nicht aus den Augen, obwohl sie Birne nicht interessierte. So und so nicht.

»Was wollt ihr trinken?«, fragte der junge, nicht unsympathische Mann mit einem breiten Augsburger Lokalakzent und gab ihnen ein wenig das Gefühl, zu Hause zu sein.

»Pils. Du auch, Birne?«

»Gern.«

Das Bier wurde auf Bierdeckeln serviert, die jeweils ein X an den Rand bekamen. Zum Schluss mussten sie bezahlen und Birne fragte sich, was ein X koste und was sie auf den Deckel bekämen, wenn ihnen was anderes serviert werden würde, was mehr mit Dienstleistung zu tun hatte.

Da saßen sie nun, zwei Herren an einer Bar, und warteten, was als Nächstes passieren konnte.

»Prost, Birne.«

»Prost.« Birne erhob das Glas.

Dann wussten sie wieder nichts zu sagen. Sollte das schon alles gewesen sein? Bischofsstadt.

»Halb neun ist Show hinten. Falls Sie das interessiert. Kostet Dienstag keinen Eintritt«, informierte sie der junge Mann. Und wie sie das interessierte, aber hallo, wenn sie schon mal hier waren. »Mittwoch ist übrigens neuerdings Flatrate-Abend, steht alles auf dem Flyer.«

Birne dachte: Flatrate, aha. Fragte aber nicht, wie viel das kosten sollte.

»Wo ist hinten?«, fragte Trimalchio.

»Hier geradeaus, an den Klos vorbei, geht eine kleine Treppe hoch.«

»Dürfen wir die Gläser mitnehmen?«

»Klar, Sie müssen nachher eh hier raus.«

Hinter den Klos ging es nicht nur eine Treppe hoch zu einem anderen Raum mit Glitzervorhängen an den Wänden, sondern auch eine Treppe, zu der ein Pfeil zeigte, der Whirlpools verhieß. Na, die haben hier aber was zu bieten, dachte sich Birne und folgte Trimalchio.

Es erwartete sie eine Art Kleinkunstbühne, die erleuchtet war, der Rest des Raums war finster. Sie mussten mit ihren Bieren an Rundtischen Platz nehmen. Es waren andere im Raum, Birne konnte Schatten sehen, es waren nicht nur Männer, das verrieten die Stimmen der Schatten.

Das Radio verstummte und es begann, sehr viel lauter, Joe Cocker mit ›You can leave your hat on‹. Birne wollte es eigentlich nicht glauben: Das war der Beginn der Nummer. Beifall.

Eine Stange in der Mitte der Bühne. Eine dunkelhaarige Frau in einem großzügigen Zirkusgewand kam und zog sich aus, während sie um die Stange tanzte. Am Ende hatte sie nur noch eine Kette um den Hals und um die Lenden. Birne fand das billig, sah aber gern hin. Applaus. Birne und Trimalchio klatschten, sie wollten nicht auffallen und kamen schließlich auch auf ihre Kosten. Dienst war Dienst.

Die Frau machte Platz, bewegte sich weiter zum Takt der Musik – nun ein Lied der Gruppe Chique mit einem langen Basssolo in der Mitte – eine neue Frau kam, sie war blond und hatte einen Pferdeschwanz, sie trug Lederklamotten, ebenfalls sehr freizügig, sie arbeitete sich ebenfalls an der Stange ab und wurde nackter dabei. Birne fand sie attraktiv, er dachte daran, dass er 200 Euro in der Tasche hatte und fragte sich, was er dafür bekommen konnte.

Die beiden Frauen knutschten jetzt und befingerten sich. Eigentlich hatte Birne auch eigenes Geld dabei. Wenn die das nur aufführen, um ihm die Euros aus der Tasche zu locken, dann machen sie das gut, dachte Birne und schaute rüber zu Trimalchio, der ganz versunken dasaß.

Birne fiel Tanja ein, es war ihm ein bisschen peinlich. Sie würde sie jetzt für Idioten halten. Birne war froh, dass Tanja nicht da war, dass sie vielleicht gar keine Ahnung hatte, was sie gerade machten.

Nach 20 Minuten war der Spuk vorbei. Die Bühne war leer und lag im Dunkeln. Die Stimmung im Raum entspannte sich, die Gespräche kamen wieder in Gang. Auch Birne erleichterte sich, indem er sagte: »Gut, nicht?«

»Hm«, antwortete Trimalchio und blickte sich um. Es gab viele Tische, an denen Männer allein, zu zweit oder in größeren Gruppen saßen und tranken, und Tische mit Männern in Frauenbegleitung. Die Frauen waren nicht nackt, sie hatten alle mindestens Bikinis an. Es hätte genauso gut eine Miss-Wahl sein können. Sie wären alle Preisrichter, berieten sich und könnten nun mit schönen Augen bestochen werden. Ja, die Frauen sahen gut aus und Birne fand nichts Schlechtes daran.

»Muss mal«, informierte Trimalchio und verschwand. Birne nahm's zur Kenntnis und sah sich weiter um. Er fühlte sich einsam. Wenn ihn nun jemand erkannte. Aber wer sollte das sein? Er war neu. Keiner kannte ihn.

Rechts von ihm stand ein Tisch, da saß eine große Gestalt. Birnes Blick blieb an dem Mann hängen. Konnte es sein? Er sah genauer hin, und er war's: Der Kerl vom Fluss, er saß mit dem Rücken zu Birne. Der wusste bestimmt, was Birne hier wollte, er hatte das mit der Polizei mitbekommen, dass Birne Polizist war. Schlecht. Er wollte nicht erkannt werden. Andererseits: Er konnte der Entführer sein. Er hatte versucht, Tanja zu überreden, mitzukommen, an einen Ort, wo sie sich wohlfühle, wo sie immer gehen könne, wenn es ihr nicht gefiel, wo andere Frauen waren. All das nur für eine kleine Gegenleistung. Das war Tanja Hinweis genug, sie wähnte sich am Ziel. Aber was war, wenn er sie hierher bringen wollte? Schwer vorstellbar, aber Birne wusste so wenig von der Welt, sie hatte ihm so wenig von ihren schmutzigen Seiten gezeigt, dass seine Fantasie nur das Beste im Menschen sah. Hier hockt mit dem Rücken zu dir der Chef der Augsburger Unterwelt, dachte Birne, und als du ihm heute Mittag begegnet bist, hast du ihn für irgendeinen Idioten gehalten, der dich in Hundekacke geschmissen hat.

Er saß nicht allein, er verdeckte eine Frau mit seiner Körperfülle. Er redete auf sie ein. Birne konnte nicht erkennen, welchen Erfolg er damit hatte, konnte nichts verstehen, obwohl der andere laut sprach, mit seiner durchdringenden Stimme.

Hatte Birne schlechte Ohren und am Ende gar einen Tinnitus? War er ungeeignet?

Der Mann stand plötzlich auf und drehte sich dem Gang zu, entdeckte dabei Birne, musterte ihn genau, erkannte ihn wahrscheinlich, reagierte aber nicht, sein Gesicht blieb ernst, als ob er gerade eine Enttäuschung oder Ablehnung habe einstecken müssen. Er gab den Blick frei auf ein zierliches dunkelblondes Mädchen mit schulterlangen Haaren, unter denen zwei goldene Ohrringe hervorschauten. Sie hatte ein sehr hübsches Gesicht, nicht zu weich, sie wandte sich nach vorn, zur Bühne, als ob da was zu sehen wäre, und steckte sich gedankenverloren eine Zigarette an. Birne starrte sie an, sie bemerkte es nicht oder es war ihr egal. Er war fasziniert, er saugte sich optisch an ihren nackten, nur von einem kurzen schwarzen Rock bedeckten Beinen fest, stierte auf ihre Brüste. Er war ganz der Mann, den man hier zu treffen erwartete. Was sollte er dagegen tun?

Sie drehte ihm ihren Kopf zu und kaute auf etwas wie einem Kaugummi, sie lächelte und kam herüber, umständlich machte er ihr Platz.

»Hi. Wie geht's?«

»Passt, und dir?«

»Passt auch. Alles in Ordnung? Bist du zufrieden?«

»Ja, ja.«

»Bist du allein hier?«

»Ein Kollege ist dabei.«

»Ein Kollege? Was macht der Kollege? Amüsiert er sich?«

»Weiß nicht. Er muss mal.«

»Hoffentlich erledigt er nicht meine Arbeit hier.«

Birne wusste nicht, ob er den letzten Satz witzig finden sollte. War das ein Witz?

»Was arbeitest du?«

»Lass uns nicht vom Geschäft reden, ich bin hier zum Abschalten.«

»Klar, bin ich auch, zumindest, um dir dabei zu helfen. Ich heiße Nina.«

»Nett. Hallo.«

»Und du?«

»Und ich?«

»Wie heißt du?«

»Nenn mich einfach – Birne.«

»Birne? Komischer Name? Szenename?«

»Kann man so sehen, aber auch echter.«

»Nett. Gefällt es dir hier?«

»Ja, passt.«

»Gefall ich dir?«

»Passt schon.« Birne war nervös, konnte sich nicht angemessen verhalten, wollte ihr eigentlich sagen, dass er verzaubert war.

»Willst du eine andere Gesellschaft?«

»Nein. Bleib, ich bin verzaubert.«

»Das ist aber eine Menge.«

»Ja, eine Menge, direkt schade, dass wir uns ausgerechnet hier begegnen müssen.«

Nina nervte das ein bisschen, das Geschwätz mit Birne, der das bemerkte und dem das unangenehm war, aber: Was sollte er machen? So war er halt.

»Willst du wenigstens was Anständiges trinken?«

Birne wirkte unsicher.

»Keine Angst, Kleiner, das wird dann verrechnet.«

Kleiner? »Meinetwegen.« Er hatte ja 200 Euro und Trimalchio hatte auch noch was.

Sie verschwand, Trimalchio kam wieder, beim Reinkommen schaute er Nina nach, er war beeindruckt.

»Alles klar?«, wollte er wissen.

»Ja, ja, alles klar«, versicherte Birne. »Ich lasse noch mal was zu trinken kommen.« Trimalchio schaute skeptisch, Birne fügte eilig hinzu: »Ich bin ins Gespräch gekommen, es wird dann angerechnet.«

Misslaunig setzte sich Trimalchio.

Birne war ratlos: »War das nicht in Ordnung?«

»Nein, passt schon.«

»Was soll ich jetzt machen?«

»Du bist ins Gespräch gekommen?«

»Ja.«

»Ist sie Ausländerin?«

»Mir ist nichts aufgefallen.«

»Das heißt gar nichts.«

»Was soll ich jetzt machen?«

»Der Klassiker. Sieh zu, dass ihr irgendwohin kommt und sag ihr, du willst nur reden.«

»Und dann?«

»Frag sie aus, ich will wissen, wie sie hier zu arbeiten haben, ob man sie zu irgendwas zwingt und wer das macht und so weiter.«

»Meinst du, es wär unverdächtiger, wenn ich …«

»Was?«

»Nur um die Deckung nicht auffliegen zu lassen …«

»Mach doch, was du willst.«

Trimalchios Laune war im Eimer, Birne konnte nicht ausschließen, dass er daran schuld war. Grantig schwieg er und verlor die Lust am Einsatz; diese Deppen verlangten, dass man intuitiv alles richtig machte und waren selbst die größten Kasper der Nation. In ihm reifte so etwas wie ein Entschluss, den er morgen kundtun wollte.

Nina kam zurück. Sie hatte eine Flasche Sekt und vier Gläser dabei. »Ich habe mir gedacht, für den Kollegen, bringe ich gleich ein Glas mit«, erklärte sie. »Hallo, ich bin die Nina.«

»Ich bin Bernd«, log Trimalchio. Birne hatte seinen wahren Namen verraten, wie unprofessionell, wie scheißegal.

Hinter Nina trat eine Rothaarige an den Tisch. »Hallo, ich bin Olga.« Birne fiel ein osteuropäischer Akzent auf. »Wollt ihr euch gut unterhalten?«

Trimalchio blickte mürrisch und ohne ein Wort auf. Sie saßen zu viert zusammen. Nina öffnete die Flasche, auf dem Etikett stand etwas von ›Champagne‹, wahrscheinlich war es gefälscht. Nina füllte die Gläser, eines lief über, sie schrie: »Huch!«.

Sie stießen an, alle vier zusammen, Olga brachte einen Toast aus: »Auf die Arbeit, auf den Feierabend.« Trimalchio ließ das alles mit sich geschehen, versaute aber durch seine grimmige

Verschwiegenheit die Stimmung. Birne hoffte auf die Erfahrung der Frauen, auch aus komplizierten Situationen etwas Gewinnbringendes herauszuschlagen, doch die Runde blieb stumm. Olga zeigte einen großzügigen Ausschnitt, der Birne ebenfalls ansprach, er schaute aber nur heimlich und verstohlen rein, nicht dass Nina dachte, er wolle jetzt lieber mit Olga. Nina blickte er offen an, sie ließ das gern mit sich geschehen. Die schlechte Luft, eventuell etwas Restalkohol und das eben Gesoffene brachten ihn dazu zu glauben, er habe sich soeben tatsächlich verliebt. Was für scheußliche Umstände. Wenn er nur ein Ritter wäre oder wenigstens Richard Gere, aber so wirkte alles an ihm lächerlich: Ein Mann, der draußen zu wenig Liebe bekommt, muss sich hier verschaffen, was er meint, nötig zu haben. Wurm.

Schließlich wagte er einen Vorstoß, er flüsterte Nina zu: »Sag mal, gibt es hier eine Möglichkeit, etwas ungestörter zu sein?«

Sie kicherte und zog ihn hoch, sie sagte zu Trimalchio: »Ich entführe mal deinen Freund.«

Trimalchio sah weg.

Nina führte Birne Richtung Klo, an ihnen vorbei, nahm die Treppen in den Keller hinunter, ein langer Gang, mit vielen Türen, die Wände mit grauem Filz ausgekleidet, spärlich beleuchtet das alles. Hier waren also die Räume, in denen vollzogen wurde. In wenigen Minuten würde alles vorbei sein. Sie bogen um eine Ecke, eine weitere Treppe führte nach unten. Birne würde ihr verfallen, er würde wiederkommen müssen. Hatten sie ihm etwas ins Getränk getan, was ihn süchtig machte?

An den Türen sind Nummern, dahinter werden Nummern geschoben, dachte Birne; sie hielten an der 16, einer Zahl, der Birne nichts Symbolisches abgewinnen konnte. Vier mal vier halt. Dahinter stand ein Bett in einem grauen Raum, es gab einen Spiegel, sie würden sich zuschauen können. Birne war aufgeregt. Sie setzte ihn auf das Bett und ging zum Waschbecken in der Ecke, da lagen Seife und Kondome; sie streifte ihre Armringe ab und steckte sich ihr Haar hoch, dann drehte sie sich um und kam langsam auf ihn zu. Birne wich zurück.

»Angst?«

»Nein, nein, lass gut sein, ich will nur reden.«

»Das darf nicht wahr sein. Was ist denn heute los? Schon der zweite. Gefalle ich dir nicht?«, schrie sie und zerrte an ihrem Oberteil.

»Doch, doch.« Hastig zog Birne sein Geld aus der Tasche. »Ich bezahle, keine Angst, ich bezahle.« Sie wurde ruhiger, er fuhr fort: »Du gefällst mir super, ich glaube, ich habe mich in dich verliebt, ich will das langsamer haben, verstehst du?«

Sie setzte sich neben ihn und legte eine Hand um seinen Nacken.

»Ich kann dich hier rausholen. Du musst mir vertrauen.«

»Schon gut«, sagte sie, die Hand wanderte auf seine Brust und verweilte dort in sanftem Reiben.

»Ich weiß, was sie hier mit euch machen. Du musst dir helfen lassen. Du hast das nicht verdient, und Olga hat das auch nicht verdient. Sag mir nur, was die hier mit dir anstellen, ich bin mächtig genug.« Birne spürte einen gewaltigen Eifer in sich, seine Mission gewann wieder an Fahrt und Sinn. Er wollte das Mädchen hier raus haben, er wollte ihr anderswo und unter anderen Umständen begegnen dürfen, er als Ritter.

Sie hatte seine Hose erreicht, er hatte nicht mehr viel Zeit, bevor es ihn überkam. »Du musst mir nur für eine Aussage bereitstehen, bitte mach mir diese Aussage.«

Sie stoppte. »Du bist aber nicht von der Polizei?«

»Doch. Ich helfe dir.«

Sie ließ ab von ihm. »Oh Scheiße.«

»Nina bitte.« Worauf bezog sich diese Bitte? »Ich bin Birne und glaube es mir oder nicht: Du bedeutest mir etwas. Liebe auf den ersten Blick, ich schwöre.«

»Nicht mein Tag, nein. Sei so gut, Birne, wenn du wirklich so heißt, geh jetzt und pack deinen Kumpel mit ein. Dieser Scheiß bringt nur Stress. Hau ab.«

Birne zögerte, sie warf ihm so böse Blicke zu, dass er nicht anders konnte, als aufzustehen und zur Tür zu schleichen. Der 200-Euro-Schein lag da, er wagte nicht, ihn an sich zu nehmen oder etwas dafür zu verlangen. Dann sprach er noch einmal mit Mut: »Sag mir nur, was der vorher wollte.«

»Auch nur reden. Verpiss dich jetzt.«

Er schlug die Tür zu, sein Herz schlug auch, hämmerte. Was war das gewesen? War er ein Idiot oder nicht? Hatte er alles kaputt gemacht oder richtig? Verwirrt suchte er den Rückweg. Treppe rauf und dann links und so weiter. Das hieß, weit kam er nicht, denn er hörte Schritte und Flüstern, möglicherweise von Männern. Das machte ihm Angst. Blitzschnell kapierte er: Spiegel im Zimmer – die beobachteten einen natürlich, filmten einen womöglich, damit den Damen nichts passiert. Birne hatte nichts Verbotenes oder Kompromittierendes getan, womit sie ihn erpressen konnten, aber er hatte seine Profession, Polizei, erwähnt. Das war wirklich ein Fehler gewesen, er hatte sich blenden lassen von dem Mädchen und ärgerte sich nun darüber, gleich würde er die Fresse poliert bekommen und sich – zu Recht – noch mehr darüber ärgern.

Eine Menge Türen führten weg von diesen Gängen, durch keine konnte er sich retten, ohne zu riskieren, eine um Längen verflixtere Situation zu erzeugen. Er rannte zurück zu Ninas Zimmer, zu dem Zimmer, in dem er sie allein gelassen hatte. Die Schritte, die er gehört hatte, beschleunigten sich ebenfalls: Er floh nicht ohne Grund, er war in Gefahr.

Die waren nah an ihm dran, sie konnten ihn noch nicht

sehen, als er die Tür erreichte, hinter der er sich eine Art Rettung erhoffte. Er riss sie auf, stürmte in den Raum und was er sah, machte ihm klar, dass er jetzt richtig drin saß im Ärger.

»Mach sofort die Tür zu, du Arschloch«, herrschte ihn der große Mann von der Wertach an. Birne gehorchte, er schloss die Tür von innen, wo sich das Entsetzen ereignete. Der bärtige Klotz stand in der Mitte des Zimmers, er hatte eine gefährlich echt aussehende Pistole in der Hand, er machte Eindruck. Vor ihm, auf dem Bett und gefesselt mit Klebeband, lag Nina. Ihre Augen waren weit aufgerissen und starrten Birne an. Anscheinend hatte der Grobian ihr außer der Fesselung keine Gewalt angetan. Birne war für den Bruchteil einer Sekunde erleichtert, dann wurde er mit den Worten »Weg, du Rindvieh« zu Boden gestoßen. Der Große verschloss die Tür mit einem Drehschloss, das normale Menschen von Toilettentüren kennen. Birne traute dieser Verriegelung nicht. Aber immerhin waren sie hier drin bewaffnet. Jemand, zwei bis vier Fäuste, hämmerten gegen die Tür von außen.

Es wurde geschrien – auch diesmal fielen Birne fremde Akzente auf: »Mach auf, du Idiot, wir kommen eh rein.«

Wenn die da draußen ihn hier drin vermuteten, dann war Birne in weniger als einer halben Minute innerhalb drei Sätzen Arschloch, Rindvieh und Idiot genannt worden. Arschloch, Rindvieh und Idiot – das war nicht schmeichelhaft fürs Ego, gerade vor der schönen Frau, die auf dem Bett gefesselt lag. Birne musste viel leiden in diesem Moment.

»Ich habe zwei Geiseln und eine Waffe hier drin«, meldete sich der Große. »Ich könnte sie gegeneinander ausspielen und ihr hättet das größte Problem eures Lebens.«

Stille. Nur Gemurmel vor der Tür. Birnes Entführer wollte die Zeit nicht ungenutzt verstreichen lassen, durch Umpf-Laute wies er Birne an, sich auf dem Boden umzudrehen.

Birne wurden von hinten die Hände gefesselt. Mit Klebeband. Dann wurde er nach oben gerissen, auf seine Beine gestellt, um mitanzusehen, wie der Entführer Nina die Beinfesseln durchschnitt und ebenfalls aufstellte. Da standen sie nun, sollten Zeugen werden, wie der Große einen Schrei ließ und dann dreimal durch die Tür schoss, um allen zu beweisen, dass er eine echte Waffe hatte, die Menschen töten konnte, wenn sie traf. Ein Schmerzensschrei – Birne fiel kein Akzent auf – war zu hören. Getroffen hatte er, der Mann, der sie abfeuerte und sich dadurch Respekt verschafft. Birne und Nina mussten rausgehen und sahen zwei Herren in Anzügen, der eine hatte Blut an der Leiste und Schweiß, kalten wahrscheinlich, an der Oberlippe, er war zusammengesunken und guckte böse, enttäuscht und erschöpft auf die kleine Gruppe, die die Rammelkammer verließ. Sein Kamerad stand ihm bei, stützte ihn ein wenig, schaute dabei böse, aber froh, nicht der Getroffene zu sein. Er hoffte, dass keine Schüsse mehr fallen würden.

Der Entführer lenkte sie in die andere Richtung. Es gab eine Ecke, um die sie noch biegen mussten, um dann geradewegs auf eine schwere Tür zuzulaufen: Der Weg nach draußen, so einfach wär's gewesen, dachte Birne jetzt.

Vor der Tür im Freien wurde der Große auf einmal hektisch und nervös. Es stieß seine beiden Opfer in die Richtung des alten Golf, er fragte Birne ganz nuschelig und gedrängt, sodass Birne die Frage zunächst gar nicht richtig verstand, ob er denn Auto fahren könne.

Birne bejahte. »Allerdings nicht besonders gut.« Der Große schlug die Scheiben ein, Birne musste sich in die Scherben setzen. Nina wurde auf die Rückbank geschmissen, sie stöhnte ein bisschen aus Protest, wurde aber gleich angeherrscht. Der Große setzte sich auf den Beifahrersitz, schloss den Wagen kurz, entfernte Birnes Fesseln und ließ ihn losfahren, wohl in der Hoffnung, dass die Chefs des Puffs, die ziemlich sicher üble Gangster waren, relaxter reagieren würden, wenn sie sahen, dass nur der Golf fehlte und nicht das tolle Auto. Und das nachdem ein Mann von ihnen in der Leiste getroffen war und ein Mädchen, womöglich ihr hübschestes, weg war und die Polizei endlich einen Vorwand hatte, in den Laden einzudringen.

Apropos Polizei, apropos eindringen: Trimalchio recherchierte zum fraglichen Zeitpunkt tief in Olgas Körper und meinte irgendwo entfernt so etwas wie Schüsse zu hören. Allein, es war ihm in dem Moment egal, der ganze Einsatz hatte eine neue Wende erhalten. Man könnte auch sagen, er war gekauft worden, während er in Wirklichkeit Geld da gelassen hatte.

Teil II – Weg

1. FLUCHTWAGEN

Der erste Teil der Flucht verlief in einem sehr alten, grünen Golf, den Birne steuerte. Ein eigenartiges Fahren war das ohne Fenster, auf Scherben sitzend, entführt und ohne Chance, irgendjemandem einen Wink geben zu können. Er war halt jetzt eine Geisel, fühlte dennoch relativ wenig Angst, weil, so albern das klingt, Nina dabei war, er für Nina da sein konnte. Die lag hinter ihm und ächzte manchmal auf, sie konnte ja gar nicht erkennen, wohin es ging.

Sie fuhren aus der Stadt raus, aufs Land, nach Westen, weniger Autos um sie herum, weniger Lichter, nur noch die laue, wunderschöne Sommernacht und die Schatten von Kornfeldern und majestätischen Fichtengehölzen, gelegentlich, immer seltener werdend ein Dorf oder die Lichter eines Dorfs in der Ferne.

Sie kamen in einen Wald, die Welt verschwand in völliger Finsternis.

»Rechts abbiegen«, herrschte ihr Entführer Birne an.

»Wo?«, fragte der zurück.

»Schon vorbei. Zurück.«

Birne musste wenden, mitten auf einer sehr schmalen Straße. Kein Auto weit und breit, dessen Fahrer das stören oder verdächtig finden könnte.

»Langsamer«, gab der Entführer von sich. Er war kein Freund vieler Worte oder immer noch aufgeregt durch die Aktion. Ein Waldweg. »Da rein. Los.«

Birne preschte da rein. Sie wurden durchgeschüttelt, ob des schlechten Wegs. Wie das wohl Nina empfand auf dem Rücksitz? Sie sah ja nichts. Mehrmals die Gefahr, beinahe stecken zu bleiben, keine Gnade vom Entführer, immer weiter, immerhin nicht zu Fuß, sondern mit dem Auto.

Waren es Kilometer, waren es mehrere 100 Meter? Schwer einzuschätzen in der Dunkelheit. Jedenfalls tauchte ein Haus auf, ein kleines, eine Hütte mit Anbau. Dorthin mussten sie fahren.

Bis jetzt ist alles ziemlich gut gegangen, dachte Birne.

2. WACHE

Es herrschte eine eigenartige Stimmung im Revier. Trimalchio kam spät und sah außergewöhnlich schlecht aus. Irgendetwas wühlte in ihm, irgendetwas mochte er nicht an diesem Tag, der schon wieder so heiß war, weshalb Tanja lange nicht wagte zu fragen, wo Birne steckte. Der war gar nicht aufgetaucht. Sie hatte keine Ahnung, was die beiden am Abend zuvor getrieben hatten. Sie hatten es recht wichtig gehabt und von Einsatz und Tatütata geredet. Tanja dachte, dass sie tierisch irgendwo einen draufmachen wollten, war nach wie vor dieser Meinung und dass dazu möglicherweise etwas Saudummes passiert war.

Um die Dinge noch seltsamer zu machen, fragte schließlich Trimalchio, als sie sich zufällig an der Kaffeemaschine über den Weg liefen: »Hast du eine Ahnung, wo Birne wieder steckt?«

»Ich? Woher soll ich wissen, wo Birne steckt?«

Trimalchio ließ sich einen Cappuccino raus und warf zehn Cent in die Kasse, die neben der Maschine stand. »Na, du hast es doch immer so speziell mit ihm gehabt, so speziell, dass man fast meinen konnte, ihr habt selbst nach Dienstschluss ein gutes Verhältnis.«

Ein Cappuccino kostete 20 Cent, ein Espresso zehn.

»Was soll das denn heißen?«, fragte Tanja.

»Nichts, du sollst nur merken, dass ich nicht blind bin, dass man gar nicht blind sein darf, wenn man Kommissar bei der Polizei werden will«, sagte Trimalchio und schleckte den Schaum vom Tassenrand.

»Danke für die Info. Ich denke, du warst gestern mit ihm aus. Auf Einsatz?«

»Gestern ist gestern und heute ist heute.« Er trollte sich und bereute es, sie angesprochen zu haben, denn damit hatte er endgültig ihre Neugier geweckt.

Die Spesen schrieb er ab, das hatte er verbockt. Rausgefunden hatte er nichts, er war um den Finger gewickelt worden, hinterher ärgerte es einen immer.

Trimalchio und Olga waren wieder in den Saal gekommen, dort war eine angespannte Atmosphäre, auf die Trimalchio sich keinen Reim machen konnte. Offensichtlich wollte man etwas unter den Teppich kehren. Einige Kunden waren kurz davor zu gehen. Sein Instinkt hätte erwachen sollen, er sah nur den Bierdeckel von Birne mit dem X und dem halb leeren Glas darauf und fragte Olga, die sich zwei Minuten später an seinen Tisch setzte und verdächtig nett tat: »Was ist denn los?«

»Nichts. Ich hoffe, dein Kumpel amüsiert sich gut.«

»Ich hoffe auch.«

»Willst du was haben?«

»Ist ja noch genug da«, sagte er und schenkte sich ein. Sie warteten wortlos wie ein altes Ehepaar.

»Meinst du, er kommt noch?«, fragte Olga.

»Wir sind gemeinsam gekommen, da wird er mich nicht sitzen lassen.«

»Wart mal kurz«, befahl Olga ihm und verschwand für weitere zwei Minuten.

»Du«, sagte sie, als sie wieder da war. »Dein Kumpel hat dich versetzt, ich hab's eben von Nina gehört, die ist schon am nächsten und dein Kumpel bereits daheim. Sie musste ihm ein Taxi rufen. Er hat wohl zu viel des Guten bekommen heute Nacht.«

»Ehrlich?«

»Wieso sollte ich dich anlügen?«

»Scheiße«, brüllte Trimalchio. »So ein Arsch.«

»Na, na«, sagte Olga.

Sie wollten sich eine Alibi-Geschichte zurechtlegen, ein Alibi, das Birne liefern musste, damit Trimalchios Ehefrau nicht Verdacht schöpfte

Er trank einen weiteren Schluck, um möglichst Wenigen möglichst wenig zu schenken, beglich auch Birnes Zeche, nicht ohne ihn innerlich zu verfluchen und zu beschließen, von dem Plastikkameraden morgen jeden Cent zurückzufordern. Er ging raus, ihm fielen keine Scherben oder gar das Fehlen eines Autos auf dem Vorplatz auf. Er lief eine Viertelstunde hin und her, wollte gerade ein Taxi rufen, als er die Lichter einer Kaschemme in naher Entfernung wahrnahm. Dorthin ging er, fand drei sehr traurige Männer an einer Bar sitzen und einen vierten hinterm Tresen, der bei Bedarf Bier nachfüllte. Zu diesen Rittern passe ich, fand Trimalchio, setzte sich und ließ sich mit Bier und Schnaps in mehreren Runden noch einmal gehörig einen einschenken. Der Wirt hatte eine Menge Geduld mit ihnen, schließlich schmiss er Trimalchio nicht hinaus, sondern er beugte sich seinem übermächtigen Rausch. Ein Taxi wurde gerufen, einer seiner neuen Freunde aus der Kneipe fuhr ein Stück mit, er zahlte nichts dafür, er vergaß es, während er in einen Strauch kotzte. Trimalchio schlich sich schändlich in sein Haus, als er endlich daheim war. Alles war in die Hose gegangen.

Tanja traute sich nicht, Trimalchio noch einmal nach der gestrigen Nacht zu fragen. Er mied sie nach Kräften, sie wurde immer misstrauischer. Sie hatte Birnes Nummer, sie konnte ihn einfach anrufen und ihn in aller Unschuld nach seinem Befinden fragen. Wieso nicht?

Wenn es wirklich was Dummes war, das sich ereignet hatte, dann konnte sie viel böses Blut erzeugen mit diesem Anruf. Sie schob ihn vor sich her. Sie sorgte sich noch nicht um Birne.

»Tanja? Tanja? Bist du's? Bin ich froh. Tanja, hol uns hier raus. Irgendwie. Wir sind entführt. Schnell, bitte. Scheiße. Au.«

Das war alles. Tanja geriet in Panik. Das war kein Scherz. Womöglich, umgekehrt, hatte sie unbedacht Birne in einen richtigen Schlamassel gebracht. Jetzt wussten die oder der, dass er ein Handy hatte. Jetzt war das Handy vielleicht schon kaputt, jetzt brachen sie Birne vielleicht die Finger und überlegten heimlich, ob sie geortet werden konnten durch den kurzen Anruf.

Tanja sprang wütend auf. Dieser Trimalchio. Er war weg, nach Hause gegangen, weil er sich nicht wohlfühlte. Unerbittlich forderte sie seine Privatnummer, es ging um Leben und Tod.

Es klingelte lange, bis sie eine müde Stimme in der Leitung hörte.

»Trimalchio«, sagte sie. »Du musst sofort kommen. Bitte.«

»Wieso?«

»Birne ist in großer Gefahr.«

»In großer Gefahr? Wieso in großer Gefahr?«

»Das will ich eben mit dir herausfinden.«

»Das hat Zeit bis morgen.«

»Das hat nicht Zeit bis morgen.«

Was dann folgte, war enorm laut und erschreckte sie selbst – so emotional kannte sie sich gar nicht. Auf jeden Fall bewog es Trimalchio, auf einen Teil seines Feierabends zu verzichten und zu kommen.

3. VERSTECK

Zur selben Zeit zählte Birne die Stunden ihrer Gefangenschaft und fühlte sich mies. Sie waren in einem Kellerraum untergebracht, ohne Fenster, durch die Türritzen und eine Art Schacht fiel bescheidenes Licht. Sie hatten ein Bett mit weißen Laken zugestanden bekommen, darauf lagen sie, gefesselt an den Händen, inzwischen mit Handschellen. Sie konnten nicht weg, sie konnten sich nur an- und im Raum umschauen, das war fad und quälend.

Als sie ihre Essensration bekommen sollten, hatten sie die Hände frei, der Große ließ sie sogar für einen Moment allein, da klingelte das Handy, das der Große in Birnes Tasche vergessen hatte und verriet sie. Der Entführer kam zurück und als er etwas hörte, musste Birne dafür büßen; er bekam Ohrfeigen wie ein kleiner Schuljunge, die noch immer schmerzten. Das Handy wurde zertreten, ihre einzige Chance zur Kontaktaufnahme war weg. Sie verloren das Bewusstsein, diesen Teil der Geschichte kannten sie schon und fanden sich beim Erwachen mit Handschellen versehen wieder im Loch.

Beide hatten Angst. Birne wusste, was der Große wollte und auch, dass er es ihm in keiner Hinsicht bieten konnte. Sein Tod war sicher eine beschlossene Sache. Scheiß-Job. Nina wiederum konnte alles geben, was der Verrückte wollte und musste das wohl bald, eine ebenfalls scheußliche Vorstellung.

»Alles in Ordnung bei dir?«, fragte Birne flüsternd.

»So weit schon«, antwortete sie leise.

»Kennst du den?«

»Er war mal da und hat genervt. Ich konnte ihn nicht einschätzen, hielt ihn für harmlos. Spinner sind sie alle.«

Birne schwieg.

»Was ist? Bist du jetzt beleidigt?«

»Du weißt, warum ich bei euch war.«

»Freilich, du wolltest reden, das wollte er ebenfalls, hat er
jedenfalls gesagt.«

»Über was wollte er denn reden?«

»Geht dich nichts an.«

»Stell dich nicht so an. Erzähl's mir, vielleicht liegt irgendwo
darin der Schlüssel.«

»Wo?«

»In deinen Worten. Und ich find ihn dann und wir spazieren raus.«

»Geile Idee, komischer Mann.«

»Also?«

»Also mir hat er sich als Ben vorgestellt.«

»Ben?«

»Ja, Ben, kann das schon ein Schlüssel sein?«

»Kann. Weiß nicht.«

»Und verdächtig war er, weil er wissen wollte, wer so alles
bei uns ein und aus geht, wen ich da sehe und kenne, was die
reden, und von wem ich die Namen weiß.«

»Hast du was verraten? Da kann ganz schön was hoch-
gehen.«

»Nicht wie du denkst, höchstens in Familien. Fette Bro-
cken kommen nicht, dazu ist der Circus zu gut besucht, da
riskiert man es immer jemanden beim Rein- oder Rausgehen
zu treffen.«

»Ich nicht. Ich bin neu in der Stadt.«

»Dann sieht dich jemand da drin und trifft dich, sagen wir,
vor Gericht wieder. Und das, ich versprech es dir, verwendet
er dann gegen dich.«

»Weiter«, forderte Birne.

»Ich hätte nichts verraten, aber Ben, nennen wir ihn weiter Ben, wurde auf einmal sehr großzügig.«

»Ihr werdet doch beobachtet, wenn ihr allein seid mit den Herren.«

»Ja. Wir trafen uns anderswo, in einem Café.«

»Du hast dich mit ihm verabredet?«

»Er wollte wahnsinnig gut dafür bezahlen.«

»Und dann? Was wollte er wissen?«

»Er wollte Namen.«

»Hast du was gesagt?«

»Nein. Ich hatte Angst, auf einmal.«

»Und dann? Hat er aufgegeben?«

»Er wollte Berufe wissen, er wollte die Menschen beschrieben haben, die kommen, wie sie kommen, was sie sagen, was sie wünschen. Ich hielt Ben zunächst für einen Detektiv, dann für einen Reporter und kurz für einen Bullen.«

»Hast du ihn gefragt?«

»Schriftsteller hat er gesagt.«

»Und du hast ihm geglaubt?«

»Es klang einigermaßen plausibel.«

»Hast du ihm was verraten?«

»Ich gestehe es dir, weil du der erste Mann bist, mit dem ich gefesselt und entführt auf einem Bett in einem Kellerloch liege. Ich hab mir was ausgedacht, weil ich der Meinung bin, dass das zu einem Schriftsteller passt, da ist das erlaubt, der wird mit seiner Fantasie die Geschichten wieder entstellen und wer weiß, vielleicht kommt am Ende dann die Wahrheit raus. Ich nahm das Geld gern und bin abgehauen, das war ein billiger Job.«

»Aber Ben hat nicht lockergelassen.«

»Er wollte noch mehr Geschichten. Er wollte sich erneut draußen treffen, er lud mich zu sich ein.«

»Wohin?«

»Er wollte mich abholen. Ich sollte zum Theater kommen, er wollte mich mitnehmen im Auto. Sonst hat er nichts verraten.«

»Und du?«

»Ich hab nicht zugestimmt. Birne, das macht man nicht.«

Sie hatte zum ersten Mal, seit sie draußen waren, seinen Namen genannt. Er war gerührt. »Ist bei dir alles in Ordnung?«

»Ja, ja. Du bist eine schöne Frau.«

4. WACHE

»Was genau habt ihr gestern gemacht?«

Trimalchio rauchte und sah offensichtlich nicht ein, sich von der jungen Kollegin verhören zu lassen. Für ihn war sie total hysterisch.

»Ich bin ja jetzt hier, fassen wir das noch mal kurz zusammen«, sagte er. »Du kamst auf die Idee, Birne anzurufen. Ihr habt nichts miteinander, es ist rein kollegiale Fürsorge. Birne fällt sein Mobiltelefon vor lauter Freude darüber, dass du ihm verziehen hast, ins Spülwasser, du hörst nichts mehr außer einem Piepen und schließt daraus, dass dem guten Menschen Birne etwas zugestoßen ist. Sehe ich das richtig?«

»Er hat, verdammt noch eins, gesagt, dass er entführt worden ist. Verstehst du?«

»Wer sollte denn den Birne entführen? Der hat doch kein Geld. Ich weiß das.«

»Was weiß ich denn?«

»Vermisst ihn jemand?«

»Wie, vermisst?«

»Ja, außer dir. Hat ihn jemand als vermisst gemeldet oder als verschwunden? Herrgott, ich brauche einen Kaffee.« Er stand auf. »Du auch?«

»Nein, danke. Ihn kennt niemand hier. Wer soll ihn denn vermissen?«

»Also, lass gut sein, der kommt schon wieder. Wahrscheinlich hat er nur einen Kater. Gleich ruft er an und meldet sich krank.«

»Was war denn gestern Abend?«

»Bist eifersüchtig?«

»Gäb's einen Grund dazu?«

Trimalchio lachte. »Weißt du was, ich vergesse das mit dem Kaffee und gehe heim und du, schau auf deinem Heimweg beim Birne vorbei und lass dir erzählen, was los war, vielleicht schämt er sich, vielleicht findet er auch nichts Schlimmes daran, wenn zwei Herren mal so richtig einen draufmachen.« Trimalchio lachte noch einmal zweideutig auf.

Tanja gab das einerseits einen Stich, andererseits beruhigte es sie. Hatten die beiden Kollegen Scheiß gebaut, und schämte sich Birne jetzt dafür? Schämte er sich ihretwegen?

Sie wusste nicht genau, wo er wohnte. »Weißt du, wo Birne wohnt?«

Trimalchio blickte sie erstaunt an. »Ich versteh euch junge Leute nicht. Wie schnell geht's und ihr seid nicht mehr jung; dann wird es immer schwerer, das Leben zu genießen, es genießen zu lernen, wenn man es in jungen Jahren nicht gelernt hat.« Er setzte sich lässig an seinen Schreibtisch, suchte umständlich nach einem Papier, von dem er einen Fetzen abreißen konnte und schrieb, wobei er geheimnisvoll tat, etwas drauf.

Tanja hustete gekünstelt, um ihm klarzumachen, dass sie seine unerlaubte Raucherei doof fand. Es war Birnes Adresse, Tanja hatte sie und machte sich unsicher auf den Weg. Immerhin konnte es sein, dass sie im Moment, von Trimalchios Auftreten eingewickelt, wertvolle Minuten verspielte. Er war sitzen geblieben und hatte ihr nachgeschaut. Sie wunderte sich, weil sie damit gerechnet hatte, dass er nach Hause wollte. Sie hatte sich für sein Kommen bedankt. Es war nicht weit und sie schritt eilig aus.

Nach 30 Metern klopfte ihr ein atemloser Trimalchio auf die Schulter: »Ich geh mit, ich will wissen, was los ist.«

Sie gingen schneller.

5. LOCH

Birne nahm den Anruf auf dem Handy übel, sie hatte ihm eine wichtige Chance verspielt. Er mochte diese Tanja nun überhaupt nicht mehr, die war zu gedankenlos. Nina dagegen war gut, die machte nichts Dummes, Dummes war ihr passiert, keine Frage, aber sie machte was draus, sie war wunderbar, er konnte mit ihr reden. Zwischen ihm und Tanja war immer eine Barriere gewesen, er konnte ihr nicht sagen, was er wirklich dachte, weil er ahnte, dass sie es nicht verstand oder sie ihn nach einem ehrlichen Gedanken nicht mehr ernst nehmen würde, weil ihre Welt einfacher funktionierte. In ihrer Welt genügte es, sich irgendwohin zu setzen und Dostojewski zu lesen. Dostojewski machte interessant, Dostojewski spülte den Lack der Dummheit weg. Dachte sie. In Birnes Welt genügte das aber nicht. Seine Welt, in der er gefesselt auf einem Bett lag, mit einer Frau, in die er, da war er sich absolut sicher, verliebt war. Sie schwiegen, sie versuchten, kein Geräusch zu erzeugen, denn sie lauschten.

Über ihnen war Streit ausgebrochen, zwei Männer, Ben und noch einer. Er hatte einen Komplizen. Etwas war schiefgegangen, sie wollten Nina entführen. Nina würde ihnen keiner übel nehmen, wenn sie sie heil wieder laufen ließen. Jetzt war aber der andere dabei. Birne, der Bulle. Wieso war der dabei? Er war eine Ersatzgeisel, um durchzukommen, den hätte man erschießen können, war nicht nötig gewesen, auch gut, aber nun hatten sie ihn am Hals, einen Fresser mehr in der Familie. Sollten sie ihn gleich umlegen? Laufen lassen konnten sie ihn nicht. Irgendjemand würde bestimmt nach ihm suchen. Knietiefe Scheiße.

Birne und Nina verstanden nichts von dem, was gesprochen wurde, dazu waren die beiden Männer zu leise, obwohl sie einander anschrien. Aber in dem Streit hätte es um Dinge wie diese gehen können. Sie hätten ohne Weiteres gerade Birnes Schicksal aushandeln können. Wie Gott. Gespenstisch.

Nina hatte Birne Hoffnung gemacht: Sie hatte noch ihr Handy, es war ausgeschaltet und nach wie vor unentdeckt. Sie würden warten, bis der andere weg war oder sie wüssten, was als Nächstes passierte. Birne erinnerte sich daran, dass es geheißen hatte, die Frauen im Circus Maximus dürften angeblich keine Handys besitzen – also war das Quatsch gewesen.

Die Stimmen verstummten. Banges Warten. Schritte. Ben kam rein. Murmelte: »Ihr Arschlöcher«, warf die sich wehrende Nina auf seine Schulter und ging raus. »Ich will nichts hören, ihr Arschlöcher«, sagte er dabei zu Birne, der dann allein war und voller Furcht. Ihm wurde bewusst, wie verloren sie hier waren.

Seine Hände hatte er die ganze Zeit auf dem Rücken, seine Arme waren ihm davon eingeschlafen, das tat weh. Weh taten auch die Ohrfeigen, die er bekommen hatte und die Lage, in der sie sich befanden. Er versuchte zu hören, was da oben mit den Männern und Nina passierte. Da war aber nichts. Waren sie weggefahren? Hatten sie ihn allein gelassen? Wäre durchaus eine Lösung. Es könnte sein, dass irgendwann einer auf die Idee kam, nach ihm hier im Wald zu suchen und ihn dann entdeckte, bevor er verhungerte oder verdurstete. Oder es kam niemand und sie fanden seine Leiche nach Wochen, zum Beispiel ein Spaziergänger mit einem Hund, der dann aufgeregt hechelte und bellend vor der Hütte stand und unbedingt reinwollte. Sein Herrchen oder sein Frauchen würde daraufhin nachgeben und den Hund losstürmen lassen. Er oder sie käme hintendrein in den Keller, wo das Tierchen stehen würde, an etwas knabbernd, sagen wir, Birnes Backe. Eklig – das Tier wäre dann nicht mehr rein, nachdem es an Menschenfleisch dran war, aber dem Tier ist das Tier halt nicht aus-zutreiben, auch nicht mit menschlicher Liebe, was will man machen? Birne wäre sowieso machtlos, er würde zu einem späteren Zeitpunkt wahrscheinlich an drei Leinen von sechs starken Männern in ein kühles Grab versenkt werden. Trotz dieser schlechten Aussichten hatte Birne Hoffnung, dass diese Geschichte nicht so schlecht ausgehen würde, dass er am Ende in den Armen schöner Frauen liegen und seine Todesangst in diesen Stunden verlachen würde.

Er hörte Reifen auf dem Kies. Jemand fuhr weg. War er jetzt wirklich allein?

Dann Schritte im Haus. Kam sein Henker?

Die Tür ging auf. Für das der Helligkeit entwöhnte Auge war es eine große dunkle Masse. Ben und auf seiner Schul-ter Nina. Sie wehrte sich nicht, ließ sich regungslos tragen und auf das Bett neben Birne schmeißen. Ben sagte nichts, er brummte, der alte Bär, vor lauter schlechtem Gewissen. Das Brummen bedeutete: Bald bist du dran, wenn ich mich nicht mehr zu schlecht fühle.

Nina zuckte unter Krämpfen. Sie weinte. Die Tür schloss sich hinter Ben. Sie waren allein.

Birne fragte: »Was war los? Ist alles in Ordnung?«

»Gar nichts ist in Ordnung, ihr seid alle böse«, bekam er zur Antwort und wusste nichts mehr zu sagen oder wie er zu reagieren habe.

Er schämte sich, er war nicht besser, er war auch im Cir-cus Maximus gewesen.

6. VOR VERSCHLOSSENER TÜR

Keine Reaktion auf ihr Klingeln. Tanja trat mit dem Fuß auf den Putz neben der Tür.

»He, he«, sagte Trimalchio, um die Situation zu deeskalieren.

»Wir sind zu spät«, stöhnte Tanja.

»Das bedeutet noch gar nichts.«

»Wann bedeutet dann etwas was? Wenn sie dir aus einem vorbeifahrenden Auto einen Kopf vor die Füße rollen. Ist das ein Zeichen? Müssen wir dann langsam in die Gänge kommen?«

Jetzt lachte er sie aus, mitten in ihr Gesicht, und sagte tatsächlich: »Du bist so süß, wenn du dich aufregst.«

Ihr traten die Tränen in die Augen. Sie drehte sich weg und lief davon, immer schneller. Die Polizei konnte ihr nicht mehr helfen, sie konnte niemandem mehr helfen, sie war mit sich selbst beschäftigt und weit davon entfernt, damit fertigzuwerden.

»Warte halt«, rief er ihr nach, bevor er sich seinerseits in Bewegung setzte, ihr hinterher, zum zweiten Mal an diesem Nachmittag. »Wir waren im Puff«, gestand er. »Dienstlich. Wir ermitteln da. Das nächste Mal kommst du mit.«

Einen Balkon über ihnen streckte eine alte Frau ihre grauen Locken über die Brüstung.

Tanja war stehen geblieben, stierte nach vorn, als er sie einholte. »Wo hast du ihn zum letzten Mal gesehen?«

»Er ist verschwunden mit einer Dame. Ich hab mir nichts dabei gedacht.«

»Er war allein.«

»Er ist erwachsen.«

»Wir dürfen nie allein sein im Dienst, das ist Vorschrift.«

»Freilich Vorschrift. Manchmal muss man eben anders entscheiden, als die Vorschrift sagt.«

»Ihr seid das Letzte.«

»Nicht so eng sehen. Ich meine, der Birne ist ein solider Kerl, der hat ermittelt, sonst nichts. Ich kenne ihn länger, der ist auf so was nicht scharf.«

»Ich kenne euch auch. Ihr seid alle auf so was scharf.«

»Ich vielleicht, das geb ich zu, ich bin kein Heiliger, war immer schon so, aber zieh andere, Unschuldige, da nicht mit ins Boot. Das ist nicht fair.«

»Wo könnte er sein? Noch dort?«

»Ich will es nicht ausschließen.«

»Was können die von ihm wollen?«

»Keine Ahnung, aber zutrauen würde ich denen alles. Deswegen waren wir übrigens auch dort gestern.«

»Ach so.«

»Nachweisen kannst du denen nichts, die sind raffiniert. Und die Gesetze neuerdings, die arbeiten gegen uns. Die Zuhälter, die haben eine starke Lobby im Bundestag. Machen uns das Leben schwer, wo es geht. Leider.«

»Sollen wir hinfahren?«

»Was sollen wir dort machen?«

»Was können wir sonst machen?«

»Die werden uns nichts erzählen.«

»Wir werden sehen.«

7. HÜTTE

Vier mal vier Meter. Nicht groß, eine Hütte im Wald halt. Eingerichtet, so sah's jedenfalls aus – mit Sperrmüll. Ein Tisch, ein grünes Sofa, ein geheimnisvoller, ziemlich großer Schrank. Ein Gaskocher. Auf der Tapete waren Hirschköpfe abgebildet, Verzierungen. Ein echtes Geweih hing auch dort, blickte traurig auf die Mannschaft, die sich versammelt hatte.

Vier Stühle standen um den Tisch, bereit eine Schafkopfrunde aufzunehmen, die Wirklichkeit war aber weit entfernt davon. Birne und Nina hatten Platz genommen, immer noch in Handschellen. Der Mann mit dem runden buschigen Kopf saß ebenfalls am Tisch, er hatte es ihnen erlaubt, nach oben zu kommen und Platz zu nehmen. Nun saßen sie da.

Der Mann, der sie entführt hatte, hatte ihnen auf dem Gaskocher Tortellini warm gemacht, die standen nun in ihrer Mitte in einem Topf, beschmiert mit einer grünen Pesto-Soße. Der Mann war bereit, seine Gefangenen zu füttern. Wie absurd.

»Was ist jetzt?«, fragte er, die Gabel mit einem aufgespießten Teigtäschchen zitternd in der Hand. »Nicht recht?« Er mimte den Wortkargen.

»Was haben Sie mit uns vor?«, wollte Birne höflich wissen.

»Keine Ahnung«, antwortete grimmig der Entführer. »Ich bin ein manischer Entführer, ich mach das so lange, bis sie mir draufkommen, solange mach ich das. Hoffentlich kommen sie mir bald drauf.«

»Sind Sie auf ein Lösegeld aus?«

»I wo! Ich hab geerbt, ich bin nicht gierig, mir langt es zum Leben und gut ist.« Er schob die Gabel ruckartig in Ninas

Mund. Sie musste überrumpelt husten und besudelte die Hand des Mannes, der in dieser Beziehung keinen Spaß verstand. Er holte aus und hätte Nina beinahe einen Schlag mit dem Handrücken versetzt, doch Birne schrie und bremste damit die Handbewegung. Zornig schaute er ihn nun an.

»Wisst ihr, was ich mit den anderen gemacht habe?« Er fuhr mit dem Finger langsam an seinem Hals entlang. In jeder anderen Situation hätte Birne ihn sofort ausgelacht. »Ich fick euch und wenn ihr mich langweilt, dann …«, wieder fuhr er sich mit der Hand am Hals entlang. Peinlich bescheuert. »Es ist wie ein Fluch, ich bin hier in einer Parallelwelt, weit weg von den Menschen, ab und zu hol ich mir einen, doch keiner kommt freiwillig und keiner ist jemals zurückgekehrt.«

»Wie beim Teufel«, fiel Birne dazu ein.

»Ja, wie beim Teufel«, stimmte der Entführer zu, schmunzelte dabei, weil ihm der Vergleich gefiel und seine Stimmung hob. Er stand auf, ging zum Gasherd, nahm einen dort hängenden hellblauen Lappen und entfernte die Essensreste von der Hand. Nina beobachtete ihn dabei stumm und mit Angst im Blick. »Wollt ihr jetzt was?«

»Gern«, sagte Birne. Nina hasste ihn dafür.

Der Mann setzte sich und fütterte Birne mit Tortellini. Langsam, ließ ihm Zeit zu kauen und zwischendurch eine Frage zu stellen: »Wie heißen Sie eigentlich?«

»Ben. Nenn mich Ben.«

»Ich bin Birne.«

»Nur Birne?«

»Einfach Birne.«

»Also gut.«

»Willst du auch was?«, fragte Birne. Nina schüttelte nur entsetzt den Kopf.

Ben erklärte: »Da musst du dir nichts denken. Die sind am

Anfang immer so, die Frauen, meinen, sie kommen bald wieder frei, schließlich ist das Deutschland und die Polizei auf Zack. Dann essen sie nichts, aber morgen, spätestens übermorgen, hat sie sich mit der Lage abgefunden, dann will sie was.«

»Ich esse doch auch.«

»Du bist ein Mann, einen Mann habe ich noch nie gehabt, das kann ich nicht beurteilen.«

Verständlich, dass Nina das unheimlich war, das Dümmste, was jetzt noch passieren konnte, war, dass Birne sich mit dem Irren solidarisierte und sie dann zwei Peiniger hatte, die dann weiß der Teufel – schon wieder der Teufel – was mit ihr anstellten.

»Wie viele hast du denn entführt?«

»Mal überlegen«, murmelte Ben. »Ewig mach ich das ja noch nicht. Es gab da mal, nennen wir es – einen Arbeitsunfall, seitdem bin ich daheim und dann habe ich angefangen. – Sagen wir 17.«

»17?«

»Ungefähr. Müsst ich jetzt richtig überlegen.«

»Und alle hier?«

»Nein, niemals, die brächte ich hier nicht unter. Ich hab ein Haus in einer Siedlung mit großem Keller.« Er lachte.

»Wo?«

Er lachte erneut. »Das möchtest du gern wissen.«

Birne bemühte sich, die gute Laune auszukosten. »Sind alle anderen 17 tot?«

Ben wurde ernst: »Was willst du von mir?«

»Nichts. Reden.«

»Pass auf, dann rede ich jetzt mit dir: Vergiss die Polizei, die wird euch nicht helfen, ich kenn die von allen Seiten, die sind nur an dir interessiert, wenn sie Geld holen können und wenn du kein Geld mitbringst, dann vergiss die Polizei.«

Birne fand, dass das Quatsch war und erwiderte: »Warte ab, warte ab.«

»Einen Scheißdreck. Willst du mir drohen.« Ben war zornig, nahm den fast leeren Blechtopf und schlug ihn mit großer Gewalt auf Birnes Kopf. Es wurde dunkel um ihn.

8. SCHEISSPUFF

»Gut, dass Sie kommen. Ich wollte mich schon an Sie wenden.«

Sie befanden sich in einem schmucklosen Büro, das aufgeräumt war. Ein dicker, kleiner Mann mit einer großen runden Nase und kleinen Augen schaute zu ihnen herüber. Er trug eine Goldkette und ein buntes Hemd, unter dessen beiden obersten, nicht geschlossenen Knöpfen, schwarzes Brusthaar hervorquoll. Das Haupthaar hatte er im Laufe der 50 Jahre, die er unter der Sonne unterwegs war, zum Großteil verloren. Er entsprach ziemlich genau Tanjas Vorstellungen von einem Bordellbetreiber. Hätte man behauptet, dass er ein, zwei krumme Sachen am Laufen habe, sie hätte es sofort geglaubt. Jetzt behauptete er, sie erwartet zu haben. Die Polizei. Wieso?

»Es gab gestern Auseinandersetzungen in unserem Lokal, ich kann nicht genau sagen, worum es ging. Auf jeden Fall wurde ein Angestellter von mir tätlich angegangen, ein Auto entwendet und eine unserer Angestellten ist verschwunden. Ich will nicht ausschließen, dass sie entführt wurde.«

»Wieso haben Sie nicht gleich die Polizei verständigt?«

»Weil ich, wenn ich ehrlich bin, nicht allzu viel davon erwarte. Sie wissen, in welchem Ruf wir bei Ihnen stehen – völlig zu Unrecht natürlich.«

»Lassen wir das mal beiseite. Wär's möglich, dass wir mit dem betroffenen Angestellten reden?«

»Schlecht. Er ist nicht im Haus, ihn hat das gestern mitgenommen, er wollte sich einen Tag ausruhen. Ich habe dafür Verständnis, ich hoffe, Sie auch.« Der Typ redete so wasserdicht, der hatte was zu verbergen, da war sich Tanja sicher.

»Wie können wir ihn privat erreichen?«, fragte Trimalchio.

Tanja unterbrach ihn: »Welches Auto wurde gestohlen?«

Der Zuhälter antwortete: »Kaum der Rede wert, ein alter grüner Golf, mehr Schrottwert.«

»Das Kennzeichen«, blieb Tanja unerbittlich.

Der Mann murmelte etwas als Antwort.

»Wie bitte?«

»Irgendwas mit A.«

»Ach was?«

»Hab's nicht im Kopf, hab's generell nicht so mit Zahlen.«

»Und der Mann? Der, der angegriffen wurde? Wo finden wir den?«, bohrte Trimalchio nach.

»Ich ruf ihn an. Moment.« Er wählte, wartete und hatte dann jemanden in der Leitung. »Hallo. Wie geht's? Alles klar? – Wird schon wieder. Wird doch wieder? Oder? – Mensch, Kleiner, die bringen das hin, mach dir da keine Sorgen. – Du, ich kann jetzt nicht so reden, ich hab die Polizei da. Routine. Wegen des Autos. Die wollen mit dir reden. – Nein, es langt ihnen am Telefon. Sei ein Braver.« Er reichte den Hörer weiter.

Trimalchio nahm ihn an, fragte aber Tanja, bevor er ihn ans Ohr hob: »Willst du?«, kam dann doch drauf, dass das nicht passte, dass er als Chef selbst ranmusste. »Hallo. Hier spricht die Polizei. Wir haben Ihnen ein paar Routinefragen zu stellen. Sind Sie bereit? – Gut. Wo waren Sie letzte Nacht? – Und da arbeiten Sie? – Als was? – Ist Ihnen etwas aufgefallen? – Wie? – Wann? – Wie viele? – Und wie sahen die aus? – Aha. – Was haben Sie gemacht? – Ich meine, wie haben Sie reagiert? – Und dann? – Vielen Dank.« Trimalchio legte auf. »Wer war der andere? Wo ist er jetzt?«

»Der kommt nachher zum Arbeiten. Wollen Sie warten?«

»Nein«, brüllte Trimalchio, dass sogar Tanja erschrak. »Ich will sofort mit ihm reden.«

»Gut.« Der Besitzer wählte wieder. »Kannst du mal vorbeikommen. – Die Polizei ist da. – Nein, ich bin der Meinung, wir lassen das jetzt offiziell ablaufen, krumme Dinger gibt's bei mir nicht im Laden. So oder so nicht.« Er lachte und legte auf.

»Wir müssen warten. Er kommt von Lechhausen rauf.«

»Rüber«, verbesserte Tanja und fügte hinzu: »Dürfen wir uns umschauen?«

»Klar. Wieso?«

»Wo war denn die Frau, die verschwunden ist, bevor sie verschwunden ist?«

»Kommen Sie mit.

Sie wurden geführt, die Räume waren dunkel, es musste immer wieder grelles Licht angeknipst werden. Alles war heller als gestern Nacht. Trimalchio fühlte sich unwohl. Es roch nach kaltem Rauch und Putzmittel. Sie betraten den Gang zu Zimmer 16. Als der kleine Mann die Tür öffnete, fragte Trimalchio, ob das Blut sei, das da an der Wand klebe.

»Ja, ist es, unser Angestellter wurde angegangen, hab ich Ihnen gesagt, dabei floss Blut.«

»Wie angegangen?«

»Hineingeschlagen. In das Gesicht, auf die Zähne und so weiter.«

»Und Schüsse?«

»Wie Schüsse?«

»Fielen Schüsse?«

»Das hätt man doch hören müssen. Oder?«

»Haben Sie was gehört?«

»Nein, ich glaube nicht.«

»Hast du was gehört?«, unterbrach Tanja das Verhör.

»Ist das der Raum, aus dem sie verschwunden ist?«

Das Zimmer war wieder in Ordnung.

Tanja untersuchte den Spiegel genau, klopfte an die Scheibe.

»Ist das ein gewöhnlicher Spiegel?«

»Natürlich. Sehen Sie etwa Verzerrungen an Ihrem Bild?«

»Nein, ich meine: Gibt es hier Kameras?«

»Kameras? Ojemine, wie kommen Sie denn auf so etwas?«

»Wär ein Weg, die Kasse etwas mehr zu füllen.«

»Was denken Sie eigentlich, wer unsere Gäste sind? Wir treiben hier nichts Ungewöhnliches. Haben Sie einen Nachbarn, einen normalen kleinen Mann mit Garten und Familie? Der war schon einmal da. Ich wette um eine Flasche Champagner. Zu uns kommen die Herren von der Bank und die von der Straßenreinigung, der Ladendieb und der Polizist. Alle. Das ist nicht so teuer, wie Sie vermuten und auch nicht so verrucht. Es ist Amüsement und für jeden etwas. Ich würde Sie zu gern mal einladen, den Abendbetrieb zu besuchen. Ich wette ebenfalls, dass sie lange keine so entspannten und glücklichen Gesichter mehr gesehen haben. Das ist alles harmlos.«

»Außer einer wird angegangen.«

»Sind Sie hier unten?«, fragte eine Stimme vom Ende des Gangs. Der andere Sicherheitsmann kam.

»Hallo. Ich bin Kommissar Trimalchio.«

»Angenehm.«

»Was ist hier gestern passiert?«, mischte sich Tanja ein.

»Wir sollten nachschauen, was hier los ist.«

»Sicherheit ist uns wichtig, für alle unsere Mitarbeiter«, ergänzte der Chef.

»Woher wussten Sie, dass was faul war?«, hakte Trimalchio skeptisch nach.

»Hier gibt es einen Knopf neben dem Bett«, zeigte der Kleine, »den können die Damen drücken, wenn was eigenartig ist.«

»Aha, und der wurde gedrückt?«

»Ja, und dann kamen wir.«

»Und wieso wurde er gedrückt?«

»Da waren zwei Männer im Raum.«

»Ist das ungewöhnlich?«

»Das nicht, aber anscheinend wollten sie nichts Gutes.«

»Was ist passiert, als Sie hier ankamen?«

»Da wurde die Tür aufgestoßen und zwei Männer schossen mit Nina, der betroffenen Dame, durch die Tür ins Freie. Dabei hat einer meinen Kollegen umgehauen.«

»Der muss recht kräftig gewesen sein, wenn er es mit Ihnen und einem weiteren Mann aufnehmen konnte.«

»Aber hallo, groß war der und einen Bart hatte der.«

»Wurde die Bespannung der Tür ausgewechselt in letzter Zeit?« Tanja untersuchte die samtene Ummantelung.

»Wieso?«

Tanja riss an dem Stoff und legte eine windige Holztür mit drei Einschusslöchern frei.

»Potzblitz.«

»Und es sind sicher keine Schüsse gefallen?«

9. WALD

»Sie – was machen Sie da?«

Ein Rentner, der auf seinem dreieckigen Kopf dermaßen schlohweißes Haar hatte, dass es von Weitem aussah, als brennte er, wackelte auf Birne und Ben am Straßenrand zu.

»Geht Sie nichts an«, antwortete Ben unfreundlich.

»Das wollen wir erst sehen. Das ist doch ein Tier, das Sie da haben. Das muss man melden bei der Unteren Naturschutzbehörde. Damit das in Ordnung kommt.«

»Ich sag's Ihnen im Guten: Verschwinden Sie.«

»Wie reden Sie denn mit mir?« Das Männlein war jetzt ganz nah an ihnen dran. Es beugte sich vor, schob seine Brille nach oben, um genau erkennen zu können, was sich da tat. »Das ist ja hochkriminell, was Sie treiben«, stellte er fest.

Man konnte an dem, was die zwei da hatten, nichts Hochkriminelles sehen, vielleicht ein bisschen was Niederkriminelles, wenn man kleinbürgerlich denken wollte. Birne war ja vom Fach und fand es okay, was sie vorhatten.

Eine Tierleiche lag vor ihnen. Die war besudelt worden vom Schmutz des Bodens beim Versuch, das Tier aufzuheben und wegzubringen vom Ort seines Verendens. Das Tier war ein Dachs, ein großer, schwerer, man konnte nichts mehr für ihn tun, als ihm einen schönen Platz zum Ruhen und Warten aufs Jüngste Dachsgericht verschaffen. War das hochkriminell?

Der Rentner war dieser Meinung, er wollte Ärger machen und er unterschätzte die beiden Gegner, die er sich gerade machte. Er hatte ein Handy, zur Sicherheit wohl, falls ihm was passierte, ein Herzinfarkt, ein Schlaganfall im Wald beim Spazierengehen, sodass er sofort Hilfe rufen konnte und nicht tatenlos warten musste, bis er tot war. Das wollte er benutzen und die Polizei rufen, weil die zwei, die er ertappt hatte, so unbelehrbar waren, so garstig zu ihm, wie er meinte, dem einzigen Vertreter des Rechts hier draußen.

Erstens war Birne Bulle und deshalb keine weiteren Einheiten nötig.

Zweitens fiel ihm das in diesem Moment gar nicht ein. Sie waren erwischt worden bei einer heimlichen Verrichtung und dieser Rentner war böse, ein Spießer. Er musste gestoppt werden.

»Nehmen Sie Ihre Finger von dem Telefon und verschwinden Sie«, sagte Ben, jetzt wieder erstaunlich gefasst.

»Wollen Sie mir drohen?«, erwiderte der Rentner, ebenfalls erstaunlich gefasst.

Wie kam es eigentlich dazu, dass Birne und Ben gemeinsam im Wald vor einem toten Dachs standen, anscheinend geeint in ihrer Absicht, so als ob niemals der eine noch vor wenigen Stunden des anderen Entführer und schlimmster Feind gewesen wäre?

Nina und Birne lagen im Dunkeln auf einem Bett, die Hände jeweils an Pfosten gefesselt, die Münder großzügig frei, damit sie gemeinsam von Freiheit sprechen und sich anfreunden konnten.

Birne fand, wie erwähnt, Nina körperlich äußerst anziehend, zum Zeitvertreib zog er sie im Geiste mehrmals aus und auch wieder an. Sie musste das bemerkt haben, sie kannte ja die Männer in ihren schwächsten Momenten

Sie redete, das gab ihr ein gutes Gefühl angesichts der schrecklichen Lage.

»Und ihr wart allein unterwegs und hattet nie Angst?«, erkundigte sich Birne, nachdem Nina die Erzählung eines einst von ihr durchgeführten Rucksackurlaubs beendet hatte.

»Es ist ja nicht so, dass nie was passiert ist, du musst halt lernen, mit der Situation zurechtzukommen. Verstehst du mich?«

»Klar, musst du.«

»Ich habe nie Angst.«

»Was ist jetzt?«

»Geht.«

»Was der mit dir machen könnte.«

»Was wär das schon, was ich nicht oft erleben muss?«

»Anscheinend macht es dir nichts aus.«

»Es ist einfacher als vieles andere. Täusch dich da nicht. Es gibt Menschen, die gehen in ein Kloster und finden das super. Das kannst du dir auch nicht vorstellen, oder?«

»Ach, wieso nicht?«

»Quatschkopf.« Sie grinste ihn an. Birne war sich sicher, in sie verliebt zu sein. Er wollte ihr irgendetwas bedeuten, das wollte er noch mehr als hier rauszukommen.

»Gab es denn nie jemanden in deinem Leben, der dir wichtig war?«, fragte er.

»Doch, klar, eine Menge Leute sogar, aber im Nachhinein alles Arschlöcher.«

»Kann nicht sein. Wenn einer merkt, dass du ihn richtig magst, dass du dich auf ihn verlässt, kann ich mir nicht vorstellen, dass er dich reinlegen will.«

Sie sagte nichts und dann doch etwas verächtlich: »Reinlegen.«

»Ich liebe dich.« Sie hörte das nicht. Sie erstarrte. Birne hatte Angst, ihr etwas Falsches gestanden zu haben.

»Hör zu«, sagte sie. »Da war mal einer. Also, nicht dass du denkst: Ich bin normal aufgewachsen, normale Familie, nicht weit von hier. Normal zur Schule, nichts Traumatisches. Wir hatten einen in der Klasse, der war eigen, der kam nicht mit, wenn wir loszogen, um uns die Nächte um die Ohren zu schlagen, der las daheim ein Buch oder lernte eine Sprache, egal, er war nicht dabei. Aber er war nicht komisch, sah auch nicht so aus, man konnte mit ihm reden. Er war allein in unserer Klasse, aber nicht einsam. Ich mochte ihn, er sah gut aus. Und jetzt lach, aber ich war zu schüchtern, mit ihm zu gehen. Ich war cool und cool waren die Typen, mit denen wir uns rumtrieben, mit denen wir an den Straßenecken saßen, Bier tranken und Zigaretten rauchten. Alles cool. Die Schule ging vorbei, wir wurden vernünftig, wir fühlten uns bereit für die Zukunft. Ich träumte ein bisschen, nicht zu sehr, ich wollte das in Angriff nehmen, meine Zukunft aufbauen. Ich konnte das schaffen, das wusste ich, ich musste mich von nichts überraschen lassen. Die Meike, das war die Freundin, die ich hatte, mit der fuhr ich viel herum, ich hab dir das erzählt. Wir wollten alles sehen von der Welt, damit uns später kein Fernweh an irgendetwas hinderte. Wir waren unterwegs, ein Jahr sicher. Wir haben viel erlebt und waren froh, wieder in die Heimat zu kommen. Sie hatte vor zu studieren, für mich war es das Letzte. Ich wollte Geld. Ich wollte nicht mehr abhängig sein, ich wollte selbst was haben, niemanden mehr bitten. Ich wollte arbeiten. Ich ging weg von hier. Nach Stuttgart, in die Nähe. Eine Banklehre, ich war vernünftig, ich wollte das durchziehen. Aber die Arbeit war die Hölle, die Menschen um mich. Ich machte das nur, damit ich das danach durchziehen konnte: mein Leben. Ausgehen, viel austesten, alles ganz okay finden, aber auf den Kick warten. Dann sah ich ihn wieder. Auf der Straße beim Vorbeigehen, er sah mich nicht, ich rief seinen Namen – Simon – er reagierte nicht, ich war sicher, dass er es war, lief ihm nach, berührte seine Schulter, hatte kurz Angst, mich getäuscht zu haben – doch er war's. Er erkannte mich, freute sich aber nicht, nickte. Hallo. Wusste sichtlich nichts zu sagen und wollte weiter. Ich redete vom Zufall, einander zu treffen in der fremden Stadt, lange nichts mehr voneinander gehört zu haben, fragte, was ihn hierher trieb. Mühsam ließ er sich von mir überreden, mich auf einen Kaffee zu treffen. Gleich war gar nichts möglich, wir mussten uns verabreden. Schwierig, schwierig. Ich fragte mich nach dem Auseinandergehen, wie wichtig es mir war, ihn wiederzusehen. Warum ich so wild darauf war, alte Bekanntschaften und Gesichter im neuen Leben zu sehen.«

»Kann das gut verstehen«, sagte Birne.

»Wir hatten uns nichts zu sagen. Er studierte irgendeinen FH-Scheiß. Ihm war es lästig, mich zu treffen, irgendwann entdeckte er meinen Busen und fand den ganz in Ordnung. Ich fragte ihn, ob er eine Freundin habe, er sagte ausweichend was von mal hier, mal da, verneinte aber schließlich. Er wollte mich besitzen, fand das gut, dass ich mich so an ihn ranschmiss, damit hatte er nicht gerechnet in dieser Stadt of no Abenteuer, jetzt war ich gut für ihn. Ich erfand eine Geschichte von einem Freund, der gerade in Amerika war, mit dem ich mich verlobt hatte. Ich erzählte ihm eine Geschichte von der großen Liebe und sah mit Vergnügen, dass er aufgab.«

»War dann noch was?«

»Nein. Ich ließ ihn sitzen.«

»Keine schöne Geschichte.«

»Wieso?«

»Ihr hättet zusammenkommen können am Ende, es hätte Jahre später erst nicht mehr klappen können, davon hätte man nicht mehr erzählen wollen.«

»Lieber Birne, man kommt so oft nicht zusammen.«

»Das ist wahr.«

»Er hat wieder angerufen, es gibt Anrufbeantworter, ich hab ihn meinen vollquatschen lassen. Ich war fertig mit ihm. Er zappelte so schön, ohne dass ich was machen musste. Man kommt so oft nicht zusammen.«

»Da fehlt eine Menge zwischendrin bis zu dem Mädchen, das du jetzt bist.«

»Stimmt schon. Kein Mensch sagt Mädchen zu mir. Danke. Und du?«

»Mich nennt auch keiner mehr Mädchen.«

»Und ein Stück, zu dem Buben, der der Birne jetzt ist?«

»Ja, zum Beispiel wurde ich mal entführt mit einem Mädchen, das hab ich dann dauernd angerufen, nachdem wir draußen waren. Aber ich glaub, sie hat mich ihren Anrufbeantworter nur vollquatschen lassen. Ja, Schade.«

»Ja schade, aber die Regel ist nun mal: Wenn, dann verliebt sich das Mädchen nur in den Entführer, der Mitentführte bleibt der gute Mann, der für einen sorgt, wenn es dir nicht gut geht, aber der Entführer ist der Abenteurer. Schade, Birne, schade um die Minuten am Telefon.«

Die Tür flog auf. Entführer Ben trat herein, sagte: »Scheiße Mann, ich brauch deine Hilfe. Komm mit.«

Er nahm Birne mit, ließ Nina zurück.

Er hatte kurz wegwollen, was besorgen, hatte ein anderes, ein eigenes Auto benutzt, der grüne Golf war versteckt worden in einem Schuppen. Er war nicht weit gekommen, kurz vor der Straße war ihm ein Tier, ein Dachs, vor die Haube gelaufen und von ihm tot gefahren worden. Er hatte geflucht, war ausgestiegen, hatte sich gewundert, wie viel Schaden ein so kleines Tier anrichten konnte an einem so großen Auto. Er war zurückgefahren ein Stück mit der festen Absicht, eine seiner Geiseln zu töten, um sich wenigstens ein bisschen Ausgleich zu verschaffen. Doch dann wurde ihm bewusst, dass er den Dachs nicht liegen lassen konnte, dort, wo man ihn von der Straße so gut sehen konnte. Da hätte er gleich ein Schild aufstellen können mit der Aufschrift ›Hier Entführungshauptzentrale‹ oder ähnliches. Er wollte das Tier packen und vom Weg schleifen, in den Graben oder ins Dickicht werfen, doch dann stellte er fest, dass er es nicht konnte. Er konnte dieses verfluchte Tier nicht anfassen: Ekel durchwallte ihn, er hätte sofort kotzen müssen. Da war ihm eingefallen, dass er nicht allein war, dass da noch Birne, sein Gefangener war. Pfeifend war er zur Hütte marschiert.

Birne wiederum fühlte sich geschmeichelt, endlich konnte er sich einbringen. Er war auf seinem Weg vom Opfer zum Mittäter ein gutes Stück weitergekommen. Der andere hatte ihn losgemacht und auf seine Pistole gedeutet, die er in der Jackentasche stecken hatte und die jederzeit losgehen konnte, wenn jemand fliehen wollte. Birne hatte das zur Kenntnis genommen und Ben beruhigt. Er wollte ihm helfen und nicht fliehen.

Das Tier lag da, demoliert, verformt, aber weniger blutig, als Birne gedacht hatte. Der Dachs stank bestialisch. Birne glaubte nicht, dass das schon Leichengeruch war. Ein bisschen angewidert beugte er sich nieder, wusste nicht recht, wie man so eine Leiche anpackt, um sie am geschicktesten wegzuschleifen. Er wurde dreckig vom Boden und ein wenig vom Blut, brachte den Dachs aber kaum vom Fleck: Der war sauschwer. Birne fiel ein, dass er für den Rest der Entführung gar kein Wechselgewand dabei hatte. Würde er jetzt stinken, ohne duschen zu können, würde ihn Nina bestimmt zurückweisen, obwohl sie sicher Härteres gewohnt war.

Ben entschuldigte sich: »Sorry, ich kann das mit Menschen, aber das widert mich an. Ich bin dir echt dankbar.«

»Keine Ursache«, stöhnte Birne, der kaum weiterkam. »Ich glaube, der hat geschissen.«

»Oh nein, nicht das noch.«

Dann tauchte der Rentner mit dem »Sie – was machen Sie da?« auf und veranstaltete Ärger mit dem Handy in der Hand.

Ben reagierte erstaunlich unsicher. »Lassen Sie uns doch reden«, schlug er vor.

»Nein, das muss seine Ordnung bekommen, das hätten Sie sich früher überlegen müssen. Tut mir leid.«

»Ich habe Geld.«

»Sie können mich nicht bestechen, ich war fast 50 Jahre im Staatsdienst.«

Birne blickte vom einen zum anderen und sah Ben Boden verlieren, er war den Tränen nahe, etwas musste passieren. Birne kletterte aus der Wegmulde, in der der Dachs überfahren worden war, und stellte sich verstärkend neben Ben.

»Zufällig bin ich Polizeibeamter, Sie können sich den Aufwand schenken«, mischte er sich ein.

»Und ich bin Onkel Dittmann aus der Orangensaftwerbung«, schnauzte der Alte zurück.

Birne forderte streng: »Lassen Sie das.«

»Nein.« Er wählte, wusste offenbar die Nummer der örtlichen Polizeiinspektion auswendig.

Birne tat nun etwas, was er hinterher nur schwer erklären konnte. Er trat ganz dicht an Ben heran, so nah, dass er in dessen Tasche langen konnte und die Pistole herausziehen konnte, was jener gar nicht wahrnahm. Er stand erstarrt da, sah sein jahrelanges Spiel kurz vor der Aufdeckung.

Birne hielt die Waffe in der Hand und richtete sie langsam auf den Rentner, der nichts bemerkte. Birne sagte kein Wort der Warnung, Birne hasste diesen Bürger bis aufs Blut, Birne drückte ab und verfehlte sein Ziel keinen Millimeter. Es knallte erschreckend laut, der Alte starrte die beiden entsetzt an, sein Mund öffnete sich einen Spalt, bevor er nach hinten fiel und sich auf seinem Hemd, dort, worunter sich das Herz befinden musste, ein roter Fleck breitmachte. Die beiden Überlebenden sagten nichts. Birne fühlte eine eigenartige Ruhe in sich. Auch Ben verhielt sich still, er dachte wohl, er sei der Nächste, der eine Kugel einfangen würde und schwankte zwischen drei Möglichkeiten: spontane Flucht, Birne überwältigen oder einfach nur abwarten, was passiert.

Da geschah noch etwas Unerwartetes: Die Szene war von einem Zeugen, einer Zeugin vielmehr, beobachtet worden. Der Rentner war mit seiner Frau unterwegs auf der Suche nach den ersten Schwammerln des Jahres gewesen – bei den Temperaturen in diesem Jahr konnten sie sogar Erfolg haben – und seine Frau schrie nun, dass der Wald hallte, da sie soeben gesehen hatte, wie Fremde ihren Mann niedergestreckt hatten. Die Frau schrie. Birne zielte auf sie. Doch seine Treffsicherheit hielt nicht an: Sein erster Schuss verfehlte sie, veranlasste sie aber, um ihr kümmerliches Leben zu rennen. Sie lief und brachte sich in Gefahr, nun statt an Birnes Kugeln an einem Herzinfarkt zu sterben. Birne ihr hinterher unter beständigem Betätigen des Abzugs, allerdings ohne die Frau zu verletzen. Birne erkannte aus der Ferne, dass sie auf ein silbernes Auto irgendwelcher japanischer Herkunft zusteuerte. Birne hörte auf zu schießen, fing dafür an zu brüllen wie ein verwundetes Wild und blieb auf ihrer Fährte. Sie traute sich nicht, die Autotür aufzureißen und den Motor zu starten, sie rannte weiter zwischen Buchen und Birken in den Wald. Birne hielt am Wagen und zerschoss die vier Reifen zielsicher und jagte der Frau Kugeln hinterher, die sie allesamt verfehlten, bis sein Magazin leer war.

»Ja komm doch, du blöde Hexe, dann lass ich dich das Teil fressen und meines dazu«, schrie er ihr nach, ohne sie zu sehen, ohne zu wissen, ob sie ihn hörte.

Er atmete heftig, spürte sein Herz schlagen. Was hatte er getan? Ohne Reue? Sie würde vielleicht umkippen wegen der Anstrengung. Er musste hinterher und nachsehen, was aus seiner Beute geworden war.

Ben tauchte neben ihm auf. Er war ebenfalls etwas außer Atem. Ahnungslos, ohne ein Wort, blickte er Birne an. Was jetzt?, signalisierten seine Augen.

10. JAGD

»Birne ist mit einer Prostituierten und einem weiteren Mann irgendwohin verschwunden. Ich kann mir keinen Reim darauf machen.«

Tanja schnaubte verächtlich. »Vielleicht ist er verliebt und duelliert sich im Wald mit dem anderen um die Hand der Schönen. Sie war doch schön?«

»Ja schon. Also nicht so wie …«, stammelte Trimalchio.

»Wie?«

»Nicht so wichtig:«

Ein Schweigen trat zwischen sie.

»Was kann man jetzt machen? Hubschrauber?«

»Fände ich übertrieben. Weißt du, der Birne ist hier so reingerutscht, weil er ein gewisses Talent für die Arbeit bewiesen hat. Ich meine, in seinen Händen liegt die Sache ganz gut: Du wirst sehen, der kommt da mit einem Lächeln im Gesicht raus.«

»Ich hoffe es. Ich hab halt nur Angst, weil ich langsam seine Schwächen kenne.«

»Die haben wir alle. Ich hab auch meine Schwächen«, sagte Trimalchio. »Du mich zerreißt es fast vor Appetit. Komm, wir gehen was essen.«

»Du danke. Ich will mir noch ein, zwei Gedanken zur Sache machen.«

»Ich lade dich ein. Komm.«

»Nein, es ist besser, wenn ich allein bin und den Kopf frei habe.«

»Alles klar, dafür kann ich natürlich nicht garantieren.«

Der Zeugplatz ist ein Platz im Zentrum, der ein wenig abseits vom großen Trubel der Einkaufsstraßen liegt. Er ist beliebt als

Biergarten bei den jungen Leuten, die das Saufen gerade lernen und untertags zum Üben herkommen. Manchen war dieser Biergarten deshalb zu jugendlich. Auf demselben Platz befindet sich – allerdings nicht schon immer – ein Restaurant, das Korbsessel nach draußen stellt und sich selbst als amerikanisch bezeichnet. Amerikanisch bedeutet in dem Fall, dass man dort Edel-Hamburger oder Pasta für etwas mehr Geld bekommen kann, als man selbst beim besten Willen dafür ausgeben sollte. Das hielt jedoch das jugendliche Publikum auf der Seite des Platzes, wo man sich mit ihm abgefunden hatte.

Ein fetter Hamburger war Trimalchio gerade recht, außerdem gefielen ihm die Bedienungen, denen sah er gern beim Bestellungen wegtragen nach, da hatte der Geschäftsführer ein gutes Händchen und ein noch besseres Blickchen bewiesen.

Die Zeit mit Tanja war ihm unangenehm geworden. Er kam sich ertappt vor. Er hatte erstens im Dienst versagt und zweitens dabei mit der jungen Russin einen Mordsspaß gehabt. Das ging gewaltig auf sein Minuskonto bei Tanja. Ihm war es jetzt eine persönliche und aufrichtige Hoffnung, dass Birne die Sache so glimpflich und schnell wie möglich hinbog. Dann konnte er mit Tanja den Neuanfang starten. Er musste sie irgendwie kriegen und war sich sicher, dass er das konnte, dass die einzigen beiden Männer, die es noch verbocken konnten, er selbst und Birne waren. Birne durfte jetzt nichts falsch machen, das war enorm wichtig. Trimalchio hoffte, dass Birne das bewusst war, vertraute aber auf dessen schon einmal gezeigten Instinkt.

Die Frau am Nebentisch kannte er von irgendwoher. Das traf sich gut. Die saß mitten auf einem Korbsessel, rauchte sehr leichte Zigaretten, war blond und sah hervorragend aus. Die konnte ihn ein wenig ablenken. Und ihr ging es auch so – das sah man deutlich.

»Hi!«, eröffnete er das Gespräch.

Sie, extrem kühl: »Hi.«

»Ist doch okay, wenn ich mich dazusetze.« Er erwartete keine Antwort, nahm einfach Platz und griff zielsicher zum Speiseklappkarton. »Hunger. Ich könnte umfallen.«

Sie: Nichts – kein Blick, kein Wort, nur elegante Schönheit hinter einer Sonnenbrille und dem aufsteigenden Rauch ihrer Zigarette. Sie hatte ein weiß gepunktetes braunes Tuch um den Hals. Das machte ihn enorm an.

Er ging in die Offensive: »Es ist dir doch nicht unangenehm, dass ich mich zu dir gesetzt hab? Bekommst du Ärger mit deinem Freund?«

Sie schaute hoch, ihm wahrscheinlich in die Augen, die Sonnenbrillengläser guckten jedenfalls in diese Richtung.

»Bleib ruhig. Ich schrei, wenn irgendwas nicht passt.«

Das konnte man als Scherz auffassen, deswegen lachte Trimalchio verhalten. »Alles in Ordnung seit dem letzten Mal?«

»So halb und halb.«

»Das musst du mir genauer erzählen.« Er zog seine Zigaretten aus der Tasche, es waren heute so stinkende braune Zigarillos, die man in Supermärkten an der Kasse beinahe geschenkt bekam – während alle anderen Tabakwaren unermesslich teuer wurden, sodass einem der Spaß am schönsten Rauch vergehen konnte.

Die Bedienung näherte sich, dieses Mal zum Bedauern oder auch zum Glück, denn es war ein braungebrannter Blonder. Außerdem näherte sich ein junger Mann, der sich wieder umwandte, als er seine Freundin in Gesellschaft sah.

Trimalchio bestellte unbekümmert ein Bier beim Blonden, die Frau an seiner Seite, deren Namen ihm hoffentlich bald wieder einfiel, hatte das Auftreten und Verschwinden ihres Freundes bemerkt und steckte sich nervös eine weitere Zigarette an: Sie roch den aufziehenden Ärger.

»Ich überlege die ganze Zeit, aber ich komme nicht mehr drauf: Sag mir doch deinen Namen.«

»Hanna.« Abweisend, halb beiläufig.

»Ich seh dich, glaub ich, zum ersten Mal bei Tageslicht. Du bist unbeschreiblich attraktiv. Dein Freund sollte besser aufpassen.«

»Das tut er.«

Das Bier kam. Trimalchio trank es fast in einem Zug aus. »Das hat gutgetan.« Zum Blonden, der sichtlich beeindruckt war: »House Burger bitte, viel Speck.« Zu Hanna: »Ich liebe es mit viel Speck.« Viel-sagen-sollender Blick.

Hannas Kälte erfrischte Trimalchio nicht etwa, sondern frustrierte ihn ein bisschen. Deswegen musste er erst mal klar werden, neue Strategien prüfen, überhaupt Ziele stecken: »Ich geh mal schnell wohin.«

Er war bereits weg, bevor sie ihm »Pass auf« sagen konnte. Unangenehm war er ihr gar nicht, eigentlich ein sympathischer Kerl, damals im Tanzlokal ein bisschen zu angetrunken, um gefährlich werden zu können. Unangenehm war ihr nur, zwischen zwei Typen sitzen zu müssen. Das könnte Tränen geben drunten im Herrenklo und sie musste sich anstrengen, um die eine oder andere Geschichte als möglichst bedeutungslos dastehen zu lassen. Es gab Schlimmeres für eine Frau wie sie – zum Beispiel, wirklich zu verlieren.

Trimalchio schüttelte lange ab, es erregte ihn. Er drehte sich um, die Hände waschen, bevor sie das Hamburgerfleisch anfassen werden. Da standen zwei Jungs vor ihm. Richtige Jungs, die konnte man nicht ernst nehmen, kamen wahrscheinlich vom Übungsbiergarten hier rüber zu den echten Menschen, um zu wissen, wie später das richtige Leben aussehen würde.

Die standen nicht einfach da wie zwei in einer engen Toilette da stehen. Die standen ihm regelrecht im Weg, da durfte man sich nichts einbilden. Der eine, er hatte eine krumme Nase, eine viel zu große Hose und einen schwarz-roten, quer gestreiften Pullover an – bei der Hitze –, der griff nach Trimalchio und schubste ihn, ohne dass dieser reagieren konnte. Trimalchio musste sich abstützen und langte dabei mit der rechten Hand in sein eben benutztes Urinal. Das versaute seine Laune nachhaltig.

Der junge Mann konnte noch sagen: »Alter, du berührst meine Freundin nie wieder oder du …«, da schleuderte ihn Trimalchio mit voller Wucht gegen die Tür des Klos. Sein Hinterkopf knallte gegen die Wand, es klang schmerzhaft. Doch noch ehe er den Schmerz bewusst wahrnehmen konnte, hatte ihm Trimalchio mehrere Schläge mit der Faust ins Gesicht verpasst. Er blutete sofort heftig. Konnte die Nase sein. Trimalchio warf den Jungen zu Boden und trat ihm zielsicher einige Male in die Niere, dass er vorerst liegen blieb. Dann wandte er sich dem anderen zu. Der hielt abwehrend eine Hand vor sich. »Ich hab damit nichts zu tun. Ich schwör's.«

Trimalchio riss ihn an den Haaren, schlug ihn viermal mit dem Kopf gegen die Tür und tauchte diesen dann auf der anderen Seite ins eben benutzte Urinal mit dem Wort: »Sauf.«

Die Buben saßen vor ihm auf dem Boden und schauten ehrfurchtsvoll zu ihm hoch. Gelassen holte Trimalchio seine Pistole hervor und beobachtete, wie die Augen der anderen groß wurden. Dann zog er seinen Polizeiausweis und sagte: »Ihr habt es versucht, ihr seid gescheitert, doch euer Indianermut ehrt euch. Sagt bitte Entschuldigung, dann reden wir nicht darüber und du kannst morgen früh deine Freundin sogar zurückhaben – wenn du sie noch willst. Also …«

Die Jungs blickten erst ihn und anschließend sich gegenseitig nervös an. Trimalchio trat dem betrogenen Freund ins Gesicht. Sein Schuh wurde blutig an der Sohle.

»Also sagt: Entschuldigung.«

»Entschuldigung«, kam es schüchtern.

»Wie bitte?«, fragte Trimalchio. Er ließ sie es dreimal wiederholen, zum Schluss brüllten sie regelrecht.

»Und jetzt: Macht eure Geldbeutel auf und gebt mir jeder, sagen wir, 50 Euro.«

»Habe ich nicht.« – Tritt ins Gesicht.

Sie hatten das Geld, Trimalchio holte sich die Scheine selbst aus den jeweiligen Geldbeuteln. Er fragte sich, auf dem Weg zurück zu seinem Hamburger und zu seiner eroberten Frau, was er gemacht hätte, wäre noch jemand zum Pissen gekommen.

Auf dem Weg zu seinem Platz kniff er dem blonden Kellner in den Po und bestellte ein Bier.

Der Hamburger mit viel Speck wartete bereits auf ihn. Hanna fragte: »Was war los?«

»Ich habe deinen Freund kennengelernt, netter Kerl, ein bisschen blass im Vergleich zu mir. Er lädt uns beide ein.« Er legte den einen Fünfziger auf den Tisch und biss in seinen Hamburger, nicht ohne sich die immer noch urinverseuchte Hand mit viel Ketchup zu beschmutzen. Diese Hand legte er dann auf einen von Hannas Oberschenkel, die in einem schönen kurzen Rock steckten. Sie quietschte kurz auf, dann legte er den zweiten Fünfziger hin. »Das ist für die Reinigung. Und jetzt lass uns irgendwohin gehen, wo du das dreckige Stück loswirst.«

Mit einem heftig gehauchten »Arschloch!« stand Hanna auf und ging. Sie ließ ihre Zigaretten da. Trimalchio hätte sie verachtet, hätte sie etwas anderes getan. Er aß in Ruhe zu Ende und ging dann zur Arbeit und zu Tanja zurück.

11. SUPERMARKT

Nina stand vor irgendeinem Käseregal dieser Republik, als wäre es die gewöhnlichste Sache der Welt. Sie konnte sich kaum auf den Beinen halten, sie war dürftig gekleidet, nuttig traf es am besten. Sie roch nach den Anstrengungen der letzten Tage. Das Licht des Käseregals ließ sie blasser erscheinen, als sie war. Sie schwankte. Eine Frau mit Kinderwagen stand neben ihr und das eine ganze Zeit lang, sie starrte nicht auf den Käse, sondern auf das Mädchen, Nina.

»Kann ich Ihnen helfen?«

Nina reagierte zäh: »Nein«, flüsterte sie, drehte dabei ihren Kopf nicht.

Die Frau jetzt ganz hastig und leise, verschwörerisch: »Ich weiß, was los ist mit Ihnen, ich weiß, wie ich Ihnen helfen kann. Vertrauen Sie mir.« Sie trat einen Schritt auf Nina zu, einen weg von ihrem Wagen mit dem schlafenden Kind, ohne es aus den Augen zu lassen.

Birne trat nah an Nina hin, nahm sie fest in den Arm, sodass sie sich fallen lassen konnte. »Steht die schon länger hier?«

»Ja, wieso?«

»Verdächtig, nicht?«

»Ich lese ja auch Zeitung.«

»Eben. Ich denke, wir sollten sie zur Polizei bringen.« Und zu Nina: »Das ist doch in Ordnung?«

Nina nickte, als kämpfe sie gegen eine Ohnmacht.

»Geht es Ihnen gut, soll ich einen Krankenwagen rufen?«

Nina riss die Augen weit auf, als ob etwas sie entsetzte, dann schüttelte sie den Kopf, kraftlos und dennoch energisch.

»Gehen wir. Danke.«

Die Frau mit dem Wagen blieb zurück, unsicher, was zu tun sei oder richtig wäre.

Birne stieß kurz vor der Kasse zu Ben, zusammen schoben sie sich und Nina an der Warteschlange vorbei ins Freie.

Die Mutter eilte zur Kasse und flüsterte der Kassenfrau ins Ohr. Die hob den Kopf und suchte mit den Augen die Dreiergruppe auf dem Parkplatz. »Meinen Sie?«

Die Mutter nickte eifrig.

»Dann müssen wir telefonieren.« Sie rief jemanden durch ihr Mikrofon aus.

Eine weitere Spur.

12. ANZEIGENBÜRO

»Was heißt hier vernehmungsfähig? Vom medizinischen Standpunkt würde ich nicht raten, sie zu vernehmen«, sagte der junge dunkelblonde Mann hinter seiner Hornbrille; der Lässige, der über den Dingen stand, der Trendige, der allen die Welt erklären konnte, der Hippe, der möglicherweise auf dem Weg war, ein Arzt zu werden, oder war er dabei, sich etwas Brotloses beibringen zu lassen, an irgendeiner Universität, damit er später, wenn er Unternehmen beraten würde oder Softwarelösungen entwickelte, genauso gescheit daherreden konnte.

»Sie wissen ja ganz schön Bescheid«, stellte Trimalchio fest. »Haben sie die ominöse Leiche denn gesehen?«

Der Mann verlor die Geduld: »Ich hab's Ihrer Kollegin schon fünfmal erklärt, dass sie mir lediglich vor die Motorhaube lief, ich im letzten Augenblick bremsen konnte und sie dann hierher bringen musste. Ich konnte sie nicht überreden, sich zuerst behandeln zu lassen.«

»Wo war das?«

Er nannte ein Waldstück etwa zehn Kilometer außerhalb der Stadt.

»Und wohin waren Sie unterwegs?«

»Ich wollte eine Freundin besuchen. Das heißt, ich befand mich auf dem Heimweg. Wollen Sie nicht mal was unternehmen anstatt mir zum hundertsten Mal dieselben Fragen zu stellen.«

»Wollen Sie mir meine Arbeit überlassen? Wo wohnt diese Freundin?«

Er nannte einen Ort nicht weit vom Waldstück.

»Wie heißt sie?«

Er nannte einen Namen, der stimmen konnte.

Zu Tanja: »Überprüfen Sie das.« Zum Zeugen: »Die Telefonnummer.«

Er nannte eine Nummer.

Tanja verließ das Zimmer.

Trimalchio sagte nichts.

»Ich wundere mich nicht mehr, warum in diesem Staat alles den Bach runtergeht.«

Trimalchio haute wütend auf seine Tischplatte und schrie den Studenten an: »Jetzt pass mal auf, Knabe mit dem Wunderhorn. Du marschierst hier rein mit einer Frau im Schlepptau, die eindeutig unter Schock steht, die behandelt gehört und erzählst, du hast sie gerade von der Leiche ihres Mannes weggezerrt, der erschossen wurde beim Pilze suchen. Was erwartest du, du Rindvieh? Dass wir dir dankend die Hand schütteln, dich mit einer Flasche Rotwein nach Hause schicken und dich ermahnen, das nächste Mal die Leiche mitzubringen? Arschloch!«

»'tschuldigung.«

»Schon in Ordnung. Wir haben die zuständige Polizeiinspektion informiert. Die schicken jemanden hin. Wir zwei sind nicht die Einzigen, die mit dem Verbrechen in dieser Stadt fertigwerden müssen.«

»Das beruhigt mich.«

»Mich auch.«

»Nein ehrlich. Muss ich vor Gericht aussagen?«

»Kann man jetzt noch nicht sagen, aber ich würde davon ausgehen.«

»Wie lang dauert so ein Prozess? Bekomme ich da Zeugengeld?«

»Schwer zu sagen, kommt auf die Beweislage an – Sie werden sicher irgendwie entschädigt.«

»Kommt so etwas oft vor?«

»Was?«

»Mord.«

»Das muss man erst sehen, ob das Mord war, vielleicht war es nur die Kugel eines Jägers, die sich vertan hat. Risiko beim Pilze suchen.«

»Nein, nein, nein, die Frau sagt, sie hat es gesehen, wie da einer am Weg gestanden hat, anlegte und ihrem Mann mitten ins Herz schoss.«

»Mitten ins Herz?«

»Mitten ins Herz.«

»Schon brutal.«

»Gibt's so was oft?«

»Na ja, wird mehr, aber wir bekommen es weniger mit.«

»Wie das?«

»Das wird alles besser organisiert. Mafia und so weiter. Die erledigen einen und dann wird der zum Verschwinden gebracht. Keiner redet, keiner zeigt an, keiner vermisst. Da können wir geradezu froh sein, dass Sie vorbeigekommen sind. Das Erkennen ist der erste Schritt zur Ausrottung des Bösen.«

»Keine Ursache.«

»Ebenfalls.«

Tanja kam zurück. »Überprüft: Alle Angaben scheinen zu stimmen.«

»Vielen Dank.«

»Kann ich gehen?«

»Lassen Sie uns eine Nummer da, unter der wir Sie erreichen können.«

»Klar, mach ich.«

Er ging.

»Komischer Kerl«, kommentierte Trimalchio. »Was ist mit der Frau?«

»Ich hab mit ihr gesprochen, als du weg warst«, sagte Tanja.

»Es könnte passen. Sie spricht von einem Großen mit dickem Bart und einem, der Birne sein könnte nach ihrer Beschreibung. Und die schlechte Nachricht: Wenn jemand geschossen hat, dann war das Birne.«

»Birne hat geschossen? Er wurde gezwungen.«

»Klingt nicht so. Er ist ihr hinterhergerannt und hat versucht, sie zu erwischen. Er hat die Autoreifen kaputt geschossen.«

»Die Frau steht unter Schock, die verwechselt Dinge. Hat man sie ins Krankenhaus gebracht?«

»Wir mussten Sanitäter kommen lassen, die ihr etwas gespritzt haben. Jetzt ist sie weg.«

»Weißt du was von den Kollegen, die draußen waren?«

»Sie sind noch vor Ort, sie haben Verstärkung angefordert, aber ich hab einen von ihnen auf dem Handy erreicht. Sie haben die Leiche mit dem durchschossenen Herzen, den Wagen mit den kaputten Reifen, ein leeres, vor Kurzem erst verlassenes Wochenendhaus und in einem nahe gelegenen Schuppen einen grünen Golf gefunden, allerdings keinen lebenden Menschen.«

»Hätte mich gewundert.«

»Sie sind ja noch dort.«

»Mensch, Tanja, tolle Arbeit, hast alles allein hingekriegt, während ich mir den Magen vollgeschlagen habe.«

Tanja wurde ein bisschen verlegen, obwohl sie natürlich wusste, dass es wahr war.

»Da hast du jetzt aber was gut bei mir«, bot Trimalchio sich an.

13. NEUES VERSTECK

Birne beruhigte sich, er fand Muße nachzudenken, nur seine Gedanken brachten wieder Unruhe. Er hatte womöglich einen Fehler gemacht beim Hören auf seine innere Stimme. Sie hatte ihn gesehen, er war nicht mehr das unschuldige Entführungsopfer, man durfte auf ihn schießen, weil auch er geschossen hatte. Blöde Sache. Er war zu jung, er wollte noch nicht sterben. Er musste sich jetzt oft in der Nähe von Nina aufhalten, nicht nur aus sexuellen Gründen.

Ben hatte sie wieder eingesperrt. Sie waren schnell abgehauen. Nina hatte langsam geschaut und auch so reagiert, als sie, wie von Hornissen verfolgt, in die Hütte gejagt kamen und sie mitrissen. Sie fuhren schnell weg mit dem dachsbeschädigten Auto, überfuhren das Tier sogar ein weiteres Mal auf ihrer Flucht. Nina schrie: »Vorsicht!« Keiner beachtete sie. Ben saß am Steuer, Birne musste sich eine Weile fassen. Nina blickte vom Rücksitz aus nervös zwischen den beiden hin und her, keiner wollte mit ihr reden.

»Was ist passiert? Polizei?« Sie redete, als ob sie alle unter einer Decke steckten. Dabei war doch nur Ben ein Verbrecher. Eigentlich hätte sie sich freuen müssen, wenn es schieflief für ihn.

»Es gab einen Unfall«, erklärte Birne. »Dabei ist jemand verletzt worden. Wir müssen fliehen.«

»Wohin?«

Ben meldete sich von vorn. »Ein Freund von mir ist im Urlaub, sein Haus steht leer, da bringe ich euch hin.«

»War das der Mann vorhin?«

»Woher weißt du, dass da jemand war?«

»Man hat euch gehört. Gab's Streit?«

»Das ist ein guter Freund von mir, der unterstützt mich immer, einen besseren Freund findest du nirgends, du sowieso nicht.«

Das Reden brachte ihn runter. Sie fuhren wie durchschnittliche Menschen auf Straßen fahren. Sie fuhren durch die langweiligsten Orte der Welt. Sie waren nicht herausgeputzt oder schön im touristischen Sinne. Sie zeugten von mühsam aufrechterhaltener Ordentlichkeit innerhalb der weißen Fassaden. Ihre Bewohner waren verzweifelt bemüht, sich gegen jede Gefahr abzusichern, zwischenmenschlich, materiell und gesundheitlich. Wenn mich der Schlag im eigenen Haus trifft, trifft er mich nicht schlimm. Diese Orte bestachen auch nicht durch eine Hässlichkeit, sie frustrierten in ihrer Durchschnittlichkeit, die sich aber perfekt an die Landschaft anpasste: nicht zu flach, von Bergen konnte keine Rede sein, grauenvoll hügelig. Man konnte das Leben hier nicht lieben, man konnte es jedoch gewohnt sein und deswegen nie von hier fortwollen oder wenn es einen fortgezogen hatte, hierher zurückbringen. Hier wurden keine Helden geboren, hier wurden auch keine erschlagen. Birnes Mord war eine Sensation, unfassbar, aufregend.

Birne dachte, dass er im Auto ein paar der Stunden verbrachte, die zwischen dem Ungeheuerlichen und den lebenslangen, traurigen Konsequenzen daraus bestanden. Eigentlich hätte er noch einmal die Sau rauslassen müssen, saufen, spielen, vögeln, aber nichts. Er war auf der Flucht und hatte keine Ahnung, wie weit er kommen würde.

Sie fuhren auf eine Autobahn, sie rasten, immer weiter in die Belanglosigkeit dieser Gegend. Birne fühlte nichts, Nina lehnte angespannt in ihrem Sitz. Sie wollte wissen, wie es jetzt weiterging. Beinahe jeder Ausgang dieses Abenteuers konnte ihr recht sein. Die Männer wiederum hatten sich so weit reingeritten, dass sie im Prinzip nur noch verlieren konnten. Schöne Chancenungleichheit.

Das nächste Dorf der Beliebigkeit. Ein Neubaugebiet von vor 20 Jahren. Lauter gleiche unscheinbare Häuser. Eines nahm sie in ihrer Auffahrt auf und versteckte das Fluchtauto in der Garage. Sie waren in Sicherheit. Vorerst. Jetzt wurde Ben wieder ganz der Entführer. Er brachte die beiden in einen Kellerraum ohne Lichtschacht, ausschließlich künstliches Licht. Ein großes Bett in der Mitte, darauf mussten sie sich legen und auf das Kommende warten. Eine Feuertür verschloss ihnen den Ausgang.

Oben hörten sie schwach einen Fernseher röhren. Da waren sie nun.

Nina lag auf dem Rücken in ihrem Bett und las in einer belanglosen Frauenzeitschrift. Eine Hand lag auf ihrer Stirn, mit der anderen hielt sie das Heft in die Luft: Sehr ernst konnte es ihr mit der Leserei nicht sein. »Was starrst du mich so an?«

»Du gefällst mir halt.«

»Ich mag das nicht, dass mich jemand so anstarrt.«

»Auf einmal. Sag, wenn ich dir was dafür geben kann, dann würd ich dir was dafür geben, dass ich dich anstarren kann.«

»Du bist ein Rindvieh.« Und halb für sich sagte sie: »Herrgott, warum hast du mich von allen drei Milliarden Männern ausgerechnet mit diesem in die Zelle gesperrt?«

Birne sprang auf, lief zu ihr hin und beugte sich über sie, und ohne darauf zu achten, dass er ihr damit ein bisschen Angst machte, sagte er: »Du, ich meine, wenn wir es wirklich wollten, kämen wir hier raus, wir zwei. Ich war gerade draußen mit Ben, der hat nicht viel auf dem Kasten, wenn wir anfangen zu rennen. Ich hätt's machen können, aber ich wollte dich nicht allein lassen.«

»Dich mag er irgendwie«, entgegnete die inzwischen wieder entspannte Nina. »Nobel von dir, die Chance zu verschenken, und nobel für mich; allein mit dem könnte es schlimm ausgehen für mich. Danke; … nicht dass du meinst, du hättest jetzt was gut, so einfach ist das nicht. Ich arbeite nicht, wenn ich Geisel bin – bisher jedenfalls nicht.«

»So meine ich das nicht«, sagte Birne und ließ seine Augen erneut über die wandern, vor der er stand, und wusste, dass er es ein bisschen wenigstens schon so meinte. »Wir müssen hier weg, wir müssen frei sein, lass uns überlegen, wie wir das schaffen.«

»Birne, wir brauchen mehr solche Männer wie dich. Birne, ich bin mir sicher, wenn nicht du das Opfer wärst, sondern der Ermittler draußen, dann wär Ben längst vorm Richter und wir ein Paar. Aber so bist du hier mit drin und leider so unsexy wie Opfer sein können. Oh, ich glaub, du blutest schon wieder. Nein, nicht im Gesicht; da, mein ich«, sagte sie und langte sich selbst an ihren Busen, um Birne zu demütigen und vielleicht auch in seinen Überlegungen zu motivieren.

»Du weißt nicht, was da draußen passiert ist, aber ich sage dir, der vertraut mir. Und genau dieses Vertrauen werde ich ausnutzen, um uns hier rauszuholen.«

»Birne, das ist ein großartiger Plan. Mach das. Schau.« Ganz kurz nur zog sie das T-Shirt hoch, sodass Birne ihre Brüste sehen konnte. Er stöhnte auf.

14. ERMITTLUNGEN

»Voilà.«

Trimalchio blickte über die Schulter des Kollegen auf den Bildschirm. Darauf fuhr ein schwarzes Auto in Zeitlupengeschwindigkeit über die Autobahn. Man konnte bei der Schärfe dieser Bilder nicht leugnen, dass auf dem Beifahrersitz Birne saß und neben ihm Bernhard Bayer, den er von den Fahndungsfotos kannte. Hinten war das Mädchen, das er bei seinem Ermittlungsausflug ins Milieu gesehen hatte. Sie schaute den Umständen entsprechend fröhlich auf die Straße und den Verkehr. Man konnte meinen, wenn man die Umstände nicht kannte, dass die drei mittlerweile eine Bande waren. Das gab es, dass sich die Entführten mit ihrem Kidnapper solidarisierten, sich im Ausnahmefall sogar in ihn verliebten und so die Geschichte umdrehten, gemeinsam etwas Kriminelles anstellten, und sich in die Schusslinie der ermittelnden Beamten brachten.

»Das ist die neue Terrorfahndung«, erklärte der Kollege. »Kameras auf Autobahnen aufstellen und alles filmen, was vorbeikommt. Hysterisch. Aber jetzt ist es mal zu etwas gut.«

Trimalchio setzte sich wieder hin und blickte dem Herrn Kleinmüller auf den Eierkopf, den nach hinten gezähmte graue Haarstoppel zierten. Der Kollege drehte sich um, rückte seine Brille zurecht. Für ihn war der Rest einfach, Routinesache, eine der wenigen Gelegenheiten, wo der Wilde Westen wirklich gleich hinter Augsburg anfing.

»Das hat nichts mit Geiselnahme zu tun. Wenn ich ein bisschen Erfahrung mit solchen Angelegenheiten habe – und ich habe eine Menge –, das hat nichts mit einer Geiselnahme zu tun. Die drehen zusammen was Größeres, die tricksen uns aus, da stecken womöglich mehr dahinter. Keine Frage, das hat nichts mit einer Geiselnahme zu tun«, wiederholte sich Kleinmüller.

»Wie soll ich das hier am Schreibtisch mit ein paar verwackelten Computerbildern entscheiden? Hä?« Trimalchio wurde richtig grantig.

»Das sind nicht nur ein paar verwackelte Computerbilder. Das sind beweiskräftige Aufnahmen einer Präzisionskamera, mit denen spaziere ich, so wie sie sind, zum Staatsanwalt. Das ist doch Ihr Birne, da auf dem Beifahrersitz.«

»Ist er, gebe ich zu.«

»Geben Sie auch zu, dass Sie vernarrt sind in Ihren Birne? Aber: Was wissen Sie wirklich von diesem Mann?« Kleinmüller hob theatralisch den Zeigefinger seiner rechten Hand. »Sie kennen ihn erst ein halbes Jahr und da schien er Ihnen der geeignete Mann für den Polizeidienst zu sein, Sie dachten, er sei übermäßig begabt. Was ist, wenn er diese Begabung nun anderweitig nutzt? Es könnte ihn ja eine Gelegenheit verführt haben. Sehen Sie das Mädchen auf der Rückbank. Wenn ich mir die so anschaue, die könnte mich auch dazu bringen, was Unüberlegtes zu tun.«

»Birne ist nicht so. Birne nimmt den Job ernst.«

»Das eine schließt das andere nicht aus.«

Trimalchio hatte es satt, dieses Kratzen an einer Betonwand mit einem Teelöffel. Bis sich hier ein Loch auftat, durch das er wenigstens seinen erhobenen Mittelfinger stecken konnte, würden Jahre vergehen.

Kleinmüller fuhr fort: »Die reden im Radio von nichts anderem mehr. Morgen haben es die Scheiß-Zeitungen. Da lesen wir unsere Namen und darunter, dass die bayerische Polizei nicht mal einen durchschnittlich intelligenten Verbrecher einfangen kann. Ich habe keine Lust, für den Pöbel den Hanswurst zu machen. Sie vielleicht?«

»Nein, natürlich nicht.«

»Ich würde sagen: kurzer Prozess. Wir gehen da rein, machen kaputt, was sich nicht vermeiden lässt und erzählen danach unsere Version, die sich mit der Wahrheit genau so weit deckt, dass sie uns als Helden dastehen lässt. Und wer weiß, eventuell ist damit ja ein Schritt auf der Leiter nach oben verbunden. Dagegen haben Sie wohl nichts einzuwenden.«

Trimalchio wollte das nicht wahrhaben. In einer deutschen Polizeistube. Er merkte, dass er einen Funken Berufsethos besaß; daraufhin wurde er fast ein bisschen stolz. »Wissen Sie, was dabei auf dem Spiel steht? Unser Gesicht vor den Deppen da draußen zu bewahren, ist dabei noch das Geringste. Ja.«

Trimalchios freundliches Gesicht mit den Lächelgrübchen im Dreitagebart verschwand, er blickte sein Gegenüber steif an: Mit ihm war nicht zu spaßen.

Kleinmüller änderte ebenfalls den Ton, ihm war nun bewusst, dass er hier jemanden zu überzeugen hatte: »Ganz im Ernst: Warum hängen Sie an diesem Fall? Gut, ich gebe zu, die Medien sind Geier, aber das sind sie immer, das wird schon wieder weniger.«

»Aber wenn das jetzt platzt, dann knallt es mehr als alles andere vorher.«

»Es bringt nichts, wir sind am Ende. Wenn Sie mir in diesem Augenblick an diesem Tisch erklären, was Sie weiter zu tun gedenken, und wenn ich das einsehe, dann meinetwegen, ansonsten muss ich leider sagen, dass meine Geduld aufgebraucht ist«, beharrte Kleinmüller.

»Da ist einer meiner besten Männer drin, den gebe ich nicht auf, ich gebe überhaupt kein Menschenleben auf.«

»Wir haben eine Zeugin, die behauptet, dass einer Ihrer besten Männer einen unschuldigen Rentner erschossen hat, ich habe den Verdacht, dass einer Ihrer besten Männer in der

Zwischenzeit einer der ärgsten Gegner unserer Arbeit ist, und darüber, mein lieber Trimalchio, kann ich im Interesse unserer unschuldigen Mitbürger nicht hinwegsehen, das müssen Sie akzeptieren. Rauchen Sie bitte nicht hier im Raum. Das ist verboten.«

Trimalchio war still und unbeeindruckt, nicht seine Art sonst, er zündete sich seine Zigarette mit einem Benzinfeuerzeug an, fand den Geruch ekelhaft und musste sich zusammenreißen, dass ihm der Rauch nicht Tränen in die Augen trieb. Cool rauchen war schwierig im Moment.

»Wir werden uns, wenn wir sie zum nächsten Mal auf einer Kamera sehen, einen Hubschrauber leisten, einen Hubschrauber mit einem Scharfschützen. Sehen Sie es so, Trimalchio. Ich habe ebenfalls kein Interesse daran, Ihren Birne zu verlieren, vielleicht hat er Glück. Aber ohne Prozess kommt er dann nicht aus, darauf können Sie einen trinken.«

»Auf einer Autobahn gefährden Sie auch Unschuldige.«

»Das weiß ich, lassen Sie uns diese Diskussion beenden. Wir sind Profis, wir tun unser Bestes, auch wenn das manchmal nicht perfekt ist. Wenn Sie das stört, dann hätten Sie nicht zur Polizei gehen dürfen, dann ist die Polizei der falsche Ort für Sie.«

Als Trimalchio auf die Straße trat, fühlte er sich elend, sogar ein bisschen krank. Er hatte auf dem Hinweg vorgehabt, auf dem Rückweg etwas zu essen, im Moment hatte er keinen Hunger mehr. Die nannten die Semmel mit Hackfleischfetzen neuerdings Bayern Burger und Trimalchio verachtete seine Metzgerei dafür, er schwor sich, diesen Dreck nie wieder zu essen, denn er dachte sich, das sind nur die Symptome, tief in ihrem Inneren sind den Menschen, die Bayern Burger fressen, alle anderen egal. Bayern-Burger-Fresser knallen alles Menschmaterial ab, das ihnen nichts mehr bringt, und allen, die ihnen nützlich sein könnten, bepinseln sie den Arsch mit süßer Schokoladensoße.

Andererseits war so ein Tag, der von den Nerven einiges verlangte, umso härter durchzustehen, ohne Fleisch zwischen die Zähne zu bekommen. Er überlegte, ob er es dennoch versuchen und bei der Bestellung das B-Wort meiden sollte.

15. NEUBAUSIEDLUNG

»Birne hast du mal einen Moment Zeit für mich?« Ben stand bescheiden lächelnd an der Tür. Birne war gerade einen Moment eingenickt, was Besseres hatte er nicht zu tun. Nina schaute kopfschüttelnd zwischen den beiden Männern hin und her. Fast hätte man meinen können, sie sei eifersüchtig, dass keiner mehr etwas von ihr wollte, aber da durfte sie sich eigentlich nicht wundern. Sie hätte halt auch mal was mitmachen müssen und nicht immer nur die Geisel spielen dürfen, die man nicht anfassen sollte.

Birne stand auf und ging mit nach oben. Im Wohnzimmer stand ein Teller mit Pizzaresten, im stummgeschalteten Fernseher konnte man einem Debilen zusehen, wie er irgendeinen Dreck zusammenkochte. Hier richtete sich gerade ein Junggeselle ein.

»Hast Hunger?«, fragte Ben und deutete auf seine Reste.

»Nachher, danke.«

»Setz dich«, lud er Birne ein. Sie nahmen Platz.

»Wo sind wir hier?«, wollte Birne wissen.

»Bei einem Freund, ist doch egal. Wir haben Ärger, verstehst du? Das hätte nicht passieren dürfen. Ich muss mir was überlegen, dabei bin ich müde.« Er rieb sich die Augen.

Birne schwieg schuldbewusst.

»Das ist ja kein Vorwurf«, fuhr Ben fort. »So etwas kommt vor. Auch bei mir. Wenn man die Nerven behält, dann ist das nicht so tragisch. Und du schaust mir eh aus wie einer, der die Kontrolle behält. Bist mir sympathisch.«

»Danke.«

»Soll ich uns einen Kaffee machen?«

»Gern.«

Ben verschwand im Nebenraum, Birne hörte ihn Schränke öffnen. Es gab eine Glastür auf den Balkon hinaus, von dem eine Treppe in den Garten führte, eine Gelegenheit. Birne nahm es zur Kenntnis, unternahm aber nichts.

»Kein Kaffee mehr da. Wir müssen nachher noch mal los.«

»Kennst du den Inspektor Trimalchio?«, fragte Ben.

»Der ist jetzt Kommissar, aufgestiegen, und mein Chef.«

»Glückwunsch. Ich kenne ihn, sogar richtig gut. Ich hatte mal eine Vergangenheit, da waren wir Freunde, aber das ist lange her. Ich bin ein anderer mittlerweile.«

»Interessant.«

»Ja, interessant. Aber ich bin jetzt müde. Ich verstecke mich seit Jahren irgendwo in Ecken, in die kein Licht kommt in diesem sauberen, aufgeräumten Land. Würde man gar nicht meinen, wenn man an der Oberfläche lebt, dass es so viele Winkel gibt, in denen man sich verkriechen kann, hätte ich früher genauso wenig gedacht. Die, die sie schnappen, die ihr erwischt, die bekommt ihr nur, weil sie das Gewissen verrät, dann macht man Fehler, weil man selbst glaubt, man habe eine Strafe verdient. Kennst du Dostojewski? Hab ich oft gelesen, hab mir das erste Mal gedacht: So ein Idiot, was stellt der sich an, und dann erst nach und nach hab ich gemerkt, dass mit mir was nicht stimmt. Ich bin manisch, geisteskrank ist so ein großes Wort. Ihr würdet mich doch behandeln, wenn ihr mich bekämt. Oder?«

»Ich habe dich doch schon.«

»Ich nenne es nicht Gewissen, irgendetwas treibt mich zum Aufhören. Komisch. Oder nichts treibt mich zum Weitermachen. Du hast recht, du hast mich. Oder auch nicht. Ich weiß es selbst nicht. Vielleicht bereue ich bereits morgen, was ich dir heute sage. Eine Sache lässt mir keine Ruhe, sie lässt mir einfach keine Ruhe. Trimalchio, wir waren so gute Freunde, wir hingen aneinander, und jetzt sind wir Feinde, er jagt mich, er will mich hinter Schloss und Riegel bringen. Ich gebe ihm ein bisschen Schuld daran, dass ich so geworden bin. Wenn es um Gerechtigkeit und nicht nur um Recht ginge, dann müsste er einen Teil meiner Schuld mitabsitzen. Ich verrate dir was über mich, was du dir nicht denken kannst: Als wir jung waren, Trimalchio ist es vielleicht noch, ich schon lang nicht mehr, waren wir Kollegen. Das kannst du dir nicht vorstellen, dass ich mal bei der Polizei war. Ich bin ein gefallener Polizist, ein grüner Luzifer. Kann gut sein, dass du heute auch gefallen bist, und in ein paar Jahren deine gleiche Geschichte einem anderen, jüngeren Mann erzählst. Aber dazu müssen noch zwei oder drei Dinge klappen, da kannst du mitmachen. Jetzt müsste es dir eh schon wurscht sein. In einem Punkt sind der Trimalchio und ich uns gleich, und das sind die Weiber. Alles, was wir getan haben, hatte nur ein Ziel, und zwar eine flachzulegen. Das war schon manisch, das geb ich zu. Das ist aber in uns, da können wir uns nicht einmal behandeln lassen, will ich auch gar nicht. Dann der neue Einsatzort, der neue Kollege, der in gewisser Weise genauso tickt wie ich. Das traf sich. Wir waren viel zusammen unterwegs. Tickst du auch so? Hat er versucht, dich auf seine Schlachtzüge mitzunehmen?«

Birne ahnte den zweiten Teil der Geschichte, er musste tief einatmen, bevor er sagte: »Gelegentlich.«

»Na, dann weißt du, was ich meine. Ich werde gesucht, weil ich mir Mädchen von der Straße schnappe und einsperre. Das ist illegal. Aber ich sage dir, das, was der Trimalchio treibt, ist mindestens so brutal, er hat es nur geschafft, nicht aus der Bürgerlichkeit zu rutschen, der Glückspilz. Tief in meinem Inneren verdächtige ich ihn, dass er die Ermittlungen in meiner Sache in entscheidenden Momenten ausbremst, weil uns heimlich immer noch ein brüderliches Band verbindet über all die Jahre hinweg. Wir hatten einmal einen Einsatz zusammen, eine heikle Geschichte, Mafia, war das. Da ist mir was ganz ähnliches passiert wie dir heute. Meine Waffe drehte durch und ich war nicht mehr ich selbst und traf einwandfrei. Vier Kugeln, vier Tote. Und den fünften hat Trimalchio erwischt und uns sozusagen das Leben gerettet. Da bist du jung, frisch in diesem Job, moralisch irgendwie extrem ungefestigt, was dir jemand einmal während deiner sogenannten Erziehung beibringen wollte, ist weg, mit Füßen getreten. Und dann so etwas. Da kommt es wieder. Ich war fertig. Die betreuen einen psychologisch, aber davon habe ich nichts mitbekommen, das rutschte an mir vorbei. Bis ich eines Tages sagte, ich muss da raus aus diesem Laden, hier erinnert mich alles an das Blut. Ich will weg. Dann war ich draußen und mir selbst überlassen in einem grauen Raum. Ich kämpfte gegen mein Gewissen, hatte schon ein paar mal Hand an mich gelegt, aber im entscheidenden Moment die Bremse gezogen. Dann kam der Alkohol, der Exzess. Ich bin einer der wenigen, die sagen können, dass er mich gerettet hat. Ich dachte nicht mehr daran, ich wurde manchmal regelrecht fröhlich, verliebte mich auch wieder. Damit war ich dann wiederhergestellt. Ich war auf der Jagd nach Sex, das Gewissen hatte sich zum letzten Mal im Leben bemerkbar gemacht. Und dann geschah es: Es begann als netter unterhaltsamer Abend. Ich unterhielt mich mit dem Barbesitzer, saß am Tresen. Da kam eine Frau herein und setzte sich ebenfalls an die Bar, ums Eck. Sie bestellte Gin Tonic, rauchte, versuchte offensichtlich etwas zu vergessen, ihren Kummer loszuwerden. Ich war sofort besessen von ihr. Sie war ein, zwei Jahre über ihrer Blüte, großzügig maskiert, das heißt, sie trug ihre Reize zur Schau. Ich schätzte meine Chancen als überaus gut, lud sie zunächst ein, dann flirteten wir ein bisschen miteinander, wie man so schön sagt. Alle Gäste waren gegangen. Ich näherte mich ihr unmissverständlich, doch Marlene, so hieß sie, das hatte ich rausbekommen, auch dass ihr letzter, ein Mark, ein Arsch war, Dozent an der Uni, hatte alle paar Meter Studentinnen, dass ihr Job in einem Büro war, nicht so wichtig, blöder Job, egal, sie wies mich ab, sie wagte es, mich abzuweisen. Nicht kokett, sondern ebenfalls unmissverständlich. Sie sei besoffen, wolle schlafen, allein, wir könnten mal telefonieren. Wir gingen raus. Ich grapschte sie an, sie wehrte sich, kratzte und so weiter. Ich wurde grob, packte sie und schleifte sie unter anderem an den Haaren in meine Wohnung. Ich fesselte sie mit Kabeln an Hand- und Fußgelenken. Marlene hatte große Angst, richtige Todesangst. Das gefiel mir, ich gebe es zu. Ich machte schlimme Sachen mit ihr und schlief dann betrunken vor ihren gefesselten Füßen ein. Als ich am nächsten Morgen erwachte, hatte sie mich unzählige Male bespuckt von oben bis unten, das machte mich schon wieder scharf. Sie weinte bitterlich.«

Ben genoss seine Erzählung und fuhr fort: »Die Polizei suchte nach Marlene. Die Fahndung lief ins Leere. Ich behielt sie einen Monat lang in Geiselhaft, das gelang mir, weil ein Kumpel mir sein Haus zur Verfügung stellte, das hier. Er musste weg, ein paar Monate ins Ausland, ich sollte nach der Hütte sehen, dass sie nicht verkommt, danach wollte er sie verkaufen. Seine Frau war weg mit den Kindern, er hatte keine Verwendung für das Haus. Wenn ich das Pulver gehabt hätte, hätte ich dieses Haus gekauft. Ich hatte damals einen Lieferwagen, Marlene lag festgebunden auf der Ladefläche. So siedelten wir um. Verrückte Angelegenheit. Ich habe zunächst Marlene Angst eingejagt. Ich sagte ihr, jeder unerlaubte oder unbedachte Schritt in diesem Hause werde dazu führen, dass alles, auch wir, in die Luft fliegen. Ich sagte, dass alles hier verdrahtet sei. Tatsächlich habe ich mir nach und nach alles wie eine elektronische Festung eingerichtet, auch eine schöne Videoüberwachungsanlage für jeden Winkel, selbst im Garten.

Sie ahnte gar nichts davon. Ich sah ihr gern zu, wenn sie sich unbeobachtet fühlte: diese Verzweiflung, dieses wütende Aufbegehren. Das wurde weniger. Sie wurde ruhiger, handsamer. Ich hielt das für Resignation, doch dann merkte ich, dass sie mich mochte, dass wir uns auf Augenhöhe begegneten. Zum Test gab ich ihr zwei, drei Möglichkeiten zu fliehen. Ließ eine Tür offen und ging aus dem Raum. Sie nutzte sie nicht, sie blieb friedlich bei mir. In der Zeitung verschwanden die Berichte. Nach vier Wochen sagte ich ihr, sie könne gehen. Sie zögerte, verließ mich dann aber. Ich hörte nichts mehr von ihr, ging sogar wieder in die Kneipe, das Schicksal provozieren. Und irgendwann stand sie dann vor meiner Tür. Mit einem Koffer, warf sich mir um den Hals. Sie liebe mich, sie bleibe nun. Ich ließ sie herein. Sie erzählte, dass sie alles abgewiegelt habe, allen Verwandten klargemacht habe, dass, nachdem die Mark-Sache geplatzt sei, sie sich aufgemacht habe, einen Monat verreist sei und gar nicht auf den Gedanken gekommen wäre, dass sich jemand um sie Sorgen machte. Alles sei nun gut. Wir hatten ein paar gute Wochen miteinander. Dann verlor ich das Interesse. Sie liebte mich zu sehr, das konnte ich nicht packen. Ich ekelte sie raus. Sie sah das irgendwann ein, weinte zwar heftig, aber gab sich am Ende die Schuld, dass es mit keinem Mann klappte. Ich war zufrieden, ich war wieder hergestellt. Ich hatte das wunderbarste Geheimversteck der Welt. Ich konnte weiterspielen. Von Marlene weiß ich, dass es doch noch was geworden ist. Sie ist verheiratet und hat, soweit ich weiß, sogar eine kleine Tochter. Ich freue mich für sie, ehrlich.«

»Und dein Kumpel?«

»Der kam irgendwann wieder nach ein paar Monaten, ich hatte gerade ein junges Ding, ganz süß, in seinem Keller. Ich schilderte ihm in einer Schulbubenbegeisterung, was hier vorgefallen war. Er war skeptisch, hatte Angst vor Polizei und

Gefängnis. Ich brachte ihn dazu, dabei zu sein, indem ich sagte, dass sich die Mädchen alle nach einer Weile in mich verliebten. Man nennt das Stockholm-Syndrom. Ich hätte nicht einmal eine Anzeige bekommen. Meist sorgen sie selbst dafür, dass es zu keinem Geschrei kommt. Ich weckte den Triebtäter in Heinz, er war dabei. Ich kann den Triebtäter in jedem von uns wecken.

Heinz ist Chemiker. Um sicher zu gehen und auch um seine Lust am Experiment zu befriedigen, besorgte er uns dieses Drogenzeug, das die Opfer die Zeit eine Weile vergessen ließ. Wir hatten hier ein paar brenzlige Vergiftungsfälle deswegen und einige Male Streit, was fast noch gefährlicher war. Wir sind halt zwei Sonderlinge, die aber gut miteinander arbeiten. Übersieht der eine mal was, denkt der andere daran. Der gute alte Heinz, ja, er wird langsam alt.«

16. ANGST

Trimalchio saß vor der Leere seines Schreibtischs und überlegte. Er war froh, weniger wissen zu müssen, als er wusste. Er konnte damit die Zeit aufhalten, den Gang der Ereignisse verlangsamen, ihnen die Unbedingtheit nehmen. Er hatte in seiner Vergangenheit viele Löcher nur oberflächlich gestopft, jetzt quoll wieder Blut aus ihnen. Nicht ersaufen.

Aufgebracht platzte Tanja in seine Ruhe. »Das ist doch Wahnsinn. Das können die nicht machen.«

Trimalchio blickte sie unbewegt an und sagte dann: »Mir gehen halt irgendwann die Argumente aus, wenn sich unser Mann so verhält.«

»Da stimmt was nicht, ich bin mir sicher, die zwingen ihn irgendwie, die haben was in der Hand, womit die wedeln und mit ihm anstellen können, was sie wollen.«

Trimalchio spürte Tanjas Angst bei diesen Worten; ihr süßes Gehirn arbeitete nicht weniger fieberhaft an einer Lösung des Birneproblems als seines. Das schweißt zusammen, dachte er noch, bevor er ihr antwortete: »Hast du eine Ahnung, was das sein könnte? Ich meine, hat er Familie, Freunde, irgendjemanden, den er liebt?«

Tanja schwieg, dachte nach und wurde traurig, weil sie so wenig über den wusste, dem sie so viel geben würde, wenn er sie nur ließe.

»Nun?«, stocherte Trimalchio.

»Wir sind nur Kollegen, so gut kenne ich ihn nicht. Eigentlich kennst du ihn schon länger. Oder?«

»Das ja, aber halt wirklich nur als Kollegen.«

»Was meinst du damit?«

»Wir haben sonst nichts miteinander, ich kann dir nichts über ihn sagen. Wen er kennt, wen er liebt.«

»Dann weiß ich auch nichts über ihn.«

»Dann sind wir uns ja einig.«

Trimalchio sollte sie trösten, sie nicht einfach nur anstarren. In seinem Kopf bewegten sich Dinge, die die Maßstäbe verschoben und sein Handeln veränderten.

»Was wird passieren?«, fragte sie. »Die bringen alle um bis auf das Mädchen. Oder?«

»Das ist am einfachsten für sie. Aber die wissen nicht, wohin sie schießen müssen.«

»Ich hab gedacht, die haben was auf Video.«

»Von einer Autobahn, das ist nur eine Richtung. Der Kleinmüller will sich profilieren und lässt uns suchen.«

»Warum filmen wir Autobahnen?«, fragte Tanja nachdenklich.

Obwohl sie keine Antwort erwartete, sagte Trimalchio: »Wieso steht ihr die heißen Tage des Jahres an Bahnhöfen herum? Wir werden vom Terror zerfetzt, die wollen uns alle tot haben und wenn wir sie nicht stoppen, tut's keiner.« Er lachte auf. Er führte, seit er zu arbeiten begonnen hatte, nur aus, es war vielleicht das vierte Mal in dieser Zeit, dass er den Sinn einer Aktion durchdachte. Magere Statistik, bescheinigte er sich selbst.

»Was haben denn die von diesen Videoaufzeichnungen?«, fragte Tanja weiter. »Wenn die Kameras zur richtigen Zeit am richtigen Ort aufgestellt sind, kann man nachträglich Bombenleger identifizieren, aber doch keine Explosion verhindern. Sonst müssten die alles mit Kameras bestücken, die Verdächtige mittels Computer identifizieren und das Einsatzkommando herbeirufen. Unbekannte Massenmörder würden sie aber so gar nicht erwischen. Irre.«

Trimalchio dachte laut: »Einerseits, was aber ist mit Sicherheit und Freiheit?«

»Unsere Gesellschaft ist bereit, ihre Freiheit zu opfern als Preis für mehr Scheinsicherheit.«

»Welche Gesellschaft wäre dazu nicht bereit?«

»Deutschland hat halt eine schwache Freiheitstradition. In England zum Beispiel akzeptieren sie die Maßnahmen, weil die Überwachung so nebenbei läuft. Man weiß nicht, wo überall Kameras angebracht sind. Die meisten Menschen würden sich für Sicherheit entscheiden, wenn man sie vor die Wahl stellt, nach dem Motto: Was nützt mir die Freiheit, wenn ich tot bin? Dabei besteht die einzige Aufgabe des Staates darin, die Freiheitsrechte der Bürger zu sichern. Das ist das oberste, an dem alle Maßnahmen zu messen sind, finde ich.«

»Wieso sollen wir die Bürger nicht vor Terror schützen?«, fragte verdutzt Trimalchio Tanja, die sich heiß redete, nicht nur für ihn.

»Es ist eine Dummheit und eine Illusion«, geiferte sie. »Gewiss gelingt es uns manchmal, vorher zuzuschlagen. Aber wie oft ist das? Im Vergleich zu dem Aufwand, den wir treiben. Wir sind gar nicht in Gefahr und selbst wenn wir es wären, müssen wir lernen, mit der Angst zu leben, dann darf auch der Staat entspannter bleiben. Ich lasse mir von den Terroristen nicht vorschreiben, wie ich meinen Alltag zu leben habe. Das ist doch der erste Sieg, den die errungen haben.«

Trimalchio nutzte die Gelegenheit, ging zu ihr hin und setzte sie zurück auf ihren Stuhl, von dem sie eifrig hochgesprungen war, als müsste sie sich hier an diesem Ort gegen die Terroristen verteidigen. Hier! Er ließ seine Hände etwas länger als nötig auf ihren Schultern liegen. Ihre vier Augen hingen aneinander wie der Teufel am Pokerspieler.

»Du bist aus dem Stoff, aus dem da draußen die Helden gewebt sind«, sagte Trimalchio und musste innerlich über sich selbst grinsen.

»Ich bin doch deswegen keine Heldin, in Deutschland bist

du deshalb keine Heldin, dabei ist es nur vernünftig, auch wenn einem zeitweise etwas mulmig zumute ist.«

»Für mich bist du eine Heldin, ehrlich« Ehrlich hieß, dass er bald was haben wollte für seine Komplimentenkanone. »Für uns heißt das, wir sollen den Bürger mit der Angst leben lassen, um dem Staat keinen Vorwand zu liefern, seine Freiheiten zu beschneiden.«

»Und unsere Freiheiten, Trimalchio, unsere Freiheiten? Hast du mal echte Freiheit gespürt, ich meine, nicht nur auf dem Gipfel eines Berges, wo es ja genau genommen nur die Freiheit ist, dich da runterfallen zu lassen oder nicht. Wir sind dazu da, dass die Angst nicht ins Unermessliche wächst, das gelingt aber nur, wenn wir angemessen auftreten. Wenn ein kleiner dicker Mann ohne Haare und ein halbes Promille zu viel im Blut auf einem Mofa Angst haben muss, dass er gefilmt und an der nächsten Ecke herausgezogen wird und er sich nicht mehr verteidigen kann, weil wir mit dem Video unter seiner Nase wedeln. Dann resignieren die, die hören auf, irgendwas zu wollen, irgendwas zu riskieren: Und dann, mein lieber Trimalchio sind die Großen am Zug, die mit der Masse manövrieren, gegen die wir nichts mehr machen können. Dann haben wir nicht nur unser Grab geschaufelt, dann helfen wir auch noch, es zuzufüllen. Wenn wir den Menschen die Angst vor uns nehmen, wenn wir es als unsere Aufgabe sehen, ihnen Vertrauen zu geben, dann haben wir schon viel gewonnen.«

»Aber manchmal finden es die Bürger okay, überwacht zu werden, sich sicher zu fühlen, ohne dass es zur Katastrophe kommt«, warf messerscharf der liebe Trimalchio ein. Wenn er schon nicht gescheit trösten durfte, dann wollte er wenigstens gescheit diskutieren. Dazu kam er selten genug in seinem Dienst und auch privat redete er wenig über das Elementare hinaus, was er bedauerte und zu ändern wünschte, weil es ihm vielleicht einen Weg zu seinem Gegenüber bahnen würde.

Das Gegenüber entgegnete: »Stell dir vor, wir hätten einen echten Feind mit Waffen und gefletschten Zähnen. Aber wir haben vor uns kein richtiges Feindbild, wir können auch keines erfinden, weil es unmoralisch wäre und politisch unkorrekt. Mir persönlich ist das ja recht.« Sie hob die Stimme, wie um jemanden nachzuäffen. »Es gibt die gute islamische Religion und eine kleine Minderheit von Fehlgeleiteten, die man durch Verständnis und Sozialpolitik von ihrem Irrweg abbringen kann. Das ist naiv.«

Trimalchio protestierte laut: »Moment: Die Dschihadisten haben den westlichen Gesellschaften den Krieg erklärt. Sie sind tatsächlich Feinde. Es ist ein Konflikt im großen Maßstab. Das merkt man in Deutschland jetzt wieder mal, um es sogleich wieder zu vergessen – bis die Bombe hochgeht.«

»Du tust so, als ob jeder Schritt, den du auf eine Straße in Deutschland machst, eine Entscheidung auf Leben und Tod darstellt. So ein Schwachsinn.«

»Viele haben gedacht, nach dem Zweiten Weltkrieg ginge es nur noch um Wohlfahrt. Wir kehren zurück zur Normalität. Willkommen im 21. Jahrhundert.«

»Und deswegen filmen wir jeden Meter jedes Menschen. Wer soll sich das anschauen. Ich?«, empörte sich Tanja, die im Moment mehr Furcht vor Überstunden hatte als davor, von Islamisten in die Luft gejagt zu werden.

Trimalchio maulte dagegen: »Bitte, du musstest in deiner Steuererklärung jeden Furz angeben, den du gelassen hast. Damit haben die dich doch genauso kontrolliert. Und du hast mitgemacht, damit ein paar Euro rauskommen am Ende, die sie dir spendieren, damit du dich freiwillig auf den Seziertisch legst. Jetzt hängen sie eine Kamera in die Luft und sagen, dass sie deinen Computer durchwühlen nach E-Mails mit Taliban im Betreff. Wenn das alles für nichts ist, wenn wir wirklich nicht bedroht werden, wer will dann diesen ganzen

Quatsch wissen? Wem nützt es denn, zu wissen, was ich dir nachts um drei schreib, wenn ich gesoffen hab und ein bisschen mutiger bin als im Moment? Da hat doch keiner was davon. Oder schicken die mir dann Sexpuppen-Werbung ins Haus, damit du in ähnlichen Situationen nicht mehr angeschrieben wirst? Wer will was von uns? In der DDR habe ich es ja verstanden, da haben sich die anderen bereichert auf Kosten der durchleuchteten Bürger, das war wenigstens ein raffiniertes System. Aber wir, wir bereichern uns nur auf Kosten chinesischer Kinder, die Turnschuhe nähen, für die wir dann lediglich symbolische Anteile unseres Einkommens ausgeben müssen und dadurch immer reicher werden und mehr Geld für Schweinebraten haben. Aber um chinesische analphabetische Kinder aufs Kreuz zu legen, muss ich mir doch kein so kompliziertes Überwachungssystem einfallen lassen. Das sind nicht mal genug Arbeitsplätze, dass es der Rede wert wäre. Früher hatten sie«, stammtischte er weiter, »wenigstens noch den lieben Gott. Da hat der Pfarrer auf der Kanzel gesagt: Der liebe Gott sieht alles, und wenn du in Gedanken gerade deine Nachbarin ausziehst, dann sieht das Jesuskind das nicht gern und steckt dich 40 Jahre ins Fegefeuer, nur weil du einmal deine Nachbarin in der Kirche in Gedanken ausgezogen hast, während der Pfarrer auf der Kanzel von der Sünde gesprochen hat. Und dann ging der Klingelbeutel rum, dann konntest du was reintun, um deine schmutzigen Gedanken finanziell zu bereuen, und hoffen, dass das Jesuskind auch ein bisschen Gefallen dran hatte, an ihrem Busen, den du spirituell freigelegt hast für dich und die überirdischen Wesen um dich. Und der Pfarrer, wenn er seine Sache gut gemacht hatte, konnte Schweinebraten fressen. Aber heute? Wo geht heutzutage ein Klingelbeutel rum? Zeig ihn mir und ich bin sofort wieder Ministrant.«

»Unserer Zeit mangelt es dafür an Fantasie. Es ist alles nur ein poetischer Versuch, in den Menschen die Fantasie wieder hervorzukitzeln, die sie seit der Erfindung des Farbfernsehens in ihrem Unterbewusstsein versteckt haben. Was ist, wenn die Kamera eine Attrappe ist? Oder: Fühlen wir uns beobachtet, auch wenn die Kamera abgestellt ist? Wann haben wir das Beobachtetsein so verinnerlicht, dass wir uns benehmen, als würden wir permanent beobachtet? Dann haben wir den fremden Blick verinnerlicht und können alle Kameras ausstellen. Außerdem reden die Menschen, seit es sie gibt, schlecht hinter dem Rücken anderer. Das gegenseitige Ausspionieren ist eine menschliche Natur. Ließen wir es sein, stürben wir aus. Hast du da ehrlich Lust darauf? Aussterben? Am Ende gar der Letzte deiner Art zu sein auf der immer verzweifelteren Suche nach einem Weibchen?«

»Es ist ja heute ohnehin fast unmöglich, sich irgendwo aufzuhalten, ohne von einem Handy fotografiert zu werden. Wir werden ununterbrochen beobachtet«, sagte Trimalchio.

»Viele Menschen ertragen es nicht, nur für sich zu sein. Deshalb muss der ganze Müll da drin rausgekotzt werden, sonst verursacht er Übelkeit und Magengeschwüre in deinem Inneren«, regte Tanja sich auf. »Schreib alles auf, fotografiere alles, was dir begegnet, denn sonst existiert es vielleicht nicht. Hast du es erlebt oder hast du es nur geträumt? Worte können so viel erzählen. Luft ist geduldig, die kannst du mit jedem Scheiß in Schwingung versetzen, die wird nie protestieren. Ohren schlagen nicht zurück, sie bluten auch nicht vom Hören. Menschen schlagen dir eine rein, sie tun es nur viel zu selten. Funktioniert auch nicht, wenn du am anderen Ende einer Computerleitung sitzt.«

Die Zeit verging.

»Ich gehe mal schnell schauen, wie weit die Ermittlungen sind.« Trimalchio stand auf.

»Ich komme mit«, sagte Tanja.

17. RAUS

»Ich bin müde«, sagte Ben zum wiederholten Mal. »Ich bin nicht mehr manisch. Ich will aussteigen. Aber irgendwie müssen wir das zu Ende bringen. Ich meine, ich könnte sagen, wir schlucken jetzt alle Arsenkapseln und aus. Dann lass sie uns finden, kann uns egal sein. Aber ich finde, das ist ein unwürdiges Ende, ihr seid zu jung dafür, ich komm langsam in das Alter, in dem man sagt, kann mal darüber nachgedacht werden. Nachdenken schadet nicht. Du kannst mich unterbrechen, wenn dir eine bessere Idee einfällt. Meine geht so: Du bringst mich zu Trimalchio. Mir ist das irgendwie wichtig, dass Trimalchio mich kassiert, weil es mit ihm angefangen hat und deshalb gehört es sich, dass es mit ihm endet, das Leben da draußen. Verstehst du? Wir regeln das. Auch das, was dich betrifft. Ich meine, das kann deiner Karriere schaden, einen Unschuldigen umgeschossen zu haben ohne echte Not. Die Not verschaffe ich dir nachträglich, kein Problem, in gewisser Weise hast du das ja für mich getan, und dass jemand was für mich tut, geschieht so selten, dass ich es durchaus schätze. Ich sage einfach, ich habe dir den Schwanz abgeschnitten und gedroht, dass ich ihn dir nur dann wieder annähen lasse, wenn du diesen Rentner abknallst.« Er lachte und fuhr ernst fort: »Dann werden sie deine Narbe sehen wollen. Kein Problem, werde ich dir verpassen. Wird echt aussehen. Solange ich in Freiheit bin, kümmere ich mich um alles, was mir einfällt. Und dann drinnen, denke ich weiter und organisiere, soweit es geht. Es ist ein langsamer Rückzug aus der Welt, die mir gefällt, die mich aber müde gemacht hat. Denkst du, das geht?«

»Was?«, fuhr Birne auf.

»Dass du mich da reinbringst, direkt in die Hände vom Trimalchio?«

»Wieso nicht?«

»Na dann wunderbar. Grauenhaft der Gedanke. Untersuchungshaft. Wochen, Monate, die sie brauchen, um alles zusammenzutragen, damit das passt, dass sie nicht peinlich gestehen müssen: Wir haben einen Formfehler gemacht, er ist gefährlich, er wird euch eure Töchter aus euren Vorgärten klauen, aber wir müssen ihn laufen lassen, uns ist ein Formfehler unterlaufen. Und ich sitz da, lege Patiencen, drehe Runden im Hof, unterhalte mich lustlos mit jungen untalentierten Anwälten und will endlich in Ruhe da rein, den ganzen Proust lesen und so weiter. Aber nichts da, Tage voller Verhandlungen, Tage zwischen Verhandlungen, Zweifel, Verzweiflung, Alleinsein. Will ich das? Mehr als das hier draußen? Machen wir das. Geh mit mir da hin. Bringen wir es zu Ende.«

»Und Nina?«

»Nehmen wir mit. Ich seh sie gern. Du auch?«

Es klingelte. Beide: »Scheiße.«

Birne: »Wer kann das sein?«

»Still bitte.«

Sie warteten. Nichts geschah.

Es klingelte. Die Uhr tickte. Ansonsten gnadenlose Stille.

»Ich werde nachschauen«, flüsterte Ben. »Du rührst dich nicht.« Ben ging auf Zehenspitzen zur Tür und sah sehr lächerlich aus. Er öffnete die Tür, ohne ein leichtes Quietschen vermeiden zu können. Er zog seine Schuhe aus, bevor der den Gang betrat. Jetzt müsste er durch die Milchglastür etwas erkennen können.

Birne wartete. Er hörte sich atmen. Aus dem Keller war nichts zu hören. Er spürte die Anspannung.

Ben fiel zurück in den Raum. »Die Bullen, Scheiße, die Bullen, alles ist aus.«

»Ich kenne jemanden, der musste 280 Euro zahlen, weil er Scheißbullen gesagt hat. 150 Strafe, 130 Bearbeitung inklusive Porto.«

Ben lag auf dem Boden und weinte. Birne beugte sich zu ihm herunter und streichelte seine Schulter, ganz zärtlich und tröstend. Ben schluchzte. Es war wohl wirklich aus. Birne würde nun aufstehen, den Kollegen hereinholen und den Rest geschehen lassen. Auch er zögerte noch Sekunden hinaus. Auch er wollte nicht zurück auf den Boden des Planeten da draußen.

Ben rührte sich vorsichtig. »Sind sie weg?«

»Keine Ahnung.«

»Geh nachschauen.«

»Wieso ich?«

»Geh bitte nachschauen.«

Birne stand langsam auf, seine Knie knacksten. Er zuckte zusammen. Er öffnete vorsichtig die Tür zum Treppenhaus. Typisches deutsches Treppenhaus. Tapeten in Brauntonvariationen, Stufen aus weißem Marmorimitat, weißes Metallgeländer, diverse Herbstlaubbilder an den Wänden, auf den Stufen zum Keller ein Mineralwasserkasten, halb voll mit leeren Flaschen, ein Spiegel. Birne sah mitgenommen aus, sprießender Bart, dreckiges Hemd, verrissene Hose, gerötete Augen, er musste baden. Er starrte sich ins Gesicht, drei Sekunden. Er gefiel sich nicht, er schüttelte den Kopf und drehte ihn zur Tür. Kein Schatten, niemand draußen. Leise trat er vor, schnaufte durch und öffnete die Tür einen Spalt. Frische Luft, heißer Tag. Freie Sicht. Gegenüber am Straßenrand ein blaues Auto, die Polizei. Sie waren noch da, sie beobachteten. Birne schloss die Tür und erschrak. Es bestand die Möglichkeit, dass sie nichts bemerkt hatten.

»Sie liegen auf der Lauer«, berichtete er Ben, der sich wieder fasste.

»Wir müssen unauffällig sein. Kommen sie hinten über den Garten rein? Wir müssen uns im Keller verstecken und leise sein. Ich räume meinen Dreck aus dem Wohnzimmer. Wir haben überall Kameras, ich kann sehen, ob sie kommen. Der Überwachungsraum ist im Keller, da bekommen sie nichts von uns mit. Da müssen wir hin. Von Nina werden sie auch nichts sehen und nichts hören. Wenn sie nicht versuchen hereinzukommen, können wir es schaffen. Wir können es schaffen.«

Birne war bereit, Ben musste nur das Signal geben. Ben zögerte. Warum zögerte Ben? Jede Sekunde, die sie jetzt vertaten, konnte das Ende bedeuten. Ben wollte das Ende, das hatte er gesagt, aber wollte er dieses Ende? Oder war ihm das Ende egal und nur wichtig, dass es endete?

Wertvolle Sekunden verstrichen, zweifellos. Eine endlose Minute. Noch lagen sie 1:0 in Führung und der Abschlusspfiff erfolgte nicht. Die endlose Minute, in der der Ausgleichstreffer fällt und der Sieg und die Hoffnung dahin sind. Diese endlose Minute verging. In dieser endlosen Minute konnte das Ende jede Sekunde eintreten und nicht das Ende sein, das sich irgendjemand wünschte außer dem Polizisten vielleicht, der eintrat und dieses Ende brachte, das er in dem Augenblick aufhörte sich zu wünschen, in dem ihn die letzte Kugel traf, die der Verbrecher noch in Freiheit abschoss, die letzte Kugel, die das Maß dann vollmachen und das Fass überlaufen lassen würde. Diese Minute verging, niemand kam, aber die Haustür wurde geöffnet, keineswegs gewaltsam, mit einem Schlüssel, daran bestand kein Zweifel.

Eine Stimme sagte: »Keine Ursache, Sie können gern reinkommen und sich umsehen.«

»Danke, das wird nicht nötig sein«, antwortete eine andere Stimme. »Wir haben noch viel vor uns, wir kommen nicht hin, wenn wir in jedem Wohnzimmer die Sesselkissen umdrehen.«

Ein Lachen der ersten Stimme. »Das sehe ich ein, da kommen Sie bis heute Abend gerade die Straße runter und der Verbrecher sieht Sie und verduftet zwei Straßen weiter, da hat er dann Ruhe bis übermorgen.« Beiderseitiges Lachen.

»Sie halten bitte die Augen offen. Mit denen, die wir suchen, ist nicht zu spaßen. Die sind hochkriminell, die haben Waffen und schon einen umgelegt. Einen total Unschuldigen, der einfach das Pech hatte, ihnen über den Weg zu laufen.«

»Ich hab's gelesen. Ich hab's gelesen. Und ich hab's gehört. Die Zeitungen sind voll davon. Im Büro reden sie von nichts anderem mehr. Und das bei uns. Zwei Herren und eine leichte Dame. Unheimlich, die Vorstellung, dass ich die Tür hinter Ihnen schließe, in mein Wohnzimmer spaziere und da sitzen sie und halten mir eine Waffe an die Schläfe.«

»Da würd ich mir mal keine Sorgen machen, dass das passiert. Wir gehen Hinweisen nach, die besagen, dass sie hier in der Gegend ein festes Quartier bezogen haben. Schon länger. Also, wenn Ihnen nicht aufgefallen ist, dass in Ihrem Keller seit ein paar Jahren Mädchen gefangen gehalten werden, dann können Sie heute ruhig schlafen. Dann wird Ihnen heute wahrscheinlich keiner mehr eine Waffe an die Schläfe halten.«

»Na wenn's hübsche Mädchen waren, wär mir das bestimmt aufgefallen.« Wieder Lachen. »Und Sie sagen, seit Jahren? Das ist ja Wahnsinn, dass wir seit Jahren mit einem Monster in unserer Nachbarschaft leben und nichts davon mitbekommen.«

»Was erzählen Sie mir da? Das ist mein täglicher Job als Streifenpolizist. Was glauben Sie, wie oft wir in einen Wohnblock gerufen werden, weil es hinter einer Tür seit Tagen unerträglich stinkt. Und wir brechen die Tür auf und der alte Mann oder die alte Dame fault vor sich hin und das seit Wochen. In die Badewanne gestiegen, Herzschlag bekommen oder ausgerutscht beim Einseifen. Manchmal läuft die Wanne über, wenn das Wasser noch eingelassen wurde. Dann gibt's einen Schaden, es tropft von der Decke der Wohnung drunter und wir oder die Feuerwehr werden schneller gerufen. Sie werden lachen, das sind dann die billigen Wohnungen, die Sie manchmal in der Zeitung lesen. Die drunter wollen schnell verkaufen, weil sie das Gefühl haben, dass ihnen von oben die Leichengifte in die Kaffeetasse getropft sind. Dieses Gefühl werden Sie nicht mehr los und den Geruch bilden Sie sich auch ein. Da können Sie Ihre Tasse 1.000 Mal auswaschen und wechseln. Erlösung bringt nur noch, da rauszugehen. Ja, so ist das.«

»Kann das sein, dass Ihr Kollege im Auto nervös wird?«

»Oh, das kann sein, ich quatsche mich hier fest, dabei haben wir wirklich noch was vor heute. Vielen Dank für Ihre Mitarbeit. Halten Sie die Augen offen, melden Sie alles, was Ihnen verdächtig erscheint und vor allem, machen Sie sich nicht zu viele Sorgen. Schlaf ist wichtiger.«

Die Tür wurde geschlossen. Ben sprang nach draußen aus dem Zimmer. »Danke«, sagte er dem, der da gekommen war.

Es war der Komplize, der Freund, dem das Haus gehörte, in das sie sich verkrochen haben. Die Erleichterung war ganz auf Bens Seite, das Verhältnis war aber zwischen den beiden insgesamt gespannt. Birne wurde Zeuge eines Streits.

Der Freund Bens hieß Heinz, hatte vor allem eine zentimeterdicke Brille und sah damit harmlos aus. Er war klein und eher rund, hatte rotbraunes Haar, gescheitelt, blasse Wulstlippen, schiefe, kaffeegelbe Zähne. Er war rot im Gesicht, auf der Haut, die unter seinem pastellfarbenen, karierten Hemd hervorschaute. Er roch nach altem Schweiß, streng. Alle diese Mädchen, die sich Ben geholt hatte, mussten ihn über und in sich ertragen. Schlimmer Gedanke. Das Verbrechen war verwerflicher, als es ausgesehen hatte.

Ben hatte diesem Heinz in der Hütte im Wald gestanden, dass er Schluss machen, dass er sich stellen wolle und versuchen werde, ihn so weit wie möglich rauszuhalten. Heinz war zu schwach, die Kiste allein durchzuziehen und versuchte, seinen Kameraden an Bord zu halten und ihn vom Aufhören abzubringen. Ben hatte sich entschlossen, er hatte es sich gut überlegt und war der Meinung, dafür gesorgt zu haben, dass keiner mit seinem Schritt ins Verderben gezogen werden würde.

Birne hatte den Eindruck, einem alten Ehepaar zuzusehen. Wie absurd. Sie hatten eingesehen, dass es so nicht weitergehen konnte, dass sie so beide verrückt würden. Andererseits konnten sie nicht voneinander lassen, weil sie es gewohnt waren, den anderen ständig an der Seite zu haben. Sie wussten, dass es an der Zeit war, einen harten Schnitt zu wagen, ein lieb gewonnenes, aber nicht lebensnotwendiges Körperteil abzutrennen, von nun an mit Katheder aufs Klo zu gehen.

Birne setzte sich und wurde sogleich von Ben aufgefordert, auch mal was zu sagen. Birne hielt sich raus, meinte, das müssten sie unter sich ausmachen, er sei zu kurz dabei, und ihm sei es im Moment am liebsten, gar nie dabei gewesen zu sein.

Dann kam Ben auf die Idee, dass Heinz mit Birne den Laden weiterführen könne, ihn als seinen Partner stoßweise in den Betrieb einführen könnte.

»Danke, Freunde«, unterbrach Birne. »Ich glaube, ich bin dafür nicht der Typ. Ich will mich jetzt noch einmal groß verlieben im Leben – möglicherweise ist das schon passiert – und dann heiraten und Kinder kriegen und Haus und so weiter.«

»Das weiß keiner vorher, ob er der Typ dazu ist. Die meisten«, versuchte Ben ihn zu überreden, »meinen, es sei nichts für sie. Und kaum sind sie dabei, lieben sie es.«

Doch auch Heinz war nicht bereit, ins Blaue mit Birne weiterzuarbeiten. Er kannte ihn ja nicht einmal und ein gewisses Vertrauen war schon nötig bei so einer heiklen und illegalen Beziehung.

»Birne ist verdammt talentiert«, behauptete Ben voreilig. »Die haben ihn bei der Polizei genommen, ohne Vorbildung, ohne Prüfung. Birne ist ein Genie bei so was.«

Die beiden Deppen stritten sich in Rage. Birne stand zunächst fassungslos, dann amüsiert daneben. Sie hatten die Polizei eben an der Haustür abgewimmelt. Auch Ben war die Sache wichtig, auch ihm war das Unternehmen ans Herz gewachsen. Sich nehmen, was einem gerade gefällt und gebrauchen, solange die Lust anhält und dann wegwerfen, möglichst unauffällig. Das war zur Selbstverständlichkeit geworden wie für andere der Besuch in einem Fast-Food-Restaurant.

Irgendetwas bewegte sich im Garten. Birne sah, dass die Thujahecke wackelte. Schon wieder versuchte einer hier einzudringen. Wenn die letzten Jahre ebenso aufregend waren, konnte man nicht von einem entspannten Entführen reden, eher von Nervenkrieg. Dass man davon schneller alt und müde wurde, war einzusehen. Ben und Heinz hatten nichts bemerkt. Birne musste ihnen schwören, dass sich da was bewegt hatte. Heinz sollte raus und nachsehen. Von ihm wussten die Bullen, dass er daheim war. Er unterstellte ihnen wiederum, einen Vorwand zu suchen, ihn aus dem Haus zu locken und ihn erneut zu hintergehen. Erst als Birne anbot, selbst hinauszugehen, und die Hand schon am Türgriff hatte, gab Heinz nach und schlich in den Garten. Birne meinte, ein angedeutetes harmonieloses Pfeifen zu hören, als Heinz die Schiebetür zum Balkon hinter sich zuzog.

Birne erwähnte Ben gegenüber, dass ihm die Entführerei ziemlich stressig erscheine.

»Da ist gerade der Teufel drin, sonst ist alles viel friedlicher«, antwortete der, als wollte er seinen Nachfolger nicht vergraulen. Sie beobachteten so unauffällig wie möglich, was im Garten passierte. Heinz versteckte sich nicht, er schritt über sein Anwesen, schaute hinter jeden Strauch. Wie ein Gespenst aus dem Nichts tauchte plötzlich der Polizist vor dem Balkonfenster auf, Birne und Ben hätten gern hysterisch aufgeschrien, doch Heinz kam ihnen zuvor: »Hallo. Was machen Sie da?«

»Ich seh mich um«, antwortete der junge Polizist.

»Dazu brauchen Sie einen Durchsuchungsbefehl«, wies Heinz ihn auf eine Tatsache hin.

»Sie haben mich doch selbst hereingebeten.«

Vampire zum Beispiel können einem nichts anhaben, wenn man sich in den eigenen vier Wänden aufhält. Da können sie nicht rein, auch ohne Knoblauch. Wenn man sie allerdings einlädt, weil sie es geschafft haben, so zu tun, als seien sie Normalsterbliche und keine Untoten – Vampire können sehr charmant und geistreich sein –, wenn sie sich einmal den Zugang zu deinem Haus erschlichen haben, dann musst du sie mit einem Pfahl durchs Herz töten, sonst saugen sie dein Blut. Oder du lässt dich beißen und wirst unsterblich. Wenn dir das reizvoll erscheint, so glaub mir, nach spätestens 100 Jahren ist es die Hölle. Dieser ständige Durst nach Blut, dieser ständige Durst, wie ein Schwamm zu sein und sich bis in die Unendlichkeit mit Blut vollzusaugen. Und es gibt Vampire, die ließen sich einladen in der stillen Hoffnung, nicht Blut trinken zu dürfen, sondern gepfählt zu werden. Birne liebte Vampirfilme, es gab zu wenig, aber das ist eine andere Geschichte.

Hier handelte es sich um einen Polizisten, und Heinz war im Recht. Der benötigte einen Durchsuchungsbefehl, um hier rumzuschleichen. Blut war ihm in jedem Fall verwehrt. Darauf wies Heinz ihn hin. Der junge Polizist wurde verlegen.

Wenn Heinz jetzt noch nach dem Vorgesetzten fragte und mit Dienstaufsichtsbeschwerde drohte, war die Situation heikel.

Der Kollege aus dem Auto rettete ihn. Die Hecke wackelte und der Kollege war da. »Gibt's Probleme, Kollege?«, fragte er und dann gleich aggressiv zu Heinz: »Sie behindern laufende Ermittlungen, das kann Sie im Zweifelsfall teuer zu stehen kommen.«

»Das ist mir ganz egal. Sie haben nichts auf meinem Grundstück verloren.«

Die zwei Polizisten standen ratlos vor dem Hausbesitzer. Ein Schritt zu weit konnte für sie böse Konsequenzen nach sich ziehen. Wenn sie jetzt aber kampflos aufgaben, gestanden sie Heinz gegenüber ein, im Unrecht zu sein. Heinz' Oberkörper begann zu wippen. Die jungen Beamten näherten sich ihm behutsam. Ben und Birne konnten von ihrem Posten nur schlecht erkennen, was los war, schließlich erkannten sie, dass Heinz wie gerade Ben in Tränen ausgebrochen war. Erwachsene Männer, die so Ungeheuerliches durchgeführt hatten.

»Sie müssen entschuldigen«, erklärte sich Heinz. »Bei mir stürzt heute alles zusammen, der Betrieb, die Beziehung. Ich fühle mich wie ein Haufen Nichts. Nichts mehr.«

Die Zeit für Rührung war gekommen. Verständnis. Schulterklopfen. Beinahe ein Angebot, dem Gebrochenen Tee zu kochen, ihm die Beine zu umwickeln und ihn auf einen Sessel zu legen. Entspannendes Fernsehprogramm einzustellen, Freund und Helfer zu sein, bis die schlimmste Krise überwunden war. Allein: Sie mussten weiter. Hier, nicht weit von hier, hielten sich Entführer, Mörder, Kannibalen, Schänder auf. Los. Zurück durch die Hecke. Und die besten Wünsche. Bald wird alles gut. Scheitern bedeutet neue Chance. Und umgekehrt.

Heinz könnte ein guter Schauspieler sein. Er hatte gut gemimt, um die Schnüffler schnell und sicher loszuwerden.

Aber natürlich war es zu mindestens 50 Prozent ehrlich aus ihm herausgebrochen. Das war empfunden. Das Ende.

Er riss sich zusammen, indem er sagte: »Ich hol uns was zu fressen.« Er verschwand. Weil seine Haut generell stark rot war, konnte man das Verweinte um die Augen für Normalität halten. Er war da draußen der Unauffälligste von ihnen. Er musste gehen. Er ließ ihnen die Zeit zum Nachdenken, obwohl er kaum Hoffnung hatte, dass sich an der Gesamtlage was änderte.

»Ich schau nach unserem Mädchen«, sagte Ben und ließ Birne allein.

Er schaltete den Fernseher ein und sah sich als Bild. Man habe keine Ahnung, wie es um die Entführten stehe, dafür eine heiße Spur, die nicht in die Ferne führe. Birne betrachtete sein Bild, seinen Namen darunter. Im Fernsehen. Dann kam Nina, neben seinem Bild wurde Ninas gezeigt. Und dann bekam Ben einen eigenen Bildschirm. Die Bevölkerung solle die Augen offen halten und vorsichtig sein. Waffen. Es gebe schon einen Toten. Der bekam kein eigenes Bild. Dem konnte man nirgends mehr begegnen, so weit man die Augen auch aufhielt. Der war vorerst egal. Birne hatte ihn weggeschossen. Ohne Grund. Ohne dabei was zu fühlen. Immer noch überraschend wenig Reue. Die einen kommen so, die anderen so damit zurecht, hatten Ben und Trimalchio gesagt. Birne mochte den Rentner nicht, der störte, der hätte sowieso weggehört. So durfte man nicht denken, das wusste Birne, er konnte nichts dagegen machen in seinem Inneren. Es gibt Menschen, die sind wertvoll, das spürt man, wenn man in ihrer Nähe ist; andere, die sind es nicht, die waren es vielleicht mal. Die waren vielleicht überflüssig. Er durfte das nicht entscheiden. Keinem Menschen steht es zu, einen anderen in den Krieg zu schicken, auch nur zu riskieren, dass ihm etwas passiert. Es gibt in diesem Land sogar Politiker, die versucht haben, mit dem

Versprechen auf eine Kriegsbeteiligung eine Wahl zu gewinnen. Die haben sie verloren. Sie verachteten die Menschen in ihrer Politik. Sie waren schlechter als Birne, der einen Mann getötet hatte. Einfach so. Ohne Grund. Ohne dabei was zu fühlen. Birne hatte jetzt zu entscheiden, ob das in Ordnung war, ob er sich irgendwann wieder im Spiegel gegenübertreten konnte. Er war jetzt allein. Eben war sein Bild im Fernsehen für Millionen sichtbar gewesen.

Gerade kam Werbung. Eine schöne Frau im weißen Bikini wollte ihn dazu bringen, eine bestimmte Schokoladenkreation zu kaufen. Birne wäre gern sofort los zum nächsten Schokoladenhändler und hätte dem gern Geld gegeben, wäre dadurch seine Seele rein geworden.

»Birne!«

Er erschrak derart angesprochen und drehte sich um. »Ben? Alles okay?«

Bei Ben schien alles okay zu sein, er hatte ein leichtes Grinsen aufgesetzt, die Anspannung war aus ihm gewichen. Er stand in der Tür, die Klinke in der Hand. Er lud Birne ein, mit ihm zu kommen. Er führte ihn in den Keller, an dem Raum vorbei, in dem sie gefangen gehalten wurden. Betonwände. Eine Feuerschutztür, ein Schild: ›Vorsicht bissiger Hund‹, sah nach einem Scherz aus.

»Birne«, sagte Ben. »Das ist das Herz der Bewegung. Hier kommt keiner rein außer Heinz und ich. Bist du dir der Ehre bewusst?«

Birne nickte, sie traten ein. Es stank nach altem Teppichboden. Ein kleiner Raum mit einem Tisch, vollgestopft mit Kabeln, zwei überpolsterte Bürostühle. Sechs Schwarz-Weiß-Bildschirme mit unterschiedlichen Kameraperspektiven. Aus dem Haus raus, vor das Haus, der Garten mit Hecke, das Wohnzimmer, wo Birne gerade sich im Fernsehen gesehen hatte, irgendein Schlafzimmer und der Raum, in dem Nina lag. Birne tat beeindruckt.

»Gerade war's geiler, da hat sie anders dagelegen, da konntest du ihr unten reinschauen.« Nina lag auf dem Bett und schlief erschöpft.

»Komm mal mit«, forderte Ben. Der nächste Raum, der Birne gezeigt wurde, sah aus wie ein gewöhnlicher Vorratsraum. Regale an den Wänden. Und es gab einen Kellerschacht. Natürliches Licht. Keine künstliche Geheimniskrämerei. Auf den Regalen Flaschen mit mysteriösem Inhalt. Sie waren beschriftet. Birne kannte LSD und Amphetamine, mit dem Rest wusste er nichts anzufangen, der war chemisches Fachchinesisch.

»Das da links steht bis hierhin, macht dich platt, dann haben wir hier Halluzinogenes und dort Wachmacher, die brauchst du manchmal, und das da ist alles Mögliche, darunter Hochgefährliches.« Auf dem Fläschchen, auf das er deutete, stand ›Arsen‹. Ben lachte dreckig. »Ich hab mir mal die Mühe gemacht, eine Tabelle am Computer zu erstellen. Da steht drin, wozu das jeweils gut ist.« Er hielt abgenutzte Blätter in den Händen, über die schon manches von dem Zeug gelaufen sein musste, wovon kaffeebraune Flecken zeugten. »Hier einmal alphabetisch und hier einmal nach Wirkung aufgelistet. Die Punkte zeigen an, wie stark es ist. Hilft am Anfang sehr, gerade wenn man keine Erfahrung hat. So und jetzt gehen wir hoch. Da zeige ich dir das Schlafzimmer, da kannst du es sehr schön mit ihnen haben, wenn du sie mal gebrochen hast.«

Ben ging voraus, sie kamen am Überwachungsraum vorbei. Die Tür stand offen. Birne warf beiläufig einen Blick auf den Bildschirm, der das Wohnzimmer zeigte, das Wohnzimmer und den darin laufenden Fernseher.

»Du, schau mal auf den Fernseher«, sagte Birne.

»Was ist da?«

»Heinz.«

Wie auf ein Signal rannten sie nach oben ins Wohnzimmer. Sondersendung. Einer geschnappt, ein Unbekannter bisher, er gesteht. Trittbrettfahrer womöglich. Die Polizei prüft. Zum Beispiel den angeblichen Aufenthaltsort des Komplizen.

»Scheiße, Scheiße, Scheiße.«

Das hieß, sie waren bereits hier. Im Garten. Im Haus vielleicht. Das hieß handeln, um das Spiel nicht verloren zu geben. Ben hatte plötzlich die Pistole in der Hand und richtete sie auf Birne.

»Wir holen das Mädchen, du machst, was ich sage und sagst nichts.«

Sie rissen Nina hoch. Ben stellte sie und Birne nebeneinander vor sich, stieß ihnen die Waffe in den Rücken und erinnerte sie: »Geisel. Nicht abhauen, nicht einmal versuchen. Sonst seid ihr tot. Und: Die schießen auch, die können auch euch erwischen.«

Die Kameras vor dem Haus und im Garten zeigten draußen Bewegung. Einheiten positionierten sich. Sie waren eingekesselt. Gleich würden sie eine Stimme aus einem Megafon hören, die sie zum Aufgeben aufforderte. Ben wollte nicht abwarten. Er ließ Nina und Birne vorausgehen nach oben.

»Gleich mach ich die Tür auf. Ich rede, dann gehen wir zum Wagen. Ich steig als Beifahrer ein. Du, Nina, setzt dich auf mich. Verstanden?« Nina nickte. »Und du, Birne, fährst. Und nichts probieren. Ich schieße dich um.«

»Wohin fahre ich?«

»Erst mal raus. Gerade aus. Weg. Dann schauen wir weiter.«

Ben öffnete die Haustür, nur einen Spaltbreit. Birne fiel auf, dass draußen Vögel zwitscherten. Es wurde hell im Hausgang. Ben streckte die Pistole raus und schoss drei Mal in die Luft, dann brüllte er: »Ist da jemand? Kann ich mit jemandem reden?«

Stille.

»Scheiße, ich habe hier zwei Geiseln, die schieße ich vor Euren Augen weg, wenn Ihr nicht redet.«

Dieses »Scheiße« zeigte denen, dass er nervös war. Birne war es auch, er traute Ben, der Maus in der Ecke, alles zu.

Dann kam das Megafon. Birne verstand zunächst nichts, das beunruhigte ihn zusätzlich.

»Sagen Sie mir Ihren Namen«, antwortete Ben.

Und wieder kam nichts.

»Sagen Sie mir Ihren Namen«, forderte Ben erneut.

»Mein Name ist Kriminalkommissar Kleinmüller.«

»Hören Sie, Herr Kleinmüller, ich weiß, dass meine Chancen schlecht stehen. Aber ich habe hier zwei Gefangene, die können Sie retten.«

Eine kurze Pause entstand, in der Ben schwer atmete. Er schaute konzentriert durch den dünnen Spalt, den die Haustür offen ließ, durch den ein bisschen Licht einfiel. Birne erkannte, dass das jetzt eine Gelegenheit wäre, den Helden zu spielen. Nina neben ihm kaute auf ihren Fingergelenken, sie war auch auf Ben fixiert, voller Spannung, weniger voller Todesfurcht. Birne beschloss, vorerst abzuwarten.

»Haben Sie mich verstanden, Herr Kleinmüller?«

»Was sind Ihre Forderungen?« Dieses verfluchte Megafon rauschte und krachte, als ob es kurz davor wäre, völlig zu versagen.

Das ist keine Ausrüstung, dachte Birne. Warum antwortet Ben nicht? »Sie wollen deine Forderungen hören.«

Ben beachtete ihn gar nicht. Zog er Aufgeben in Erwägung? Sollte Birne jetzt handeln? Er beugte sich langsam vor. Kein Geräusch, nur das Atmen, und vorsichtig die Hand ausstrecken. Nina sah, was er tat. Sie hatte große spitze Augen. Sie hatte Angst.

»Ich will raus hier«, schrie Ben und Birne zuckte zurück.

»Wir werden zu dritt rausgehen und in meinem Auto losfahren. Wenn Sie irgendwas versuchen, wenn ich bemerke, dass Sie uns folgen, wenn ein Hubschrauber auftaucht, dann drücke ich ab. Verstanden, Herr Kleinmüller?«

Kleinmüller musste überlegen, von seiner Entscheidung hing viel ab, Kleinmüller müsste sich eigentlich beraten. In Wirklichkeit war er mit der Situation überfordert, in Wirklichkeit bereute er es, hierher gefahren zu sein. Er blickte um sich und sah Beamte hinter Wagen, Hecken und Hofeinfahrten stehen und welche auf der gegenüberliegenden Straßenseite. Alle warteten auf seine Anweisung. Im Haus gab es jetzt zwei Menschen, die wussten, dass von ihm ihr nächstes Weihnachtsfest abhing.

»Haben Sie uns gehört, Herr Kleinmüller?«

»Ja«, brüllte der in sein Megafon, das verzerrte bis zur Schmerzgrenze.

»Dann werden wir jetzt rauskommen.«

Die Tür wurde ganz geöffnet. Birne und Nina erschienen. Sie wurden rausgeschoben, waren ein lebendes Schutzschild. Birne fühlte die Kälte des Laufs gegen seine Niere gedrückt, dieser Schuss wäre tödlich. Er blinzelte, die Sonne blendete ihn nach dem Halbdunkel des Hauses. Dann sah er in die Runde, ein paar von denen kannte er. Zur Haustür hinauf führten vier Stufen. Als er die erste nahm, Arm in Arm mit Nina, duckte sich Ben hinter ihnen, um die Deckung nicht zu verlieren. Birne entdeckte Tanja. Sie stand nicht weit von dem Mann in Zivil mit dem Megafon in der Hand. Der Typ war ihm nicht sympathisch, der runzelte die Stirn, als er sie sah. Birne mochte sein Leben nicht in der Hand dieses Mannes wissen.

Sie konnten ungehindert weitergehen. Sie waren auf dem schmalen Pflasterweg, der vom Haus nach links zum Autoabstellplatz führte. Sie gingen vorsichtig, behutsam. Birne versuchte alles, um sie aufzunehmen, jede Bewegung jedes Menschen. Er hatte keine Chance. Sie waren so nah, Tanja war so nah, es half nur nichts. Er entdeckte die tiefe Sorge in Tanjas Gesicht. Sie fühlte sich machtloser als ihre Kollegen um sie herum.

Birne konnte es sehen. Es passierte ganz langsam wie in Zeitlupe. Der Mann duckte sich hinter der Beifahrertür eines Polizei-BMW auf der anderen Straßenseite. Er zielte durch das geöffnete Fenster. Es war ein Gewehr. Es knallte, die Vögel verstummten. Birne bildete sich ein, sogar verfolgen zu können, wie sich die Kugel durch die Luft schob. Sie konnten sich nicht bewegen, sie waren wie schockgefroren. Der Schuss ging vier Millimeter an Birnes Nase vorbei, der Schuss ging vier Millimeter an Bens Ohr vorbei, die Kugel landete in der Hauswand und ergab einen hässlichen grauen Einschussfleck.

Ben schoss sofort. Provoziert und nicht ernst genommen. Birnes Niere blieb heil. Ben schoss auf den Schützen auf der anderen Straßenseite. Der schrie auf, nicht getroffen, sondern erschrocken. Er ließ sein Gewehr fallen und lief davon. Jetzt bot sein Rücken eine Musterzielscheibe. Ben ließ ihn laufen.

Kein Blut war geflossen, wahrscheinlich verhinderte das weitere Versuche, die Flüchtenden zu treffen. Birne zitterte, Ben stieß ihn erstaunlich zielsicher Richtung Auto. Er wusste, wohin er wollte und was er wollte. Er riss die Beifahrertür auf, schmiss sich hinein und zog Nina über sich wie eine Kuscheldecke. Birne hielt er die Pistole vor die Nase und drohte: »Steig ein und fahr los, sonst ist das hier Endstation.«

Birne lief ums Auto immer in Bens Visier, auf dessen Knien Nina zitterte. Birne suchte Tanja, sie hatten jetzt alle angelegt und schauten schockiert der Flucht zu. In Tanjas Blick las er ein ›Bitte bleib.‹ Birne stieg ein, fand den Schlüssel schon im Zündschloss und schoss los. Beim Hinausfahren streifte er ein Polizeiauto, das die Zufahrt blockierte. 80 Sachen im Wohngebiet, keine spielenden Kinder auf der Straße, zu Birnes und ihrem Glück. Birne dachte nichts, wusste auch nicht, was er wollen sollte.

Raus aus dem Ort über Felder, kleines Waldstück, niemand im Rückspiegel. Sie hatten Zeit gewonnen. Ben lag unter Nina, hielt nach wie vor die Waffe, blickte über ihre Schulter auf den Weg und sagte nichts.

Nina war apathisch, Birne fragte: »Wohin?«

Ben antwortete zäh unter leichtem Stöhnen: »Da vorn geht's rechts in einen Feldweg, da rein, da kommt Wald, von da geht's zu Fuß weiter für uns.«

Nina meldete sich: »Dir geht's gut.«

Ben sagte: »Mir geht's gut.«

»Ich spür's«

»Ich muss bald lange auf viel verzichten.« Ben lachte.

Sie bogen rechts ab und wurden heftig durchgeschüttelt. Immer noch war niemand hinter ihnen. Sie entkamen. Das Gras auf dem Mittelstreifen war hoch, Birne kannte keine Gnade mit dem Wagen. Er riskierte, irgendwo aufzuhocken. Solange das hier ein Feld- und kein Waldweg war, konnte man das Auto von der Straße aus sehen. Wenn sie zwischen den Bäumen verschwunden waren, brauchten die anderen einen Hubschrauber, um sie aufzuspüren.

Sie erreichten sicher den Wald.

Noch 200 Meter und sie standen unter einem dichten Fichtendach. Der Weg war für Autos unpassierbar. Ben hieß sie aussteigen und weitergehen.

Es war der letzte Tag im August und der letzte heiße Tag in diesem Jahr. Ben trieb sie gnadenlos an, eine neue Hoffnung hatte ihn ergriffen. Nina hatte die falschen Schuhe an, sie kam trotzdem besser voran als Birne. Dem war schwindlig, ihm dröhnte der Kopf, irgendwas stimmte nicht mit ihm, vielleicht bremste ihn die fehlende Hoffnung. Er heftete seine Augen an Ninas Hintern, was ihm ein wenig Motor war.

»Wohin gehen wir denn?«, fragte er.

»Wie ein kleines Kind«, murmelte verärgert Ben. »Ist es noch weit, Papa Schlumpf?«

»Das hat keinen Sinn.«

»Was hat Sinn?«

Birne dreht sich um, Ben zielte auf ihn. »Mach das nicht.«

»Wenn's keinen Sinn hat, dann ist es doch egal. Dich leg ich um, das Mädchen flach, dann warte ich, bis sie mich holen kommen. Bumm.«

Birne rannte, Ben schoss nicht. Sie kamen auf eine große Straße.

»Was jetzt?«, wurde Birne nicht müde zu fragen.

»Rechts.«

Wieder 300 Meter später erreichten sie eine einsame Bushaltestelle im Wald, keine Ortschaft weit und breit sichtbar.

»Was jetzt?«, fragte Birne

»Warten.«

Tatsächlich lasen sie auf einer durch eine Zigarettenkippe leicht demolierten Plastiktafel, dass in 25 Minuten ein stündlich verkehrender Bus sie zurück ins Zentrum der Stadt bringen würde. Sie warteten. Sie saßen auf einer Holzbank, von der grüne Farbe blätterte.

»Sag mal«, begann Nina nach vier Minuten des Schweigens. »Die können uns nichts vorwerfen. Wir sind doch unschuldig, oder? Es hat ja keiner was gesehen. Wenn es denen einfällt zu behaupten, wir seien dabei gewesen. Was ist dann? Die wollen eine wie mich aus dem Verkehr haben, dann stecken sie mich einfach mit rein.«

»Moment«, fiel Ben ein. »Ihr seid in meiner Gewalt, noch sind wir nicht fertig. Wenn die mich dazu zwingen, dann schieß ich in euch rein. Ich kenn da nichts. Die sollen mich ruhig ernst nehmen. Dann brauchst du keine Angst haben, dass sie dir noch was anderes antun als beerdigen.«

»Du könntest uns ja nur ins Bein schießen«, schlug Birne vor. »Da hätten alle was davon: Dich würden sie ernst nehmen und wir würden wahrscheinlich überleben.«

»Du lebst doch in einem Cowboy-Film«, widersprach Nina. »Die Wunde entzündet sich, wir bekommen hohes Fieber und sterben. Oder was ist, wenn wir überleben, dann schleppe ich ein kaputtes Bein hinter mir her. Das will ich nicht sehen, das will ich nicht haben, dann schon lieber schnell und schmerzlos tot. Hat eh keinen Sinn, das Ganze hier. Was soll das?«

»Der Meinung bin ich nicht. Ich würde schon gern ein bisschen leben, wenn es sich einrichten ließe. Ich glaube, mir macht der Schmerz nicht so viel aus. Die leisten heute Wunder in der Medizin, die kriegen das wieder hin mit dem Bein. Lahm muss keiner bleiben, denke ich.«

Den Vorschlag zur Güte brachte Ben ein. »Wenn's drauf ankommt, dann schieße ich dir, Birne, ins Bein, zuerst und dann, wenn sie's immer noch nicht glauben, dir, Nina, in den Kopf, recht schmerzlos. Wenn das nicht reichen sollte, dann muss ich leider dich, Birne, ein zweites Mal treffen, vielleicht sogar tödlich. Das will ich nicht, ehrlich, aber ich führ nur aus, die anderen entscheiden, was passieren muss. Das müsst ihr einsehen.«

»Ich finde, wir waren sehr gute Geiseln«, sagte Birne. »Wir steigen in einen Bus, da sind genug neue Opfer: Lass uns laufen, nimm die dafür.«

»Nein«, widersprach Nina. »Wir ziehen das bis zum Ende zusammen durch. Irgendwie ist es unsere Geschichte.«

»Todesangst kennst du gar nicht, oder?«, fragte Birne verärgert. »Was ist denn das Ende? Soll uns alle drei dieselbe Scharfschützenkugel plattmachen? Sollen wir uns dazu in einer Reihe aufstellen? Was machen wir, wenn wir in der Stadt sind? Hast du da noch ein schönes Versteck?« Birne redete unter aufsteigenden Tränen, die alle, selbst ihn, überraschten. Anscheinend ging ihm die Angelegenheit näher, als er bisher bereit gewesen war zuzugeben. Ben reichte ihm ein Papiertaschentuch, in das Birne dankbar schnäuzte.

»Ich brauche dich wirklich«, sagte Ben. »Du bringst mich zu Trimalchio. Wenn das gut geht, seid ihr raus, dann könnt ihr mich an meinem Geburtstag in der Haft besuchen, wenn ihr wollt. Ansonsten ist alles eine Episode im Leben, die man gern am Lagerfeuer erzählt.«

Der Bus kam. Hielt vor ihrer Nase, aber dennoch so, dass sie fünf Meter gehen mussten, um vorn einsteigen zu können. Hinten wurde ihnen nicht aufgemacht. Am Bussteuer saß eine Frau mittleren Alters, die so lange böse geschaut hatte, dass es sich in ihr Gesicht eingegraben hatte. »Vorn einsteigen«, begrüßte sie die drei neuen Fahrgäste, und: »Haben Sie Fahrausweise?«

Fahrausweise, Fahrausweise: Woher sollten sie jetzt auf einmal Fahrausweise haben? Sie waren seit Tagen auf der Flucht.

»Wir haben keine.«

»Wohin soll's denn gehen?«

»Innenstadt.«

Das wäre der Zeitpunkt gewesen, die Pistole zu ziehen und aus der kleinen Affäre eine größere zu machen. Ben zog den Geldbeutel und zahlte für seine Freunde mit. Sie setzten sich auf einen freien Vierersitz, wobei alle Vierersitze frei waren, nur ganz hinten, vorletzte Bank, saß ein junger Mann, Jeansjacke, Oberlippenschnauzer, ein bisschen blass, ein bisschen alkoholisiert, wahrscheinlich arbeitslos. Der musterte die Gruppe skeptisch, die kannte er vielleicht irgendwoher, dann sank sein Interesse, er schaute hinaus auf die Gegend zu seiner Linken, die unspektakulär vorbeirauschte.

Je näher sie der Stadt kamen, desto mehr füllte sich der Bus. Alle Sitzplätze waren besetzt, in ihre Vierergruppe drängte sich ein stinkendes altes Männlein. Man wollte wenig miteinander zu tun haben, mied Blickkontakt, soweit es ging, half Müttern mit Kinderwägen nicht aus Nächstenliebe, sondern um sie möglichst schnell aus dem Blickfeld zu bekommen. Neben Birne stand ein Mädchen, das sich bei jeder Kurve verdächtig weit über ihn beugte. Als er aufblickte, sah er, dass sie ihm gefiel und dass sie ihrerseits eilig einen Punkt auf der Straße fixierte, der wiederum davonflitzte. Zu jedem anderen Zeitpunkt …

Dann kam ein angefressener Herr zehn Jahre vor seiner Pensionierung, vom Äußeren eindeutig dem rechten Rand nahestehend. Er quetschte sich zwischen den anderen Menschen, die ächzend dagegen protestierten, vorbei an die drei heran. Er prüfte sie ganz genau und schlich sich dann vorsichtig an: »Entschuldigen Sie, dass ich Sie anspreche.« Bereits Bens auf ihn gerichteter Blick ließ ihn noch leiser werden. »Es kann sein, dass ich mich täusche, aber im Radio und auch in der Zeitung ist gerade die Rede von einer Dreiergruppe – und ich meine, die Beschreibung könnte auf Sie passen.«

»Wer?« Ben beschrieb fragend mit dem Zeigefinger einen Kreis über sich, Nina sowie den alten Stinker, wobei er Birne bewusst überging.

»Nein, mit ihm.«

»Mit ihm?«

»Ja.«

»Den? Den kenn ich nicht. Oder?«

Birne reagierte: »Mich? Nein, Sie kenn ich nicht. Wer sollen wir sein? Was denken Sie?«

»Na die vom Radio. Ach vergessen Sie's. Man fühlt sich

selbst schon ganz verfolgt, diese ganze Scheiße dauernd in den Medien.«

»Na ja«, stimmte Birne bei, »man kann ja ausschalten. Ich selbst habe meinen Fernseher rausgeschmissen.«

»Nicht wahr? Sie haben Ihren Fernseher rausgeschmissen?«

»Doch. Lieber mal abends ein gutes Buch lesen oder einen Bekannten anrufen, bei dem man sich lange nicht gemeldet hat. Ich vermisse nichts.«

Birne und Ben lenkten hervorragend ab, sie wurden nicht laut, sie stritten nichts übertrieben ab. Dennoch war ihnen nun die Aufmerksamkeit der Fahrgäste sicher. Jeder überlegte: Sind sie's oder sind sie's nicht? Da wurde ohne Worte um eine Mehrheit gerungen. Wenn mehr als die Hälfte sich hätte entschließen können, dass sie's waren, dann wäre ein Geschrei losgegangen, dann hätte der Bus gehalten und die Polizei wäre gekommen.

Und war da nicht ein junger Herr, einer in einem Streifenhemd, ein korrekter, auf dem Weg zum Praktikum in einer Internetfirma, der gerade sein Handy zog. Was wählte er da? Warum schaute er so demonstrativ weg und doch immer wieder her?

»Ich muss jetzt raus«, sagte Ben und wollte von Nina vorbeigelassen werden.

»Wir auch«, sagte Birne und drückte auf den Haltewunschknopf.

Niemand hinderte sie daran. Alle waren ein bisschen froh, dass sie draußen waren. Das Handeln mussten nun andere übernehmen.

Sie standen ein gutes Stück von ihrem Ziel entfernt am Rand der Innenstadt. Sie würden zu Fuß gehen. Wenn zwei oder drei eine Weltreise unternehmen, dann ist es üblich, dass sie das letzte Stück – 50, 100 Kilometer – zu Fuß gehen.

Das passte jetzt, sie machten sich auf, ohne zu reden, aber mit ein wenig bitterem Abschied auf der Zunge. Sie hätten gern noch eine Weile so weitervegetiert, außerhalb der Regeln, außerhalb jedes normalen menschlichen Zusammenlebens, doch die Gesetze erlaubten es nicht. Sie wurden genug missachtet, sie wollten auch wieder ihr Recht. Jeder Schritt brachte es näher.

18. REIN

Trimalchio wurde allein zurückgelassen. Tanja wollte mit raus, sie würde morgen zur Kommissarin aufsteigen, offiziell, ihre Lehrzeit war um. Sie wollte ein bisschen feiern, ursprünglich, hatte jetzt aber nichts mehr gesagt. Sie sorgte sich um Birne, das ließ ihr keine Ruhe.

Trimalchio starrte ins Leere. Er rauchte eine nach der anderen, da er spürte, dass etwas passieren würde, was er nicht aufhalten konnte. Eine Leiche aus der Vergangenheit, die sie damals nicht vollständig vergraben hatten; ein kleiner Finger schaute noch raus, und nun zog sich der Restleib an ihm wieder ans Tageslicht. Er wollte Vergeltung.

Das Telefon auf seinem Schreibtisch klingelte. Auf dem Display erschien eine Handynummer. Trimalchio hob ab und lauschte.

»Hallo? Trimalchio?« Birnes Stimme klang künstlich locker.

»Hallo, Birne.«

»Bist du im Büro?«

»Sonst würde ich nicht abnehmen.«

»Ich komm jetzt vorbei. Kannst du dafür sorgen, dass es keinen Tumult gibt?«

»Ja.«

»Machst du uns die Rauchertür auf?«

»Mach ich.«

»Wir sind in fünf Minuten da. Wir sind zu dritt.«

»In Ordnung.«

Er legte auf. Fünf Minuten. Lange Zeit, aber danach wäre alles vorbei.

Birne gab Ben sein Handy zurück. Sie mussten durch die Einfahrt und dann über den Innenhof. Auch hier hingen überall Kameras. Polizisten kamen ständig zur Tür raus, entweder waren sie im Dienst oder sie kamen nur, um sich eine Brotzeit zu holen. Eine kurze und gefährliche Strecke. Birne zwang sich und damit auch die anderen, ruhig zu bleiben. Ben merkte man nichts an, Nina konnte die Situation nicht einschätzen, sie hatte nichts zu verlieren.

Die Tür ließ sich nur von innen öffnen. Sie war verschlossen. Es waren eventuell erst viereinhalb Minuten vergangen.

Drüben aus der Haupttür kamen zwei in Uniform, sie beachteten die drei vor der Seitentür nicht und stiegen in ihren Streifenwagen. Vielleicht holten sie Leberkäse für die anderen.

Dann tat sich was, die Tür vor ihnen öffnete sich. Ein stummer Trimalchio darin. Niemand sagte was. Ben trat vor ins Treppenhaus, der Rest folgte. Drinnen waren die Wände hellblau, Ben schnaufte durch. »Wohin?«

»Einen Stock hoch, dann sind wir da.«

Trimalchios Büro war abgetrennt, er ließ sie eintreten und schloss das Rollo. Sie waren ganz unter sich.

»Seid ihr in Ordnung?«, fragte Trimalchio.

»Alles bestens«, antwortete Ben stellvertretend.

»Bei euch auch?« Ben schaute Nina und Birne an, die hinter dem Stuhl standen, auf dem Ben bereits Platz genommen hatte.

»Ein Glas Wasser vielleicht«, forderte Nina schüchtern.

»Gern. Du auch?«

Birne nahm an, er war dieses Mal auch nur Gast.

Trimalchio ging selbst und kam mit drei Plastikbechern, die eigentlich für Kaffee vorgesehen waren, und einer Eineinhalbliterflasche Mineralwasser zurück. Nina und Birne tranken dankbar und gierig. Ben und Trimalchio sahen zu.

Dann kehrte wieder Stille ein, die Trimalchio durchbrach: »Lang, lang ist's her.«

»Lang.«

»Ich hab's mal versucht bei dir.«

»Ich weiß.«

»Du hast nichts mehr hören lassen.«

»Ich denke, du warst auf dem Laufenden.«

»Im Wesentlichen.«

»Ich auch. Wir haben uns nicht aus den Augen verloren, wir haben nur nicht mehr miteinander geredet.«

»Wir haben uns in Ruhe gelassen.«

»Ja«, stimmte Ben zu. »Du konntest gut damit leben.«

»Du etwa nicht?«

Birne fiel auf, dass sich Nervosität in Trimalchios Stimme schlich.

Hastig fügte sein Chef hinzu: »Du hast gewusst, wo du mich findest. Wenn ich nichts höre, dann gehe ich davon aus, dass bei dir alles in Ordnung ist. Ich kann doch nicht riechen, dass dir irgendwas nicht passt. Ich war immer der Erste, an den du dich gewandt hast, ich bin der Einzige, der alles weiß. Warum sagst du nichts?«

»Bleib auf dem Boden. Ich habe mich nicht beschwert.«

»Dann ist ja alles wunderbar.«

»Fast.«

»Was ist?«

»Hast du damit gerechnet, dass ich hierher komme?«

»Weiß nicht. Was soll denn jetzt passieren?«

»Ich denke, das Spiel ist aus«, sagte Ben. »Der Fall ist gelöst, du bekommst eine Urkunde. Oder?«

»Bist du deswegen gekommen?«

Birne mischte sich ein: »Er wollte unbedingt, dass ich ihn zu dir bringe, er hätte uns sonst umgebracht.«

Ben ermahnte ihn: »Ist schon gut, Birne, deine Rolle ist

gespielt, du erhältst auch ein Dankeschön und der Trimalchio, der bekommt vielleicht eine Beförderung und eine Gehaltserhöhung. Das ist üblich, nicht wahr? Nina! Wie gefällt dir Trimalchio mit einer Gehaltserhöhung? Ist das sexy für dich? Nina! Antworte mir. Nach allem, was wir durchgemacht haben, kannst du mir doch antworten.«

Nina antwortete. »Was willst du denn?«

»Was ich will?« Ben machte einen auf entspannt. »Soll ich dir sagen, was ich will? Ich will, dass du Trimalchio sexy findest und ihm einen kleinen Dienst erweist, hier vor meinen Augen. Sozusagen als kleines Abschiedsgeschenk für mich. Und unser Birne, dem noch was blüht, hätte daran seinen Gefallen. Nicht wahr? Wir sind jetzt alle eine kleine Familie, wir haben keine Geheimnisse mehr. Dann können wir uns doch kleine Gefallen erweisen.«

Trimalchio grinste, Nina war unsicher, tendierte aber dazu, Bens Worte nicht ernst zu nehmen. Das hier war Nachspiel. Die große Sache war gelaufen. Ben hatte aufgegeben, jetzt kam der Galgenhumor. Ben stand langsam auf, ging zu ihr, packte sie und warf sie auf den Schreibtisch. Aus ihrer Nase schoss sofort Blut auf die Papiere, auf die zum Teil wertvollen Dokumente. Birne erschrak, wich einen Schritt zurück. Trimalchio rührte sich nicht, er schaute entsetzt. Bens Pistole richtete sich auf ihn.

»Einen mach ich noch kalt. Und das bist du«, drohte Ben.

Birne reagierte, indem er tat, was er schon länger hätte machen können und womöglich auch hätte machen sollen: Er schmiss sich mit aller Wucht auf Ben, als sich der Schuss löste, der abgelenkt, die Scheibe zum Büro zerstörte und irgendwo im leeren Raum nebenan ein Loch schlug.

Trimalchio wurde klar, dass er nicht tot war. Er sprang auf, wischte den Inhalt seines Schreibtischs inklusive Nina von der Platte, warf ihn um, verschanzte sich dahinter und war auf einmal auch bewaffnet. Er legte an auf Ben, zielte aber zu lange, um die Sache für sich entscheiden zu können. Ben jagte eine Kugel in seine Richtung. Trimalchio schrie auf und warf die Waffe weg und sich gegen die Wand. Er heulte wie ein Kind und rechnete mit seinem Tod innerhalb der nächsten Minute.

»Trimalchio, du bist nichts als eine linke Drecksau, ein Kameradenschwein. Du hast mich ruiniert und dafür schieß ich dich jetzt aus der Welt. Diesen Triumph kann mir keiner mehr nehmen.«

Ben legte an, er wartete, damit sich Trimalchio noch einmal in seiner Todesangst winden konnte.

»Bitte nicht«, ratterte er wie ein Maschinengewehr. »Mach das nicht. Ich habe Scheiße gebaut. Ich bin kein Freund. Ich bin ein Arschloch. Ich weiß es. Ich hab's auch nicht leicht. Bitte.«

Ben wiederum hatte eine kindliche, sadistische Freude an diesem agonalen Gestammel. Eine weitere unschöne Seite von ihm wurde sichtbar. Birne fand es ekelhaft und beschloss, es erneut versuchen zu müssen. Er warf sich gegen Ben, denn diese eine Kugel wollte er noch umleiten. Er sah, wie Nina sich vom Boden aufbäumte, dann wurde es wieder schwarz, sogar schneller als beim letzten Mal.

Teil III – Sex

1. BETT

Birne erwachte und erkannte, dass das kein Krankenhauszimmer war, das hier war sein Zuhause, sein bescheidenes Schlafzimmer. Er lag auf seinem Bett, die Rollläden waren halb geschlossen. Angenehm dämmriges Licht fiel von der Straße herein. Er hatte ein leichtes Ziehen im Kopf, er war sehr erschöpft und er musste dringend aufs Klo.

Auf der Schüssel ließ er sich für Minuten nieder, um durchzuatmen und um zu sich und auf die Beine zu kommen. Alles nur ein Traum? Alles durchgestanden?

Er war glücklich, ging in Gedanken zum Briefkasten, holte seine Zeitung und setzte sich für die nächsten zwei Stunden mit einem Kaffee auf sein Sofa. Vorher würde er keinen anderen Gedanken zulassen. Er saß wunderbar auf seiner Schüssel und fühlte den maximalen Punkt der Erleichterung. Alles war gut.

Es klingelte.

Scheiße. Spülen. Unterhose hochziehen. In ihr und einem grauen T-Shirt lediglich zum Türöffner. Fluchen, als er den Hörer der Gegensprechanlage abnahm, weil er vergessen hatte, die Hände zu waschen. Urintropfen rannen über den Handrücken auf den Hörer und wahrscheinlich gleich in die Ohrmuschel. Die wären dann gelb. Man könnte mehr trinken, ein Höllendurst. Die heißen Tage. Es sind doch noch heiße Tage, oder?

»Hallo.«

»Hallo. Ich bin's.« Tanjas Stimme. »Ist alles in Ordnung mit dir?«

»Denk schon.«

»Kann ich reinkommen?«

Fluchen, weil man schnell eine Hose überziehen muss und nur eine neben dem Bett findet, die stinkt, und nicht dazu kommt, sich die Hände zu waschen. Stattdessen trocknen die Urintropfen auf der Haut; man drückt den Türöffner und die Kollegin kommt durch den Hausgang nach oben zur Wohnungstür, die Birne eilig öffnet und zum Dank von der jungen Kollegin ein laszives »Du hättest dich wegen mir nicht anziehen brauchen« bekommt.

Es war kein Traum. Es kam so: Sie war im entscheidenden letzten Moment gekommen, hatte durch die durchschossene Scheibe sehen können, wie Birne zusammenbrach, wie durch Birnes Zusammenbruch Ben zögerte und ihr so die Gelegenheit gab, einzugreifen: den Sprung Birnes zu vollenden und Ben ohne Waffengewalt und weiteres Blutvergießen zu stoppen. Er lag da, unter ihr, rührte sich nicht mehr, hatte aufgegeben. Sein Spiel war aus. Er wurde abgeführt, während man sich um Nina, Birne und Trimalchio kümmerte. Man beschloss, dass es sich bei Birne um eine kleine Kreislaufschwäche handelte. Der Notarzt sagte, dass man sich keine Sorgen machen müsse, dass der Mann auf seinen Schock hin ein wenig Ruhe brauche, mehr könne er nicht machen. Trimalchio beschloss, dass ein weiterer Krankenwagen nicht nötig sei. Man brachte Birne nach Hause. Jetzt sei sie da, um nach ihm zu sehen.

»Danke«, sagte Birne.

Ben sei nahezu penetrant kooperativ. Er bekenne sich für alles schuldig, sogar für den Mord an dem Rentner. Er behaupte, die Frau sei verwirrt, könne sich angesichts der Ausnahmelage, des Schocks, an keine Details mehr erinnern. Ben behaupte, Birne habe nie eine Waffe in der Hand gehabt, der Mann sei allein durch Bens Hand gestorben.

»Wie war das wirklich?« Tanja saß auf Birnes Bettkante, ihm, der sich wieder flach gelegt hatte, ohne vorher was auszuziehen, halb zugewandt.

Birne hörte ihr zu, als ob ihn das nur am Rande beträfe, was sie da erzählte, als ob die Wirklichkeit Urlaub machte und er eine Ansichtspostkarte von ihr vorgelesen bekäme: Wetter, Essen wunderbar, Sehenswürdigkeiten erstaunlich, unbedingt bereisenswert dieser Ort da, an dem sich die Wirklichkeit gerade aufhält.

Birne musste die Ungeheuerlichkeit erst fassen. Er hatte momentan in seiner Verfassung nicht die geringste Lust, Verantwortung für den Tod von diesem Rindvieh zu übernehmen, geschweige denn ein schlechtes Gewissen. Und nun bekam er die Erlösung geschenkt, ohne Beichte, ohne Kirche. Willkommen.

»So«, antwortete er.

Tanja lächelte, als wenn sie ihm nicht zu 100 Prozent glaubte. Sie streckte sich und ihre Arme, sodass die Brüste unter ihrem violetten Pullover deutlicher zum Vorschein kamen. Sie hatte die Position ihrer Hände verändert und suchte nach einer neuen. Sie wagte es, die rechte Hand auf Birnes Schulter zu legen. Birne, im Bett, schaute schief hoch zu ihr und empfing ein unmissverständliches Signal aus ihren kajalumrandeten Augen. Sie hatte sich zurechtgemacht wie eine Nutte, fand er. Sie grub ihn an.

»Ich bin jetzt fertig mit der Ausbildung, ich bin seit heute Inspektor. Wie du, Kollege. Ich würde gern feiern.«

Sie wollte ihn klar machen. Er hatte auf einmal keine Lust. Er war schwach und müde, musste erst zu sich selbst kommen, bevor er jemanden anderen aufnehmen konnte. Sie legte die andere Hand auf die andere Schulter. Es war beinahe eine Umarmung. Es war zumindest der Beginn einer Umarmung.

Birne war dazu nicht bereit. Wann würde er dann dazu bereit sein?

Birne mochte Bier. Birne mochte lange ausschlafen und feiern. Birne war allen möglichen Vergnügungen äußerst aufgeschlossen, ein regelrechter Lustmensch. Aber schnelle Bettgeschichten ohne Verbindlichkeiten mochte er nicht. Er dachte immer an die Konsequenzen, an die emotionalen im Vordergrund, nicht so sehr an die eventuellen biologischen. Was immer er mit Tanja jetzt anstellen würde, es würde tief in ihr was auslösen; sie müssten sich weiter begegnen und ständig wäre da etwas, das sie sich gegeben hatten, eine Schuld, auf die der andere jederzeit pochen konnte. Auch ohne etwas zu sagen, stumm, mit einem Blick, einer Geste, einem Finger auf des anderen Hand, der nicht gleich weggezogen wird. Er wollte nichts eingehen, was ihn an irgendetwas fesseln konnte. Tanja war ihm zu sehr Polizistin, er fühlte sich in diesem Haufen fremd. Er gehörte nicht recht dazu. Er wollte auch keinen schnellen Spaß. Schneller Spaß zählte nicht. Spaß musste wirken, sich ausbreiten können. Spaß musste Folgen haben, einen Kater verursachen und Platz haben dürfen im Leben. Birne hatte einen Menschen weggeschossen, einfach, da war überhaupt nicht gedacht worden. Wumme genommen und bumm. Fertig. Jetzt zierte er sich. Eigenartig in jeder Beziehung. Birne war nicht unkompliziert. Birne stellte sich ganz schön an. Er überlegte: Er hatte ein unheimliches Angebot unterbreitet bekommen. Ben würde alles auf sich nehmen: Birne wäre aus der Sache raus, wenn alle um ihn herum das Maul halten würden. Es wäre zweifellos gut, Tanja auf seiner Seite zu haben. Er könnte sich vorstellen, sich deswegen mit ihr einzulassen für eine Weile, bis er am sicheren Ufer war.

»Ich bin sehr müde«, sagte Birne.

»Ich lege mich zu dir«, sagte Tanja und tat es, schlüpfte unter seine Decke und legte ihre Hand auf Birnes Oberschenkel, bereit zu wandern.

Das Telefon: Es klingelte. Birne sprang auf wie auf ein Stichwort, nahezu besessen davon, vom Gesprächspartner erlöst zu werden und den Verkehr umgehen zu können.

Es freute und überraschte ihn, mit Nina zu sprechen, nachdem er abgenommen hatte. Keiner hatte ihm gesagt, was aus ihr geworden war. Sie klang gehetzt, sie entschuldigte sich wegen der Störung. Sie hielt sich nicht lange an Vorreden auf, sondern bat Birne um Hilfe, eine Kleinigkeit. Sie brauchte ein Auto und einen, der es für sie fuhr. Birne versprach, sich darum zu kümmern. Er notierte ihre Nummer und drehte sich zu Tanja um, die in seinem Bett wartete. Sie hatte zugehört und sich nicht ausgezogen, was Birne einigermaßen recht war.

»Es war meine Schwester«, erklärte er und war ein schlechter Lügner dabei. Das zu wissen, machte einen noch schlechteren aus ihm. »Sie hat ein Problem, ich muss ihr helfen. Kannst du mir sagen, wie ich Trimalchio erreiche?«

Tanja schnaufte verärgert und drehte den Kopf zur Decke. Eine Niederlage. »Er hat ein Telefon.«

»Willst du ihn besuchen?«

»Ich muss ihn was fragen.«

»Bist du jetzt nicht mehr müde?«

Birne zögerte. Da lag eine Frau auf seinem Bett, die wollte mit ihm feiern. »Es ist wichtig.«

»Dann geh ich wohl besser.«

Sie wollte kein ja hören, doch Birne konnte sich zu keinem nein durchringen. Er wählte Trimalchios Nummer. Dreimal klingelte es, dann war sein Chef dran. Er klang ausgeglichen und fröhlich.

»Birne, Kamerad. Schön von dir zu hören. Wie geht's? Wieder auf den Beinen?«

»Wunderbar. Und dir?«

»Ebenfalls. Alles glücklich gelaufen.«

»Folgendes: Ich bräuchte kurzfristig ein Auto, und weil

ich hier niemanden kenne, den ich sonst fragen kann, habe ich mir gedacht, ich frage dich, ob ich heute Nachmittag dein Auto haben kann.«

»Das ist doch keine Frage, aber selbstverständlich. Es ist bei mir daheim, ich sage meiner Frau Bescheid, dass du es holen kommst. Allerdings nur unter einer Bedingung.«

»Ja?«

»Du kommst spätestens morgen Mittag hier vorbei und wir trinken in einem Café ein, zwei Weizen.«

Birne lachte auf. »Keine Frage. Diesmal bezahle ich sogar.«

»Pass aber auf, der Wagen ist teuer.«

»Klaro.«

»Ich bin dir nicht böse, wenn du noch jemand anderen fragen solltest.«

»Mir fällt niemand ein.«

Tanja war aufgestanden, sie stand mit böser Miene an der Türe und winkte, sie wollte das Telefonat nicht stören und abhauen. Birne drückte den Hörer an seine Schulter und sagte: »Warte.«

Trimalchio fragte: »Was?«

Birne: »Warte einen Moment, ich muss kurz zur Tür.«

Da stand Tanja, sie hatte Tränen in den Augen und wehrte sich gegen einen Ausbruch. »Ich habe auch ein Auto. Warum fragst du nicht mich? Ich existiere gar nicht für dich. Egal, was ich mache, alles ist selbstverständlich.«

»Das kann man so nicht sagen.«

»Ich will nicht viel zurück, ein kleines Danke höchstens.«

»Jetzt komm schon, also gut: Danke.«

»Du Idiot.« Und dann brachen sie aus, die Tränen. Birne hatte ein Herz gebrochen, unabsichtlich. Er berührte Tanja, doch die wand sich und schrie: »Nur Karriere, du kommst hier dazu, ohne etwas dafür getan zu haben. Alle lieben dich, alle wollen immer nur Birne, Birne, Birne. Doch Birne ist nur ein kleines, blödes Ego-Schwein. Aber, Birne, einen Fan hast du verloren. Ich weiß, wer du bist.«

Sie trabte wütend davon. Der Himmel war grau, der Sommer vorbei, Birne fror.

Erster September. Dieses Jahr kommen keine warmen Tage mehr.

Birne hatte Angst, dass Trimalchio etwas mitbekommen hatte, weil Tanja zu laut geschrien hatte. Der ließ sich aber zumindest nichts anmerken. Er sagte Birne, er solle die Schlüssel anschließend bei seiner Frau vorbeibringen, eventuell sei er dann auch daheim und sie könnten zusammen die Biere aufmachen.

Birne machte sich augenblicklich auf den Weg und wurde kurz vor seiner Tür wieder vom Telefon gestoppt. Ein Fremder am Apparat.

»Sind Sie Inspektor Birne?«

»Bin ich. Was gibt's? Ich bin in Eile.«

Der Mann stellte sich als Reporter des lokalen Blattes vor und hatte einige Fragen in Bezug auf die Entführung.

»Wie kommen Sie da auf mich?«, fragte Birne.

»Sie waren doch dabei.«

»Ich bin verletzt.«

»Verletzt? Wie verletzt?«

»Ich liege, ich bin verwundet, ich kann niemandem antworten.«

»Herr Birne, es gibt Zeugen, die behaupten, dass Sie den Rentner Hubert K. erschossen haben.«

»Und diese Zeugen haben Sie interviewt? Sagen die das auch, wenn ich ihnen gegenüber sitze?«

»Herr Birne, wir sind uns alle nicht im Klaren, ob Sie Opfer oder Täter sind. Können Sie uns beruhigen?«

Sollte das investigativ sein? »Hören Sie, ich habe praktisch keine Zeit. Ich kann eigentlich nicht mit Ihnen reden.«

»Was heißt eigentlich?«

»Ich kann nicht.«

»Herr Birne, ich überquere nun die Straße und stehe vor Ihrem Haus. Wollen Sie mir bitte die Türe aufmachen?«

Birne blickte aus dem Fenster. Ein etwas ungepflegter älterer Herr winkte ihm entgegen. Er hatte einen kleinen Bauchansatz, der ihn äußerst unförmig machte, froschartig nach außen tretende Augen und einen grauen Pferdeschwanz, der, offensichtlich frisch gewaschen, schon wieder verfettete. Wahrscheinlich stank der Mann fürchterlich nach Schweiß und Kaffee. Am Telefon drohte er: »Ich werde heute über Sie schreiben, morgen steht was in der Zeitung, wenn Sie jetzt öffnen, haben Sie mehr Einfluss auf den Bericht.«

Birne hatte lediglich gesagt, dass er keine Zeit habe und schon wurde er bedroht. Beinahe hätte er dicht gemacht, aber dann sah er ein, dass es schlauer war zu kooperieren.

Der Mann stank tatsächlich. Birne bot ihm einen Kaffee an; er nahm ihn dankend an. Während Birne in der Küche Wasser aufsetzte, schaute sich der Reporter in der Wohnung um, unappetitlich neugierig. Birne spürte, wie er seinen Geruch verbreitete. Er lugte durch den Schlitz, den die angelehnte Schlafzimmertür offen ließ.

»Brauchen Sie Milch?«, brachte er den Mann zurück an den Tisch.

»Nein danke«, sagte der stolz, so weit gekommen zu sein. »Wie war das, in der Hand eines berüchtigten Verbrechers zu sein?«

»Unangenehm.«

»Weiter. Erzählen Sie: Haben sich Ihre Gefühle verändert? Sie waren nicht allein gefangen. Wie haben Sie Ihre Mitgefangene erlebt?«

Birne atmete durch, er gab sich geschlagen: »Wissen Sie, ich beschäftige mich schon eine Weile mit dem Fall, als Polizist. Ich habe aufmerksam alles gelesen, was bisher dazu geschrieben wurde, bin jeder Spur in Gedanken gefolgt, habe mir ein Bild des Täters gemacht, habe mir Situationen ausgemalt: Wie reagiere ich, wenn das und das passiert? Wie gehe ich mit so jemandem um und so weiter? Das war die Vorarbeit am Schreibtisch und auch unter der Dusche, im Bett, im Schlafzimmer. Ich war schwer beschäftigt, das lässt einen nicht einfach los wie einem anderen Menschen zum Feierabend der Bleistift aus der Hand fällt.

Praktisch haben wir versucht, dem Täter eine Falle zu stellen. Wir haben einen Lockvogel eingesetzt, das hat leider zuerst nicht so funktioniert, wie wir uns das vorgestellt haben, aber schließlich hat es geklappt, mehr oder weniger: Ich war in seiner Gewalt. Doch ich war plötzlich allein, auf mich gestellt, die Netze und die doppelten Böden, die die Kollegen ausgelegt hatten, außer Reichweite. Es war anders als in der Vorstellung, nicht völlig, aber ich denke, mental kann man sich auf so etwas nicht zu 100 Prozent vorbereiten. Jetzt wäre es was anderes, aber im ersten Moment hatte ich Angst, ja echte Angst.

Sie fragen nach Nina, meiner Mitentführten – ich bewunderte ihre Gelassenheit, sie fügte sich. Darin täuschte ich mich wohl, aber sie schien ruhig. Sie wissen vielleicht, dass wir zunächst in einem Wochenendhaus untergebracht waren, mitten im Wald, dort, wo sich der Vorfall mit dem Rentner ereignen sollte. Ich musste dorthin fahren mit einer Pistole, die mir an die Schläfe gedrückt wurde. Ihnen gegenüber kann ich es zugeben: Ich bin von Haus aus ein schlechter Autofahrer und ich war heilfroh, in jener Nacht unser Ziel unbeschadet erreicht zu haben. Dann kam die erste Zeit mit etwas Ruhe, in der wir uns einrichten konnten in der neuen Situation. Ben, unser Entführer, war nicht schlecht zu uns. Wir kamen ins Gespräch, freundschaftlich wäre übertrieben, aber immerhin spuckte man sich nicht gegenseitig in die Suppe. Nur erkundigen durften wir uns nicht, was geschehen sollte; er wurde sonst ungeduldig.

Da erwachten die ersten Heldenfantasien in mir. Ich suchte Gelegenheiten, in denen er unaufmerksam war und ich ihn überraschen konnte, ihm die Waffe stehlen, ja und ich gebe es zu, ich stellte mir vor, ihn mit einem gezielten Schuss zu erledigen. Nina blieb ruhig, das heißt, sie rutschte in eine Art von Apathie ab, aus der ich sie nur schwer hervorholen konnte. Wir hatten wenig entspannte Zeit miteinander, das war für mich immer wieder niederschmetternd. Aber denken Sie nur, was für Aussichten wir hatten: Hinter ihr war er her, er wollte sie als Sexobjekt missbrauchen, üble Vorstellung. Und ich war mit an Deck gehuscht, für mich war keine Verwendung vorgesehen, ich wartete auf die Kugel und darauf, da draußen verwesen zu dürfen. Ich musste mehr oder weniger bald handeln.

Dann holte er mich nach draußen, er hatte einen Dachs überfahren beim Essen holen und war nicht imstande, das Tier anzulangen. Eigenartig, nicht? Hat so ungeheuerliche Sachen hinter sich und dann Angst vor einem toten Tier. Erinnern Sie sich an den Hund auf dem Schrottplatz vor ein paar Jahren, den er zur Warnung ausgelegt hatte? Das war sein Komplize. Den Dachs sollte ich wegmachen, wäre dann auch so etwas wie sein Komplize geworden, vermute ich. Aber: Wir wurden beim Wegräumen von dem alten Mann und seiner Frau gestört. Ich war der Einzige, der das Tier anpackte, Ben stand nur daneben. Da kamen die beiden. Bevor ich irgendwas wahrnehmen konnte, hatte Ben den Mann umgeschossen. Ich stand steif und dachte, dass ich jetzt dran sei. Er rannte schreiend der Frau hinterher, aber Sie wissen, dass er sie nicht getroffen hat, nur ihr Auto, schlimm genug. Stellen Sie sich den Schock vor, den die alte Frau haben musste. Ich verstehe das sehr gut.

Wir mussten fliehen, umziehen, und da wurde mir klar,

dass meine – unsere – einzige Chance war, Bens Vertrauen zu gewinnen, ihm das Gefühl zu geben, in mir einen Seelenverwandten zu haben. Nun, wie Sie wissen, war ich erfolgreich, überaus erfolgreich: Ich war am Ende so intim mit ihm, dass sein ursprünglicher Partner regelrecht eifersüchtig wurde, absprang und uns an die Polizei verriet. Das war die kritischste Phase, denn zum einen durfte ich nicht aufgeben und musste weiter so tun, als spielten wir auf derselben Seite, dann wiederum musste ich ihn dazu bringen, sich zu stellen. Es ist mir gelungen. Allerdings wurde dabei einer unserer Männer bedroht und in Lebensgefahr gebracht, mein Vorgesetzter. Ich habe gerade mit ihm telefoniert, er ist wohlauf und lobt mich in den höchsten Tönen. Ben hat viele Menschen auf dem Gewissen, wir können alle froh, dass es dieses Mal so glimpflich ablief.«

Der Reporter war sprachlos, er hing mit offenem Mund über seinem kalt gewordenen Kaffee. Das war die Geschichte; kein Mensch hatte einen Grund, daran zu zweifeln.

»Das ist unsere Arbeit«, fuhr Birne fort und fing an, selbst an seine Version zu glauben. Die Krise war überwunden. Es war wieder Herbst, man konnte nüchtern fortfahren. »Heute ruhe ich mich aus, will später eine Freundin sehen, die die letzten Tage auf mich verzichten musste, und morgen sind wir wieder an unseren Plätzen, den Bösen auf der Spur, zu Ihrer und unserer Sicherheit. Danke.«

Der Reporter ließ sich perplex verabschieden. Birne fuhr mit dem Bus zu Trimalchios Frau.

2. AUSFAHRT

Sie war hübsch, eine natürliche Schönheit, dunkler Typ, aber von edler Blässe. Birne verliebte sich sofort ein bisschen in sie. Sie wunderte sich, dass er so spät kam. Trimalchio hatte sein Kommen angekündigt. Birne berichtete von dem Zeitungsmann. Sie zeigte volles Verständnis, bei ihnen hätten sich auch Diverse gemeldet, obwohl die Nummer nirgends stehe. Sie lud Birne zu seinem Bedauern nicht auf einen Kaffee ein.

Der Schlüssel hing an einem Haken neben der Haustür. »Passen Sie auf, ich wundere mich, dass er Sie fahren lässt, sonst ist er sehr vorsichtig mit seinem Heiligtum.« Sie hatte eine angenehm raue Stimme, die Birne weich werden ließ.

Er bedankte sich und im Weggehen fiel es ihm ein: »Hätten Sie das Auto gebraucht? Kann ich Sie irgendwohin fahren?«

»Mein Mann hat es nicht gern, wenn ich das Auto benutze. Deswegen wundere ich mich ja.«

Sie hatte ein blaues Kleid mit winzigen, unzähligen Punkten darauf an. Sein Blick blieb unwillkürlich und unweigerlich an ihrem Ausschnitt hängen. Er konnte nicht widerstehen und Trimalchio nicht verstehen. Diese Frau durfte er nicht betrügen. Frevel.

»Alles klar. Ich bringe das Auto nachher zurück. Sind Sie da?«

»Wahrscheinlich. Wenn nicht, werfen Sie den Schlüssel in den Briefkasten.«

Hinter ihr, im Dunkel des Hausgangs, begann ein Hund zu bellen, es klang nach einem großen. Er hatte sich nicht gerührt, als Birne geklingelt hatte, aber beim Weggehen war er laut, so laut, dass Trimalchios Frau nicht richtig hören konnte, wie Birne sagte: »Sie sind eine unglaublich attraktive Frau.«

Beim Anlassen und Losfahren stand sie hinter dem Fenster der geschlossenen Haustür und blickte ihm nach – wahrscheinlich sehnsüchtig.

Birne fuhr weg. Es war ein Vorort mit kleinen Reihenhäusern aus den 60er-Jahren. Bescheiden, aber Eigenheim. So wohnte also sein Chef, es passte zu ihm, aber Birne verstand auch, dass Trimalchio hier nicht allzu viel hielt.

Er fuhr um die Ecke, außer Sichtweite, hielt dann am Straßenrand und wählte Ninas Nummer. Sie ging nicht gleich ran. Birne ärgerte sich ein bisschen darüber. Es konnte ja immer noch sein, dass sie seine Verliebtheit, die er ihr närrisch gestanden hatte, nur ausnutzen wollte.

Sie redete hastig. »Wo steckst du denn?«

Birne erklärte ihr, dass ihn die Zeitung aufgehalten hatte.

»Ich bin untergetaucht, ich musste verschwinden, da waren zu viele, die was von mir wollten«, antwortete sie auf seine Frage, ob die Reporter bei ihr gewesen seien.

»Wo sollen wir uns treffen?«

Sie nannte ihm eine Seitenstraße im Norden der Stadt, komische Gegend. Sie bat ihn, sich zu beeilen. Er versprach es ihr und fuhr los. Ihm war unwohl. Das Radio konnte nur regionale Stadtsender empfangen, die er nicht brauchen konnte. Er schaltete es aus und bog auf eine Bundesstraße ein. Es herrschte dichter Verkehr in seinen Gedanken. Wohin wollte er von hier? Was hatte er wirklich vor? Er wusste es nicht. Er würde Nina eine Chance geben, ohne großartig daran zu glauben. Zwischen ihren Welten lag zu viel. An ihm war es nun, einen großen Schritt zu wagen und Verantwortung für einen anderen Menschen zu übernehmen. Er bildete sich ein, dass ihm dazu die Reife fehlte. Am liebsten wäre ihm eine große Distanz zu allen Menschen. Als Leuchtturmwächter zum Beispiel. Oben sitzen, abends Lampe an, morgens Lampe aus, zwischenzeitlich alle Bücher lesen, die man sich vorstellen konnte. Am Wochenende ins nächste Dorf radeln und sich in einer Wirtschaft einen Rausch ankippen. Dabei reden, nichts Verbindliches. Das waren Birnes Gedanken im Feierabendverkehr. Für ihn war das kein Feierabendverkehr, sondern im Prinzip entscheidender Verkehr.

Nina hatte sich in einen ledernen Mantel gepackt, etwas zu warm für die Jahreszeit. Sie verbarg was darunter, wenig davon war Kleidung. Sie stand mit Trauermiene am Straßenrand, die sich kaum aufhellte, als sie im nahenden Auto Birne erkannte.

Wortlos stieg sie ein und blickte starr nach vorn. Birne fand ihr Profil wunderschön.

»Hallo«, sagte sie, ohne sich ihm zuzuwenden. »Wir müssen nach Norden.«

Birne fuhr nicht los. Er ließ den Motor ausgehen. »Ist alles in Ordnung?«

Da kam Leben in sie: Sie beugte sich zu ihm herüber und umarmte ihn. Birne wurde benommen von einem süßen, großzügig aufgetragenen Parfüm; auch das mochte er. Sie klammerte sich fest an ihn und sagte – Birne meinte, ein zaghaftes Schluchzen zu vernehmen: »Birne, ich bin so froh, dass ich dich habe, ich glaube, du bist der Einzige, der was für mich tut.«

Genau das brauchte Birne. Er nahm sie in seine Arme und hielt sie lange, vertiefte sich in ihren Atem. Alles war gut. Niemand konnte ihnen was anhaben. Sie setzte sich wieder auf und lächelte ihn an. »Ich kann mit keinem reden. Das arbeitet alles noch so in mir.«

»Verstehe ich. Wo warst du seit gestern?«

»Ich bin bei einer Freundin untergekommen.«

»Olga?«

»Olga? – Ja, bei Olga.«

»Und bei der kannst du nicht bleiben?«

»Du, ich will das nicht, der eine Last sein. Die hat es selbst auch nicht einfach. Ich brauche ganz was Neues. Ich sollte am besten weg von hier und von vorn anfangen.«

Birne erwiderte nicht gleich etwas. Er würde ihr gern anbieten, mit ihr abzuhauen. Ihm fehlte es an Mut. Er würde ihr anbieten, bei ihm unterzukommen, obwohl das schäbig war.

»Ich habe einen Bekannten, nicht weit von hier, der mir was schuldet. Das würde ich mir holen, wenn du mich dorthin bringst und dann hau ich ab und du hast deine Ruhe.«

»Ich will keine Ruhe vor dir.«

»Was soll das heißen?«

»Du kannst eine Weile bei mir bleiben und alles organisieren.«

»Was denn organisieren?«

»Was weiß ich? Wohnung, Job und so weiter.«

»Das spielt keine Rolle, das ergibt sich. Ich helfe mir schon. Ich brauch nicht oft jemanden. Das ist heute eine Ausnahme.«

»Kein Problem. Immer kein Problem.«

»Vielleicht wollte ich dich nur noch einmal sehen. Das kann sein.« Bei diesen Sätzen klang sie viel leichter. Es war ein Druck abgefallen. Birne beschloss, auch den Rest wegzumeißeln und sie dann über seine Schwelle zu tragen. Kommt ja nicht oft vor, dass man jemandem wirklich was Gutes tun kann, wenn man allein ist.

Sie fuhren aus der Stadt in den unendlich faden Norden von Augsburg. Flache Ebene vom Fluss Lech geformt. Zu viele Autos wälzten sich die gerade Linie nach oben auf der Landkarte. Keiner wollte hier halten, keiner hatte hier sein Ziel.

Nina, das fiel Birne auf, schaute immer wieder durch den Rückspiegel zwischen ihnen.

»Was ist?«, fragte er.

»Nichts.«

»Folgt uns jemand?«

»Sieht nicht so aus. Kann man schwer erkennen.«

»Könnte uns denn jemand folgen? Weißt du jemanden, der uns folgen könnte?«

»Nein. Das heißt, hinter dir waren die Zeitungen ja schon her. Fehlt noch das Radio – oder Fernsehen.«

Birne war ein Mensch, von dem alle sagten, dass er seine Gefühle nicht verbergen konnte. Sie wusste, was sie ihm bedeutete und sie musste bemerken, dass ihm die Vorstellung, von jemandem verfolgt zu werden, Unbehagen bereitete.

Sie ließ ihn an einer unscheinbaren Stelle von der Bundesstraße abbiegen und übers flache Land fahren. Sie waren beinahe allein auf der Landstraße. Birne fixierte die Landschaft in seinem Rückspiegel. Er fuhr langsamer, als es hätte sein müssen. Er wurde zweimal überholt. Nichts fiel ihm auf.

Sie fuhren durch einen kleineren Ort und danach sollte er wieder abbiegen auf einen asphaltierten Feldweg. Die Gegend bekam wieder ein wenig Gesicht. Sie fuhren einen Hügel hinauf und dann sahen sie ein einsames, graues Haus sich gegen den ebenfalls grauen Himmel abzeichnen. Nachkriegsflüchtlingsunterkunft. Zwei Stockwerke, wenig Platz für den Menschen, der das bewohnte.

»Dorthin?«, erkundigte sich Birne.

»Ja, wir sind da.«

Sie hielten, ein Wind kam auf und trug eine Menge Regen mit sich. Vor dem Haus parkte ein alter orangefarbener Opel. Nina wartete, bis der Regen vorbei war.

»Ich gehe da kurz rein, kannst du warten?«

»Kann ich, aber was ist dann?«

»Dann?«

»Wohin willst du dann?«

»Ach so. Du kannst mich zum Bahnhof bringen, das wäre super, danke.«

»Ich will nicht, dass wir einfach so auseinandergehen. Nach allem.«

»Bald bist du dankbar dafür. Du willst doch auch nicht, dass ich bei dir einziehe.«

Birne setzte an, sagte dann aber doch nichts.

»Es dauert nicht lange.«

»Warte. Ist das der Schulfreund, von dem du mir erzählt hast?«

Nina hielt inne, sie überlegte, was sie ihm erzählt hatte, und sagte schließlich: »Genau der.«

Sie stieg aus. Birne blickte ihr bewundernd hinterher. Die Holztür zum Haus war unverschlossen. Wer kam auch an diesen einsamen, hässlichen Ort? Vor wem sollte man sich hier verschließen? Sie lächelte zu ihm zurück, bevor sie verschwand. Birne bekam Lust, einfach davonzufahren. Er war enttäuscht, er fühlte sich betrogen. Er dachte an Tanja und daran, dass er heute schon einen Menschen unglücklich gemacht hatte.

Er schaute nach hinten und zur Seite hinaus und entdeckte nichts. Hier gab es keine Menschen und sie hatten auch keinen angelockt. Birne bedauerte, nichts zum Rauchen und nichts zum Lesen dabeizuhaben. Er wartete schlicht nicht gern. Es war noch nicht viel Zeit vergangen. Er inspizierte noch einmal die Gegend und stieg aus. In weiter Ferne fuhr ein Auto. Das hatte nichts mit ihnen zu tun. Er spürte vereinzelte Tropfen auf seiner Backe, ihm gefiel das Einatmen der frischen Luft aber zu gut, um sich ins Auto zurückzuziehen. Dann fiel ihm was ein, er stieg doch zurück ins Auto, öffnete das Handschuhfach und entdeckte neben einem alten Shell-Atlas Marlboro-light-Zigaretten, ziemlich trocken schon. Und ein grünes Feuerzeug, das sehr schwer und nur im Wageninneren ging.

Schließlich rauchte er, an die geschlossene Fahrertür gelehnt. Das Nikotin stieg ihm sofort in den Kopf und wirkte. Ihm gefiel das, er legte den Kopf in den Nacken. Das Warten kam ins Rollen.

Dann fing es heftiger zu regnen an. Er musste wieder rein. Er nahm sich den Straßenatlas und blätterte darin, suchte Strecken, von dem Ort, an dem er jetzt war, zu den Orten, an denen er früher war. Er entdeckte Straßen, die er nie benutzt hatte, weil es in der Zwischenzeit neue gab, die diese alten umgingen und Dörfer von seinem Besuch ausschlossen. Birne überlegte, ob er es geschafft hätte, sich da und dort einzurichten, wie er es immer geschafft hatte, sich überall einzurichten: immer höchstens halb, nie ganz, aber immerhin.

Bei dem Auto, das er vorhin gesehen hatte, handelte es sich um einen neueren grauen Audi. Er hatte sich getäuscht, denn er hatte doch etwas mit ihnen zu tun. Er hielt jetzt neben Trimalchios blauem BMW, den Trimalchio mehr liebte als seine wunderbare Frau. Birne beobachtete interessiert, wie ein kleiner Mann mit einer natürlichen Glatze und ein größerer mit einer rasierten ausstiegen. Er rechnete damit, dass sie auch im Haus verschwinden würden und fragte sie unverbindlich, was sie hierher geführt hatte. Erst als der Kleine neben ihm und der Große auf dem Rücksitz seines Autos saßen, erkannte er in dem Großen den, der im Puff nicht abgeschossen worden war, sondern sich über den verletzten Kollegen gebeugt hatte. Birne begriff, dass das Ärger bedeuten musste.

Der Große blieb stumm, der Kleine grüßte, zunächst ganz freundlich: »Guten Tag.«

Birne fand nicht, dass es unhöflich war, jemanden, der unaufgefordert in sein Auto gestiegen war, nicht herzlich zu begrüßen. Er versuchte einzuschätzen, wie viel Gewalt seinerseits nötig wäre, um möglichst wenig einstecken zu müssen. Er hoffte inständig, dass es sich in der Angelegenheit um ein Missverständnis handelte. Er wollte hier raus und in seinem Bett sein, zur Not oder auch am liebsten mit Tanja und nackt.

Der Kleine fuhr fort: »Sie sind ein guter Polizist. Sie sind auch nach Feierabend noch sehr aktiv im Beruf. Das habe ich gemerkt, als Sie bei uns ermittelt haben. Sie waren jetzt ein paar Tage im Dauereinsatz und müssten sich eigentlich ausruhen, doch schon sind Sie wieder unterwegs. Auf Dauer kann das nicht gesund sein. Oder? Was meinen Sie?«

»Ich kenne Sie zwar nicht, aber es freut mich, dass Sie sich um meine Gesundheit sorgen. Nicht nötig«, entgegnete Birne.

Der Kleine redete wie ein James-Bond-Bösewicht: »Ich bedaure. Es ist ein Missverständnis. Ich sorge mich gar nicht um Ihre Gesundheit. Ich fürchte, ich werde sie sogar noch ein bisschen beeinträchtigen müssen.«

Ein James Bond hätte sich mit einem lockeren Spruch und zwei, drei Tritten in die fremden Eier aus der misslichen Situation befreit. Birne hasste James Bond, denn er würde nun verhaut werden. Der erste Schmerz ist der deutlichste, dann ist mehr so wie in Watte und man denkt gelegentlich: Das war die Nase, die blutet, das ist warm, das waren zwei Zähne, das wird teuer und so weiter.

Birne wurde noch aufgeklärt, wieso er sich das verdient hatte: »Wir finden, dass Sie Berufs- und Privatleben zu sehr miteinander verknüpfen. Oder: Dieses Mädchen, mit dem Sie gerade unterwegs sind, mit dem Sie sich verloben wollen, hat leider schon einen Ehemann und der ist sehr, sehr eifersüchtig. Seine Eifersucht ist viel größer als Ihre Liebe und deswegen wird er Ihnen Ihre Amorflügel ein wenig stutzen müssen. Zufällig bin ich dieser Ehemann. Und auch wenn

Ihnen demnächst ein paar Knochen wehtun, werden Sie doch eine Erkenntnis mit nach Hause nehmen. Kein schlechtes Geschäft.«

Birne machte böse Miene zum dummen Geschwätz. Er prüfte seine Möglichkeiten und tat dann das, wonach ihm am meisten war. Er stieg einfach aus. Die anderen waren so überrascht, dass Birne einige Meter durch den Regen laufen konnte, ehe ihm der Kleine nachrief: »Bleib bloß stehen, du Arschloch, sonst bring ich dich um!«

Birne blieb stehen. Der Platz vor dem Haus war nicht asphaltiert, er war gekiest. Birne bückte sich und hob einen mittelgroßen Stein auf. Gut geworfen konnte er schmerzhaft sein. Birne schmiss und verfehlte seinen kleinen Gegner knapp: Er traf Trimalchios Auto und fügte dem einen kleinen Lackschaden zu. Birne hoffte, dass seine Lage aussichtslos genug war, um das zu rechtfertigen. Auch das bremste den Kleinen aus, er war erschrocken. Hatte er wirklich gar keinen Widerstand erwartet?

Birne hob den nächsten Stein auf und wie bei dem Rentner traf er in dem Moment, in dem es entscheidend war. Der Stein, der groß wie zwei Daumenkuppen war, landete im Auge seines Feinds, der sich zusammenkrümmte. Sein großer Bodyguard nahm das als Signal, auf Birne loszustürmen. Er zog vorerst keine Pistole, weswegen sich Birne Hoffnung machte, ganz unbeschadet der Gefahr zu entkommen. Er wollte versuchen, den anderen ein Stück weit wegzulocken, dann zum Auto zurückzurennen und loszufahren. Damit ließe er Nina im Stich, aber eventuell konnte die besser mit den Herren umgehen.

Der Kleine brüllte und fluchte und befahl seinem Gorilla, sich um ihn zu kümmern. Der Arme musste sich immer um die Verletzten sorgen, anstatt selbst für Verletzte zu sorgen, wie es sein Job gewesen wäre. Birne konnte nicht zurück zum

Auto, rannte deshalb durch die offene Tür ins Haus und fand beim Zuwerfen in ihrem Schloss einen passenden Schlüssel. Sie war zu.

Er stand in einem dunklen Hausgang, es roch gleichermaßen modrig, verschimmelt und klinisch. Rechts war eine Küche, deren Boden schmutzig war. Ein kurzer Blick zeigte eine Batterie von Arzneimittelflaschen und Tabletten auf der Anrichte neben dem Kühlschrank.

Links führte eine knarrende Holztreppe nach oben. Dort stand Birne auf dem engen Absatz wieder zwischen zwei Türen. Er horchte und hörte nichts. Dann kam von links eine Spülung. Birne wartete, er konnte nicht abhauen. Es dauerte eine Weile, als ob die Person, die eben ihr Geschäft beendet hatte, Probleme hätte, auf die Beine zu kommen.

Als die Tür langsam aufging, stand er dem Grauen gegenüber, dem Grauen aus dem Krankenhaus, der noch grauer geworden war, was die hellblauen Längsstreifen seines Bademantels bunter wirken ließ. Sie schwiegen sich eine Weile nicht unerfreut an, waren beide überrascht, sich hier wiederzutreffen.

Der Graue sagte mit ganz schwacher Stimme: »Birne, was machst du hier? Komm, lass uns nach unten gehen.«

Birne stützte ihn auf dem Weg zur Küche, wo sich der Graue schwerfällig halb liegend auf einer Eckbank niederließ und mit einer leicht angedeuteten Geste Birne aufforderte, sich ebenfalls zu setzen.

»Ich würde dir gern was anbieten. Drüben im Schrank müsste Tee sein und der Wasserkocher funktioniert vermutlich noch. Mit mir geht's gewaltig zu Ende. Ich komm nicht mehr raus, was besorgen, und Gäste kommen kaum noch rein.«

Birne stand auf, weniger um sich zu bedienen, als um nach draußen zu sehen. Bei Trimalchios Auto war niemand mehr, das andere stand noch da.

»Heute gleich zwei Besucher, einer angenehmer als der andere. Wie kommst du hierher?«

Birne dreht sich um: »Mit Nina.«

»Nina?«

»Das Mädchen, das eben hier rein ist.«

»Du nennst sie Nina. Das ist ja nett.«

»Hör mal, kommt man hier noch irgendwo rein außer zur Vordertür?«

»Hinten zur Waschküche. Wieso? Du, hör mal, wenn noch Tee da ist, mach mir auch einen. Manchmal geht das noch, meistens nicht, aber manchmal schon.«

Als Birne auf den Gang trat, hörte er ein »Hey« in seinem Rücken. Am Ende des Gangs befand sich im Dunkeln eine Tür. Birne öffnete sie vorsichtig. Die Waschküche, ein erbärmlich dreckiger Raum mit einem stinkenden Waschbecken und dem Rest einer Waschmaschine. Die Tür, die ins Freie führte, war geschlossen. Hier drinnen war niemand. Birne ging in die Küche zurück und bekam ein kleines Stück Krankengeschichte: »Oben wäre das Klo, wenn du das suchst. Weißt du, als die mich aus dem Krankenhaus ließen, hieß es, es dauere nur noch kurz. Deswegen wollte ich weg, wollte hier irgendwo sterben. Und jetzt bin ich wieder daheim und war zuerst nur im Bett fernsehen, aber plötzlich wurde es wieder besser. Ich stehe wieder auf, drehe kleine Runden und nehm, wie gesagt, wieder Sachen zu mir, die in mir bleiben. Vielleicht habe ich es geschafft, das Zeug aus meinem Körper zu bringen, vielleicht hab ich es besiegt.«

Birne hörte mit einem Schauer über den Rücken zu, der einerseits von den Worten des Kranken herrührte, andererseits von dem Gedanken, dass hier zwei unterwegs waren, die ihm nicht erst seit einem verletzten Auge das Übelste wollten.

Tee war keiner mehr da, was den Grauen verwunderte. »Ich fahr bald wieder selbst, hab im Moment nur Angst zusammenzubrechen.« Die Stimme wurde dünner. »Du bist doch mit dem Auto da, könntest du geschwind losfahren und mir ein paar Sachen besorgen? Ich geb dir das Geld. Das wäre Wahnsinn.«

»Ist in Ordnung«, sagte Birne, froh einen Vorwand zu haben, aus dem Raum zu gehen. »Ich bin gleich zurück.«

Birne ging nicht aus dem Haus, sondern nach oben, versuchte sich an der rechten Tür und landete in einem Schlafzimmer. Nina lag im Bett, die Decke über sich gezogen, sie war nackt, ihre Kleider lagen neben dem Bett auf dem Boden. Sie erschrak. »Birne!«

Birne wurde energisch: »Zieh dich bitte sofort an.«

»Birne, hör zu, ich kann dir das erklären, das war das letzte Mal, ich schwör's. Das ist wichtig, dass du mir vertraust, ich mach uns beide sehr glücklich.«

»Zieh dich an jetzt. Da unten brennt's«

»Da brennt's?« Sie sprang auf, ließ das Laken aber nicht los.

»Da sind zwei Typen, die wollen mich totschlagen. Deinetwegen. Wir hauen ab.«

»Oh scheiße.« Sie fiel zurück ins Bett.

»Zieh dich sofort an oder ich fahre ohne dich.«

Nina setzte sich auf die Bettkante und raffte ihre Kleider zusammen: »Dreh dich bitte um.«

»Wieso? Alle sehen dich dauernd nackt.«

»Dreh dich bitte um.« Birne gab nach. Birne hasste nun auch diese Frau. Dann fiel ihm ein, dass das Nächste, was er fühlen würde, eine Axt im Nacken sein könnte. Er drehte sich empört um und sah Ninas wunderbaren Busen in ihrem Blüschen verschwinden. Eine kleine Freude in der höchsten Not.

Aus der Küche hörte er die schwache Andeutung eines Rufs: »Birne«, hieß es da. »Nicht eifersüchtig sein. Ich habe doch sonst nichts mehr.«

Sie kooperierte nun. Stand schnell auf, schnappte sich eine Plastiktüte vom Nachttisch, die sie vorher noch nicht gehabt hatte, und ließ sich von Birne nach unten führen. Der Graue stand auf wackligen Füßen dürr in der Küche und versuchte, sie mit einer erhobenen Hand zum Bleiben zu bewegen.

Birne und Nina stürmten zur Haustür und rissen vergeblich an der Klinke. Die Tür war verschlossen. Birne fand den Schlüssel nicht mehr im Schloss. Er warf sich zu Boden, fluchte und suchte im Dreck. Ihn würgte der Gestank. Nichts. Er bellte.

»Was ist denn?«, fragte der Graue ganz ruhig. Er war ihnen nahe gekommen.

»Wieso ist die Tür zu?«

»Sie ist immer offen. Klemmt sie vielleicht?« Er rüttelte kraftlos an ihr. »Komisch.«

Diese Gelassenheit versetzte Birne in Rage. »Scheiße«, schrie er und zog Nina mit sich nach hinten zur Waschküche.

»Warte«, sagte der Graue. Birne stoppte. »Tut mir leid, ich wusste nicht, dass sie deine Freundin ist. Ich dachte, sie macht es eh für jeden und für Geld. Oder wusstest du das nicht?«

Diese Stimme war ruhig, ganz ruhig, aber nicht kraftlos.

»Darum geht es nicht. Ich bin hier in deinem Hof angegriffen worden. Die sind hinter mir her. Ich muss weg.«

»Und mich allein lassen? Ich bin beinahe tot. Wie soll ich mir helfen? Du darfst nicht gehen. Du musst mich beschützen, Polizist.«

Das letzte Wort klang beinahe höhnisch in Birnes Ohren. Ein bisschen sah er es allerdings ein, dass es nicht in Ordnung war, einen Todkranken der Gewalt von zwei Zuhältern auszuliefern. Die würden keine Rücksicht nehmen. Die würden ihn büßen lassen.

»Dann komm halt mit.« Birne fand eine Lösung für alle.

»Ich ziehe mir nur schnell was anderes an«, freute sich der Graue und wandte sich zur Treppe.

»Dann lass ich dich hier verrecken.«

Der Graue lachte. »Das ist doch keine Drohung für mich.« Er ging langsam weiter nach oben.

»Leck mich«, sagte Birne und zog Nina zur Waschküchentüre, die ebenfalls verschlossen war. Er trat dagegen, ohne groß was zu bewirken.

Nina flüsterte in seinen Rücken: »Küchenfenster.«

Birne gab nach. »Natürlich.« Von oben meinte er, ein dreckiges Lachen vom Grauen zu hören.

Sie eilten in die Küche, rissen das Fenster heftig auf, hüpften hinaus und rannten zum Auto. Birne schnellte auf den Fahrersitz und fieselte den Schlüssel ins Loch. Gerade als er fahrbereit war, erhob sich hinter seinem Sitz, mit einer Knarre in der Hand, der Große.

»Scheiße, nicht schon wieder«, schnaubte Nina, warf sich aus dem stehenden Auto und lief, was das Zeug hielt.

Birne sah, wie sich die Waffe seiner Schläfe näherte, und schnallte sich an.

»Du sollst so etwas nie wieder versuchen, sonst geht es dir richtig dreckig«, sagte der Große.

Birne startete den Motor, drückte das Gaspedal durch und fuhr los, gerade gegen die Hausmauer. Es schleuderte ihn wuchtig gegen das Lenkrad. Er dachte: Das war die Nase, es wird warm, Blut, während sich der Airbag öffnete und ihn zurückschob.

Die Frontscheibe war zerbrochen, denn durch die war der Mann vom Rücksitz geflogen, nicht weit, die Hausmauer hatte auch ihn gestoppt. Er lag auf der Motorhaube und blutete und stöhnte vor Schmerzen, immerhin war er nicht tot.

Birne stieg aus und betrachtete das Auto; das hatte am meisten abbekommen. Er konnte Trimalchio erklären, dass er diesen Ärger der Kugel im Kopf vorgezogen hatte. Er ging nach vorn, um sich um den Ächzenden auf der Motorhaube zu kümmern. Er bewegte sich und drohte mit einer Faust, von der Pistole war nichts zu sehen. Es hätte schlimmer kommen können.

Gerade als er sich über ihn beugen wollte, sah er von der Seite eine Personengruppe: Da war Nina und hinter ihr der Glatzkopf, der Nina eine Waffe an die Schläfe hielt. Nina blickte sehr unglücklich drein. Der Glatzkopf schrie eine Drohung, um sein Auge pulsierte es bedrohlich rot.

»Du Scheiß-Wichser, dafür wirst du bezahlen. Ich reiß dir die Knochen aus dem Leib, du Arschloch.«

Birne ging in seine Richtung. Seine Wut war stärker als jede Vernunft. Aus dem Haus hinkte, zunächst von allen unbemerkt, aber erstaunlich behände, der Graue

»Wo ist der Plastiksack?«, schrie der Kleine.

»Im Auto, du Arsch, hol ihn dir doch«, brüllte Birne zurück.

»Du bringst mir sofort diesen Sack oder ich schieß dich und das Fräulein über den Haufen«, brüllte der Zuhälter.

»Leck mich, du Sackgesicht.«

Der Graue mischte sich ein: »Das war nicht abgemacht, das ist mein Geld und du schuldest mir noch mehr.«

»Verreck doch, du Leiche«, beleidigte der Glatzkopf zurück.

»Aber zuvor rufe ich die Polizei.«

»Bleib sofort stehen.« Der Glatzkopf warf Nina auf den Boden und lief zum Grauen, der sich zurück zur Haustür bewegte. »Bleib sofort stehen, sonst schieß ich.« Panik mischte sich mit Zorn, ungute Mischung.

»Ich habe keine Angst vor dem Tod.«

»Du Arsch«, stieß der Glatzkopf hervor, als er abfeuerte. Es gab einen bösen Knall im Regen, der zerfetzte die hinteren blauen Streifen des Bademantels des Grauen und dunkelrot quoll Blut zwischen dem Rückenmark hervor. Der Graue knallte mit dem Kopf gegen seine Holztür und rutschte zu Boden. Er blieb reglos liegen. Birne stand starr und schloss mit seinem Leben ab. Ohne Zweifel galt ihm der nächste Schuss. Und der übernächste Nina, die am Boden wimmerte und auch aufgegeben hatte.

»Oh nein«, winselte der Glatzkopf, warf die Pistole weg und rannte zum Haus. »Was habe ich getan? Nicht sterben, nicht sterben, nicht sterben.« Er kauerte sich neben den toten Grauen und versuchte, ihn hochzustemmen, warf seinen Mund auf dessen Lippen und blies albern wiederbelebend Atem in ihn. »Ich will das nicht. Ich bin kein Mörder. Nein, nein, nein.« Er heulte.

Birne lief zu Nina, half ihr hoch, legte einen Arm stützend um sie. Birne hob die Pistole auf und zückte sein Handy. Vorsichtig näherten sie sich dem Paar an der Tür.

»Keine Bewegung. Sie sind verhaftet«, sagte Birne.

Der Glatzkopf drehte sich ihnen zu, seine Tränen vermischten sich mit dem Regen. Er hob seine Hände: »Ich habe das nicht gewollt, glauben Sie mir das. Ich war nicht zurechnungsfähig.«

Birne rief zuerst den Notarzt und dann seine Kollegen von der Polizei, auf die sie in der Küche warteten. Draußen vor der Tür lag tot der Graue und auf der Motorhaube ächzend und seinem Schicksal vorerst überlassen der Bodyguard. Der Glatzkopf war unter der Last seines Gewissens zusammengebrochen. Alles sprudelte aus ihm heraus. Er wollte die Soße einmal gesagt haben.

Nina war untergetaucht, sie wollte nicht mehr zurück zu diesem Zuhälter in sein Haus, wo sie ausgenutzt wurde. Sie tauchte unter, nicht bei Olga. Bei der hatten sie gesucht, sie hatten sie geschlagen, um etwas aus ihr herauszubekommen, obwohl sie wirklich nichts wusste.

Der Graue war tatsächlich jener Simon, der Freund aus der Schulzeit. Nina wusste, dass er angeblich durch ehrliche Arbeit zu einer Menge Geld gekommen war und auch, dass er nicht mehr lange zu leben hatte. Sie rief ihn an und wollte ihm für einen letzten Orgasmus seine Kohle abluchsen. Das war der Plan gewesen. Birne wäre nicht mehr als der Chauffeur gewesen, die gute Wursthaut zum Ausnutzen, Auszuzeln und Wegschmeißen danach. Der Plan hätte vielleicht funktioniert, hätte der Graue nicht mit dem Glatzkopf, Ninas Zuhälter, telefoniert und ihm angeboten, Nina gegen ein Taschengeld ans Messer zu liefern – natürlich erst, nachdem sie ihren Dienst verrichtet hatte. Man kann spekulieren, woher dieses ehrlich verdiente Geld gekommen ist, ob es aus Geschäften mit Zuhälterbekanntschaften stammt. Wahrscheinlich. Man kann weiterhin darüber spekulieren, warum ein Todgeweihter so geldgeil war, dass er alte Freundinnen, denen er sogar mal was bedeutet hat, ins Verderben stürzen wollte. Aber angeblich ging es ihm ja besser, die verfluchte Hoffnung hatte sich in ihm geregt und nun war sie ihm zum Verhängnis geworden.

Nina hätte ihm einfach gutgetan, danach wäre er vielleicht eingeschlafen.

Der Glatzkopf gestand Zuhälterei, Nötigung, Gewaltanwendung verschiedenster Art, aber erst heute war er über die letzte Grenze gegangen und hatte einen Menschen getötet. Das war zu viel, das packte er nicht, das warf ihn um. Damit waren Birne und Nina gerettet. Und Birne hatte einen Fall gelöst, den mit dem Bordell. Das stimmte ihn inmitten dieses Schuttbergs ein wenig fröhlich.

Die Kollegen kamen vor dem Notarzt, der sich gleich um den Großen kümmerte. In der Eile des Einladens hörte Birne die

Sanitäter noch sagen: »Passt schon«, »Wird schon« und »Richtig gehandelt.« Das Auge des Kleinen wurde ebenfalls versorgt, es sah zwar übel aus, war aber halb so schlimm, nichts direkt reingekommen. Der Schreck im ersten Augenblick lähmte natürlich ganz schön. Sie transportierten den Glatzkopf in einem Streifenwagen ab. Die anderen Kollegen blieben, um den Tatort und die Spuren zu sichern.

Birne testete Trimalchios Auto und fand heraus, dass man damit noch fahren konnte. Nina und Birne versuchten, damit in die Stadt zurückzukommen und ignorierten, wie albern sie in dem Auto aussehen mussten.

»Ich weiß nicht, was du erwartet hast.« Sie sagte nichts weiter.

Birne war dran, aber er antwortete nicht.

Dann gab sie nach: »Ich versteh nicht, warum du auf einmal deinen Hochmoralischen hast. Lass uns doch Zeit. Jetzt kann doch die Stunde null sein – wir können anfangen, alles, was bisher war, ist nicht geschehen.«

»Wieso redest du plötzlich so viel?«

»Birne, es hat keinen Sinn.«

Birne fühlte sich schwer im Sessel und er fühlte, wie er sich von diesem betrogenen Leib löste, der ihm unerträglich war, wie er wegschwebte dorthin, wo es in Ordnung war, wo alle bessere Menschen waren: Überall dort, wo nicht hier war.

Es hatte keinen Sinn weiterzureden. Birne hatte verloren und er hasste sich dafür, aber am meisten hasste er die anderen, allen voran die, die neben ihm saß.

»Sag was«, forderte sie, die in Birnes Augen nichts mehr zu fordern hatte, nicht von ihm oder von irgendjemandem auf der Welt.

»Hast du die Tüte?«, fragte Birne.

Sie raschelte damit unter ihrem Sitz.

»Dann hast du ja alles, was du willst.«

Sie blickte nach draußen, antwortete nicht. Und alle draußen blickten zu ihnen rein in das demolierte Auto auf das eigenartige, kaputte Paar.

Birne kaufte sich an diesem Abend eine Halbe Bier. An diesem Abend, nachdem er sie zum Bahnhof gebracht hatte. Sie hatte ihn umarmt und fuhr nun irgendwohin.

Trimalchio hatte Tränen in den Augen, als er sein Auto sah. Totalschaden, nichts zu machen, ein Versicherungsfall, aber die Freundschaft würde nie mehr dieselbe sein.

Sie lobten ihn wegen des Zuhälters. Das organisierte Verbrechen hatte einen schweren Schlag erlitten in dieser Stadt. Birnes Ruf als Ausnahmepolizist festigte sich und zog Kreise.

Birne interessierte das nicht. Ben sagte vor Gericht, dass er den Rentner im Wald weggeschossen hatte wie ein Stück Reh, seine Frau widersprach, Birne schloss sich Bens Version an und kam frei.

Ohne Konsequenzen hatte er einen Menschen umgebracht. Er fühlte immer noch nichts Schlechtes dabei. Er machte sich Sorgen um seine Seele. Er dachte, dass es nicht an dem Menschen lag, der durch ihn starb. Es war ein Ekel in ihm, der sich seit Jahren angestaut hatte und durch einen Schuss seinen Weg nach draußen fand. Jetzt war Platz in ihm frei, da konnte neuer Überdruss wachsen oder mal was Schönes, nach Jahren wieder mal was Schönes.

Nina schrieb ihm einen unbekümmerten Brief. Alles sei gut, sie vermisse ihn, die Zeit mit ihm, er solle sie besuchen oder sie ihn. Alles sei gut. Birne dachte nicht einen Moment darüber nach und schmiss den Schrieb in den Papierkorb. Schließlich besaß er Ehre.

Tanja, die er von der Bettkante gestoßen hatte, behandelte ihn mit herablassender Höflichkeit. Birne war damit einverstanden, er fand nichts schade daran. Sie waren Kollegen, sie würden nie mehr füreinander sein. Punktum.

Der Sommer war vorbei, er kam nicht wieder, der Herbst war golden im Wesentlichen. In der Zeitung stand eines Tages, dass sie nicht weit von ihnen, im Schwäbischen, drei Männer verhaftet hatten, die mit schweren, selbst gebauten Bomben vorgehabt hatten, Passanten in die Luft zu sprengen. Hervorragende Polizeiarbeit war geleistet worden. Für Birne hieß das, dass ihre Arbeit nicht umsonst war. Etliche waren ihm dafür dankbar, dass er heiße Tage lang auf Bahnhöfen herumstand. Es hatte einen Sinn, es musste einen haben.

Birne glaubte nicht daran, er konnte sich ein bisschen dazu zwingen, indem er sich einredete, dass jeder seine Krisen habe, hin und wieder einen Herbst, nie aber ein Job nur Gold sei. Damit muss man sich abfinden.

Birne blieb, wo er war, er richtete sich ein und wartete. Weiter. Auf irgendetwas oder -jemanden, der ihn auffangen und halten sollte.

ENDE

Danksagung
Ich danke meinen Eltern und meiner Frau Elisa für die
bedingungslose Unterstützung.

Weitere Krimis finden Sie auf den
folgenden Seiten und im Internet:
www.gmeiner-verlag.de

WILLIBALD SPATZ
Alpendöner
....

322 Seiten, Paperback.
ISBN 978-3-8392-1028-4.

TATORT ALLGÄU Birne, Anfang
30, hat in Kempten gerade seinen
neuen Job als Redakteur bei einem
Verlag für Wanderführer angetreten,
als seine Nachbarin, die alte Frau
Zulauf, blutüberströmt aufgefunden
wird. Mord inmitten beschaulicher
Alpenidylle – so hatte Birne sich
seinen Neuanfang im Allgäu nun
wirklich nicht vorgestellt!

Ein türkischer Imbissbuden-
besitzer, ein Motiv, ein Kebabmesser
– die Polizei hat den mutmaßlichen
Mörder der Frau schnell dingfest gemacht. Doch dann stolpert Birne in
die Ermittlungen …

FRIEDERIKE SCHMÖE
Bisduvergisst
....

274 Seiten, Paperback.
ISBN 978-3-8392-1034-5.

ZEIT DES VERGESSENS Sommer
2009, während der »Landshuter
Hochzeit«. Als die 82-jährige Irma
Schwand die niederschmetternde
Diagnose Alzheimer erhält, be-
auftragt sie die Münchner Ghost-
writerin Kea Laverde, ihre Er-
innerungen aufzuschreiben. Die
Autobiografie ist für ihre Enkelin
Julika bestimmt. Doch kurz nach
dem letzten Interview mit Irma
wird das Mädchen ermordet aufgefunden.

Während der Kokon des Vergessens sich immer enger um die alte
Dame schließt, entdeckt Kea, dass
Irma jahrzehntelang einen Mord
gedeckt hat – eine Tat, die in den
letzten Wochen des 2. Weltkriegs
geschah …

Wir machen's spannend

ONO MOTHWURF
Werbevoodoo
....

276 Seiten, Paperback.
ISBN 978-3-8392-1033-8.

BAYERISCHER VOODOO Zwei Armbanduhren, die um 23:24 Uhr stehen bleiben. Ein Herz, das um 23:24 Uhr stehen bleibt.

»Für Voodoo sind wir nicht zuständig, Wondrak. Das ist ein Fall für einen Parapsychologen auf Pro 7, nicht für die Kripo Fürstenfeldbruck.«

»Es gibt nur zwei, denen ich gehorche«, sagte Wondrak darauf. »Der eine ist mein Chef. Die andere ist Charlotte. Und Charlotte sagt mir, dass das ein Fall für mich ist. Hier geht's um Mord.«

Wondraks Katze Charlotte hat den richtigen Riecher! Denn dies ist erst der Auftakt zu einer ganzen Serie rätselhafter Todesfälle in einer Starnberger Werbeagentur ...

GABRIELE DIECHLER
Engpass
....

276 Seiten, Paperback.
ISBN 978-3-8392-1042-0.

ALTLASTEN Nachdem sie ihren Mann mit einer anderen erwischt hat, verlässt die Kriminalpsychologin Elsa Wegener Hals über Kopf Köln, um im bayerischen Unterwössen beruflich wie privat neu anzufangen. In dem idyllischen Dorf nahe des Chiemsees wird sie nicht gerade mit offenen Armen empfangen. Und auch Anna, Elsas pubertierende Tochter, ist von ihrer neuen Heimat alles andere als begeistert. Doch Elsa bleibt kaum Zeit, über solche Probleme nachzudenken. Als die Leiche einer zwanzig Jahre lang vermissten Frau entdeckt wird, hat sie der Arbeitsalltag längst eingeholt ...

GMEINER

Wir machen's spannend

MATTHIAS P. GIBERT
Bullenhitze
....

373 Seiten, Paperback.
ISBN 978-3-8392-1037-6.

DUNKELMÄNNER Günther Wohlrabe, Eigentümer des größten Bestattungsunternehmens in der Region, stirbt nach einem Dinner in the Dark qualvoll. Was zunächst nach einem natürlichen Tod aussieht, entpuppt sich schon bald als raffiniert ausgeführter Giftmord und ruft Hauptkommissar Paul Lenz auf den Plan. Als kurz darauf auch noch ein Kasseler Bauunternehmer ermordet wird und Lenz herausfindet, dass die beiden Toten am Bau von Deutschlands größtem Krematorium im nahe gelegenen Hofgeismar beteiligt waren, entwickelt sich der Fall für ihn zu einem wahren Höllentrip ...übermächtig ...

MICHAEL BOENKE
Gott'sacker
....

275 Seiten, Paperback.
ISBN 978-3-8392-1046-8.

IM ZEICHEN DES KREUZES Ein heißer Sommer in Oberschwaben. Daniel Bönle, Lebenskünstler und »Mädchen für alles« in der Kirchengemeinde eines 800-Seelen-Ortes am Rande des Pfrunger-Burgweiler Rieds, will eigentlich nur eine entspannte Ausfahrt mit seiner Harley Davidson unternehmen, als er in einer zerfallenen Kapelle auf eine Leiche stößt. In ihrem Schädel steckt ein gusseisernes Kreuz. Die Angst geht um im Dorf, denn kurze Zeit später wird auch noch ein Schäferhund, zur Hälfte verscharrt und mit einem Kreuz im Maul, entdeckt ...

GMEINER

Wir machen's spannend

MANFRED BOMM
Kurzschluss

....

420 Seiten, Paperback.
ISBN 978-3-8392-1049-9.

HOCHSPANNUNG In einem See am Rande der Schwäbischen Alb wird ein Angestellter des kleinen örtlichen Energieversorgers tot aufgefunden – mit einem Stein um den Hals im Wasser versenkt. Er hatte die Aufgabe, täglich die Entwicklungen an der Leipziger Strombörse zu verfolgen, um bei günstigen Notierungen den Bedarf für die nächsten Jahre zu ordern.

In der Wohnung des Ermordeten findet Kommissar August Häberle mehrere selbst produzierte Dokumentarfilme über die Energiewirtschaft. Und dann erreicht ihn die Nachricht von einer weiteren Leiche – in einem See im fernen Mecklenburg-Vorpommern, versenkt mit einem Stein ...

EDI GRAF
Bombenspiel

....

324 Seiten, Paperback.
ISBN 978-3-8392-1035-2.

TÖDLICHES SPIEL Während die ganze Welt der Fußball-WM 2010 in Südafrika entgegenfiebert, steckt Journalistin Linda Roloff in der Klemme: Der Mann, der sie vor der Mercedes-Benz Arena in Stuttgart treffen wollte, liegt jetzt erschossen vor ihr. Der Ingenieur hatte beim Bau des futuristischen Stadions in Durban mitgewirkt und war dabei offenbar auf ein tödliches Geheimnis gestoßen. Linda, plötzlich selbst unter Mordverdacht, bleibt nur die Flucht nach vorn: Am Kap der Guten Hoffnung kommt sie einer Terrororganisation auf die Spur, die beim ersten Gruppenspiel der deutschen Elf einen Bombenanschlag mit Tausenden Opfern plant ...

Wir machen's spannend

Alle Gmeiner-Autoren und ihre Krimis auf einen Blick

Wir machen's spannend

Alle Gmeiner-Autoren und ihre Krimis auf einen Blick

WOLFGANG: Puppenjäger (2006) **KLAUSNER, UWE:** Odessa-Komplott (2010) • Pilger des Zorns • Walhalla-Code (2009) • Die Kiliansverschwörung (2008) • Die Pforten der Hölle (2007) **KLEWE, SABINE:** Die schwarzseidene Dame (2009) • Blutsonne (2008) • Wintermärchen (2007) • Kinderspiel (2005) • Schattenriss (2004) **KLÖSEL, MATTHIAS:** Tourneekoller (2008) **KLUGMANN, NORBERT:** Die Adler von Lübeck (2009) • Die Nacht des Narren (2008) • Die Tochter des Salzhändlers (2007) • Kabinettstück (2006) • Schlüsselgewalt (2004) • Rebenblut (2003) **KOHL, ERWIN:** Flatline (2007) • Grabtanz • Zugzwang (2006) **KOPPITZ, RAINER C.:** Machtrausch (2005) **KÖHLER, MANFRED:** Tiefpunkt • Schreckensgletscher (2007) **KÖSTERING, BERND:** Goetheruh (2010) **KRAMER, VERONIKA:** Todesgeheimnis (2006) • Rachesommer (2005) **KRONENBERG, SUSANNE:** Kunstgriff (2010) • Rheingrund (2009) • Weinrache (2007) • Kultopfer (2006) • Flammenpferd (2005) **KURELLA, FRANK:** Der Kodex des Bösen (2009) • Das Pergament des Todes (2007) **LASCAUX, PAUL:** Feuerwasser (2009) • Wursthimmel • Salztränen (2008) **LEBEK, HANS:** Karteileichen (2006) • Todesschläger (2005) **LEHMKUHL, KURT:** Nürburghölle (2009) • Raffgier (2008) **LEIX, BERND:** Fächertraum (2009) • Waldstadt (2007) • Hackschnitzel (2006) • Zuckerblut • Bucheckern (2005) **LOIBELSBERGER, GERHARD:** Die Naschmarkt-Morde (2009) **MADER, RAIMUND A.:** Glasberg (2008) **MAINKA, MARTINA:** Satanszeichen (2005) **MISKO, MONA:** Winzertochter • Kindsblut (2005) **MORF, ISABEL:** Schrottreif (2009) **MOTHWURF, ONO:** Werbevoodoo (2010) • Taubendreck (2009) **MUCHA, MARTIN:** Papierkrieg (2010) **NEEB, URSULA:** Madame empfängt (2010) **OTT, PAUL:** Bodensee-Blues (2007) **PELTE, REINHARD:** Inselkoller (2009) **PUHLFÜRST, CLAUDIA:** Rachegöttin (2007) • Dunkelhaft (2006) • Eiseskälte • Leichenstarre (2005) **PUNDT, HARDY:** Deichbruch (2008) **PUSCHMANN, DOROTHEA:** Zwickmühle (2009) **RUSCH, HANS-JÜRGEN:** Gegenwende (2010) **SCHAEWEN, OLIVER VON:** Schillerhöhe (2009) **SCHMITZ, INGRID:** Mordsdeal (2007) • Sündenfälle (2006) **SCHMÖE, FRIEDERIKE:** Bisduvergisst (2010) • Fliehganzleis • Schweigfeinstill (2009) • Spinnefeind • Pfeilgift (2008) • Januskopf • Schockstarre (2007) • Käfersterben • Fratzenmond (2006) • Kirchweihmord • Maskenspiel (2005) **SCHNEIDER, HARALD:** Wassergeld (2010) • Erfindergeist • Schwarzkittel (2009) • Ernteopfer (2008) **SCHRÖDER, ANGELIKA:** Mordsgier (2006) • Mordswut (2005) • Mordsliebe (2004) **SCHUKER, KLAUS:** Brudernacht (2007) **SCHULZE, GINA:** Sintflut (2007) **SCHÜTZ, ERICH:** Judengold (2009) **SCHWAB, ELKE:** Angstfalle (2006) • Großeinsatz (2005) **SCHWARZ, MAREN:** Zwiespalt (2007) • Maienfrost • Dämonenspiel (2005) • Grabeskälte (2004) **SENF, JOCHEN:** Kindswut (2010) • Knochenspiel (2008) • Nichtwisser (2007) **SEYERLE, GUIDO:** Schweinekrieg (2007) **SPATZ, WILLIBALD:** Alpenlust (2010) • Alpendöner (2009) **STEINHAUER, FRANZISKA:** Wortlos (2009) • Menschenfänger (2008) • Narrenspiel (2007) • Seelenqual • Racheakt (2006) **SZRAMA, BETTINA:** Die Konkubine des Mörders (2010) • Die Giftmischerin (2009) **THÖMMES, GÜNTHER:** Das Erbe des Bierzauberers (2009) • Der Bierzauberer (2008) **THADEWALDT, ASTRID / BAUER, CARSTEN:** Blutblume (2007) • Kreuzkönig (2006) **VALDORF, LEO:** Großstadtsumpf (2006) **VERTACNIK, HANS-PETER:** Ultimo (2008) • Abfangjäger (2007) **WARK, PETER:** Epizentrum (2006) • Ballonglühen (2003) • Albtraum (2001) **WICKENHÄUSER, RUBEN PHILLIP:** Die Seele des Wolfes (2010) **WILKENLOH, WIMMER:** Poppenspäl (2009) • Feuermal (2006) • Hätschelkind (2005) **WYSS, VERENA:** Todesformel (2008) **ZANDER, WOLFGANG:** Hundeleben (2008)

Wir machen's spannend